# 空に響くは竜の歌声

## 煌《きら》めく竜《りゅう》は天《てん》涯《がい》を目《め》指《ざ》す

MIKI IIDA
飯田実樹

ILLUSTRATION
HITAKI
ひたき

この物語はフィクションであり、
実際の人物・団体・事件等とは、いっさい関係ありません。

## 人物紹介 Character

### ヤマト

ラオワンと命を分け合う
金色の巨大な竜。

### 守《もり》屋《や》龍《りゅう》聖《せい》（十二代目）

十二代目リューセー。ホンシュワンの母。
天才肌の研究者で、愛する息子と竜族
を助けるため、全能力をそそぐ。

### ラオワン

十二代目竜王。朗らかで頼もし
いホンシュワンの父。異世界の
扉を開いて地球へ行き、守屋家
の人々を救おうとする。

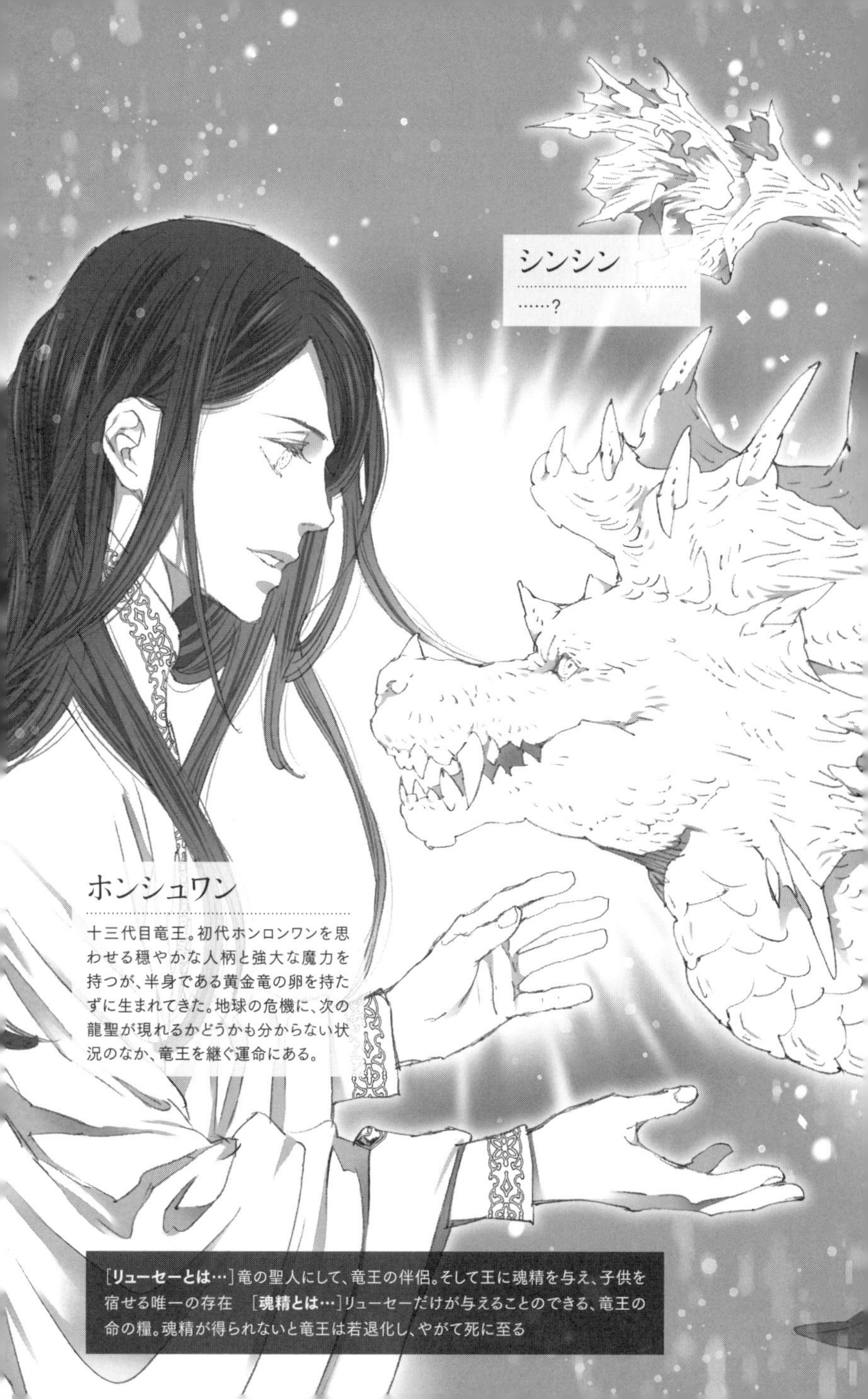
シンシン
……?
ホンシュワン
十三代目竜王。初代ホンロンワンを思わせる穏やかな人柄と強大な魔力を持つが、半身である黄金竜の卵を持たずに生まれてきた。地球の危機に、次の龍聖が現れるかどうかも分からない状況のなか、竜王を継ぐ運命にある。
[**リューセーとは…**]竜の聖人にして、竜王の伴侶。そして王に魂精を与え、子供を宿せる唯一の存在　[**魂精とは…**]リューセーだけが与えることのできる、竜王の命の糧。魂精が得られないと竜王は若退化し、やがて死に至る

Family tree

# エルマーン王家家系図

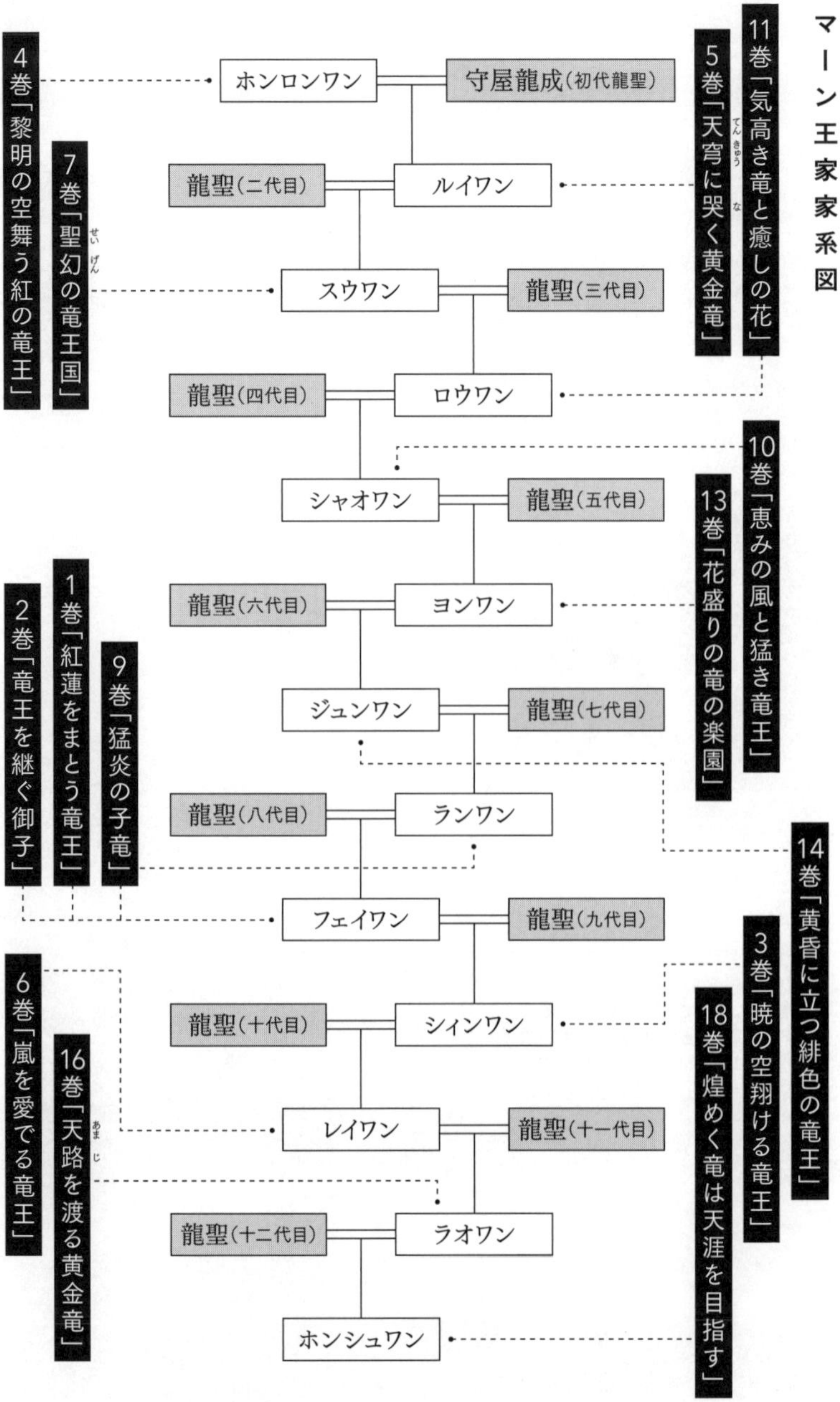

ホンロンワン
守屋龍成（初代龍聖）
ルイワン
龍聖（二代目）
スウワン
龍聖（三代目）
ロウワン
龍聖（四代目）
シャオワン
龍聖（五代目）
ヨンワン
龍聖（六代目）
ジュンワン
龍聖（七代目）
ランワン
龍聖（八代目）
フェイワン
龍聖（九代目）
シィンワン
龍聖（十代目）
レイワン
龍聖（十一代目）
ラオワン
龍聖（十二代目）
ホンシュワン
11巻「気高き竜と癒しの花」
5巻「天穹《てんきゅう》に哭《な》く黄金竜」
4巻「黎明の空舞う紅の竜王」
7巻「聖幻《せいげん》の竜王国」
10巻「恵みの風と猛き竜王」
13巻「花盛りの竜の楽園」
1巻「紅蓮をまとう竜王」
2巻「竜王を継ぐ御子」
9巻「猛炎の子竜」
14巻「黄昏に立つ緋色の竜王」
3巻「暁の空翔ける竜王」
18巻「煌めく竜は天涯を目指す」
6巻「嵐を愛でる竜王」
16巻「天路《あまじ》を渡る黄金竜」

空に響くは竜の歌声　煌めく竜は天涯を目指す

# 第1章

「いいかい？　よく見ているんだよ？」

広く長い真っ直ぐな廊下に立ち、そう声をかけられた少年は、宝石のように美しい金色の瞳を大きく見開いて、相手をじっとみつめる。あどけなさの残る少年の顔には、僅《わず》かな戸惑いとそれに勝る好奇心が窺《うかが》える。背中に届くほどの長い髪は目に眩《まばゆ》い深紅で、それはこの国で最も高貴な者の証《あかし》でもある。

少年に明るい表情で声をかけた相手は、真っ直ぐに前を向くと、手に持っている紙飛行機をすっと宙へ押し出すように放った。ふわりと宙に浮いた白い紙飛行機は、まるで小鳥のようにその翼を上下にゆっくりと羽ばたかせ、長い距離を飛行して廊下の端まで行くのではないか？　と思わせながら、滑るように床に着地する。

「おお……」と周囲で控えめな声で歓声が上がった。少年達を見守るように侍女や兵士が少しばかり後ろの方で、事の成り行きを見ていて、初めて見る紙飛行機に驚きの声を上げたのだ。

赤い髪の少年は、頬をほんのりと紅潮させて、瞳を輝かせながら隣に立つ人物を勢いよく仰ぎ見る。

「かあさま！　すごい！　鳥さんみたい！　パタパタって！　羽が動いたよ！　生きてるの？　魔法なの？」

明るいオレンジ色の髪の幼子が、大きな声で捲し立てるようにそう言いながら、興奮して両手をパタパタと鳥の真似をして羽ばたかせる。赤い髪の少年が言おうとしていたことを、少年の隣で同じように見ていた弟のカリエンが先に言ったのだ。少年は何も言えずにただ期待の眼差《まなざ》しを改めて向けた。

「魔法じゃないよ。これは科学……航空力学だよ」

笑いながらそう答えた相手は、異世界の大和《やまと》の国から、この国……エルマーン王国に降臨した竜の聖人であり、この国の王妃でもある龍聖《りゅうせい》だ。そして瞳を輝かせている深紅の髪の少年、皇太子ホンシュワンの母でもある。

「こうくう……りきがく？」

ホンシュワンは、初めて聞くその言葉を小さく呟いた。それはなんだか魔法の呪文のようだった。

「さあ、ホンシュワン、カリエン、君達が作った紙飛行機も飛ばしてごらん」

龍聖に促されて待ちきれないとばかりに、勢いよく腕を振って紙飛行機を投げたのは幼いカリエンだった。カリエンが投げた紙飛行機は、当然ながらその勢いのままペシャリと床に叩きつけられてしまった。羽ばたくどころか飛ぶことも出来ず、カリエンの前方僅か数歩の床に落ちてしまった紙飛行機を見て、呆然《ぼうぜん》と佇むカリエンと、驚いて目を丸くするホンシュワンがいた。二人の様子に、龍聖はおかしくて笑ってしまった。

「カリエン、投げてはいけないよ。紙飛行機は飛ばすんだ」

「飛ばす？」

ホンシュワンとカリエンが同時にその言葉を復唱して、意味を理解出来ないという顔で龍聖を見上げた。

「これはこれ自身が飛ぶことが出来る物だから、腕の力で投げる必要はないんだよ。空気に乗せてあげて、少しだけ推進力を付けてあげればいいんだ。つまり前に進む力をつけてあげるんだよ」

龍聖はそう言いながらホンシュワンの隣に膝をついて座り、紙飛行機を持つホンシュワンの右手に手を添えた。

「まだ離さないでね……こんな風に手を動かしながら、ポイッと放るような気持ちで手を離すんだよ。力は入れなくていい……やってごらん」

何度か手を動かす仕草を補助して教えながら、龍聖がホンシュワンに助言をした。ホンシュワンは真剣な顔で聞きながら、何度か腕を動かしてみて「ここ」と言われた時に手を離した。軽く放るように放たれた紙飛行機は、スィーッと宙を進み、羽を上下に羽ばたかせた。

「飛んだ！」

ホンシュワンが思わず歓喜の声を上げる。だが龍聖が飛ばしたように、ぐんぐん進むことはなく、ホンシュワンの紙飛行機は左に少し傾くようにして斜めに軌道を変えて、廊下の三分の一ほど進んだところで失速して、床に墜落してしまった。

嬉しそうに跳ねながら、我がことのようにはしゃいでいたカリエンが「ああ～」と無念の声を上げる。当人であるホンシュワンは、眉根を少しばかり寄せて、残念そうに唇をきゅっと噛んだ。

龍聖が後ろに控えていた側近のハデルに目配せをすると、ハデルが兵士達に指示を出した。兵士達は小走りに駆けていきそれぞれの紙飛行機を回収してくれる。

その間、龍聖は二人の息子の頭を撫でながら、「初めてにしてはよく出来たよ」と褒めていた。

「カリエンは少しせっかちだね。かあ様の話も聞かずに投げてはいけないよ？」

龍聖が笑ってそう注意すると、カリエンはなぜか照れたように赤くなってエヘヘと笑った。

「ホンシュワンの紙飛行機は、なぜ左に傾いてしまったか分かるかい？」

龍聖に問われて、ホンシュワンは少しばかり考える素振りをしたが、ふるふると左右に首を振った。

「分かりません」

そんなやりとりをしている間に、三人の下へ兵士達が紙飛行機を回収して戻ってきてくれた。

「ありがとう」

龍聖はニッコリと微笑みながら礼を言って、みっつの紙飛行機を受け取った。

「ホンシュワンの紙飛行機が左右対称になっていなかったからだよ」

「さゆうたいしょう？」

龍聖はホンシュワンに答えを提示したが、ホンシュワンは初めて聞く言葉に、意味が分からず不思議そうな顔で首を傾げた。

「右側と左側がまったく同じように釣り合いが取れていることを、左右対称と言うんだよ。ほらこの紙飛行機の真ん中から右側と左側が同じじゃないといけないんだ」

龍聖は自分が折った紙飛行機を見せながら説明した。

「ホンシュワンが折った紙飛行機は左右対称ではないんだよ。左側に傾いたということは、重心が左寄りになっているということだから、左の羽の方が大きいか、折り曲げた傾斜が違うんだね」

今度はホンシュワンが折った紙飛行機を見せながら説明した。ホンシュワンは真剣な顔で聞いているが、自分の折った紙飛行機をみつめながら、再び不思議そうに首を傾げた。見た限りでは龍聖が折った紙飛行機と、それほど違いがあるように思えなかったからだ。

龍聖はそんなホンシュワンの様子を見て、ニッコリと笑った。

「こうして重ねて見たら分かるよ」

龍聖はホンシュワンの紙飛行機の左右の羽を、手元で内側に閉じるように重ね合わせた。すると僅かながら左の羽の方が長く、さらに少しばかり歪んでずれてしまっていた。それを見せた後、龍聖は自分の紙飛行機を同じようにして見せる。するとこちらの方は、左右の羽がぴったりと合わさっている。

「分かるかい？」

ホンシュワンは問われて素直にコクリと頷《うなず》いた。龍聖が見せた検証結果を、目を丸くして食い入るように見ている。そんなホンシュワンを、龍聖は満足そうに微笑みながらみつめた。

ホンシュワンはとても頭が良かった。幼子の頃から魔力量がとても多く、父であるラオワンから「私よりも遥かに力のある竜王になるかもしれない」と言われていた。

幼い時は多すぎる魔力により、体に負担がかかり苦しんでいたが、龍聖が医局の研究者と共に開発した余剰魔力を吸い取る装置のおかげで、ホンシュワンは健《すこ》やかに育っていた。

竜族の強さは、魔力の量で決まる。それは個人の能力の差にも表れる。生まれながらに膨大な魔力を持つホンシュワンは、身体能力だけではなく、頭脳も秀でていた。

元々竜王の世継ぎには、兄弟とは異なる教育が施されるのだが、龍聖はホンシュワンの能力を伸ばしたいと考えて、養育係による教育課程以外にも、様々なことを学ばせていた。それは遊びの中にも取り入れられていた。

この紙飛行機もそのひとつだった。『飛行機』という乗り物が存在しないこの世界では、普通の紙飛行機を作っても、それが何か理解するのは難しいだろうと考えて、鳥のように見える羽が上下に動く形の紙飛行機を作ってみせたのだ。

「こういうものは、適当に作ってはいけないんだ。僅かな歪みも、顕著《けんちょ》に結果として表れてしまうからね……たとえば、この扉を適当に板を切って作っても、この枠に嵌まらなければ、扉として役に立たない。机や椅子も、四本ある脚のひとつでも長さが僅かに違うだけで、ガタガタと不安定になってしまう。ホンシュワンは、机や椅子がどうやって作られるのか知っているかい？」

「いいえ、知りません」

「我が国の木工家具は、とても美しくて機能的だから、他国でも人気なんだよ？　城の工房で作っているから見学してみると良いよ」

龍聖はホンシュワンに、たくさんの経験をさせたいと思っていた。色々な物に興味を持ち『知りたい』と思う楽しさを味わってほしかった。

「おや？　みんな揃って何をしているんだい？　私の出迎えとも思えないけど？」

そこへラオワンが現れて、廊下にいる龍聖達を見て、面白そうに笑いながらそう言った。

「とうさま！」

カリエンが、タッと駆け寄って甘えるように抱きついた。ラオワンはカリエンを抱き上げると、優しく頭を撫でる。

「ラオワン、今、みんなで作った紙飛行機を飛ばしていたんだよ」

「かみひこうき？」

ラオワンは首を傾げながら、カリエンを下に降ろすと、一緒に龍聖の側に行き膝をついた。

「そう、紙を折って作った飛行機……飛行する物体……宙を飛ぶおもちゃのことだよ」

龍聖は『飛行機』をなんと説明しようか考えながら言った。そして言うよりも見せた方が早いと、自分が折った紙飛行機を再び飛ばしてみせる。龍聖の手を離れた紙飛行機は、まるで生きているかのように羽を上下させて、宙を滑るように飛んでいった。

ラオワンは驚いて目を丸くし、二人の息子は嬉しそうにはしゃいでいる。

「すごいな……君は魔法が使えるのかい？」

ラオワンが少年のような顔で、瞳を輝かせながら龍聖にそんなことを言うので、龍聖は思わず吹き

出してしまった。

「同じことを言うなんて……君達は紛れもなく親子だね」

龍聖が楽しそうに笑うので、笑われたラオワンと息子達は思わず顔を見合わせた。

「陛下、申し訳ありませんがそろそろ……」

ラオワンの後ろに控えていた宰相のションシアが、苦笑しながらそっと声をかけた。

「ああ、そうだった。リューセーを迎えに来たのだったね」

言われて自分の本来の目的を思い出したらしいラオワンは、振り返ってションシアに頷き返して、改めて龍聖をみつめた。龍聖はそれを聞いて、理解したというように目配せをすると、持っていた息子達の紙飛行機をそれぞれに返した。

「それではこれは宿題だよ。私が戻るまでに、遠くに飛ばせるようになること。分かったかい？」

「はい、分かりました」

二人は力強く答えた。

「それじゃあ、ハデルや叔父様達のいうことをよく聞いて、良い子で留守番をしていてね。お土産を持って帰るからね」

「はい、お母様も、お父様も、お気をつけて行っていらしてください。カリエンのことは、僕が守ります」

「かあさま、早く帰ってきてね」

龍聖は二人をそれぞれ抱きしめて、頬に口づけた。

「ハデル、それじゃあ二人のことをお願いしますね」

龍聖が立ち上がり、後ろに控えていたハデルにそう声をかけた。

「お二人のことはお任せください。お早いお戻りをお待ちしております」

ハデルはそう言って一礼をして、側に控える侍女や兵士達も深々と頭を下げた。

「我々兄弟が全力でお守りしますから、どうぞご心配なく……それよりも、お二人こそ羽目を外されませぬように……」

ションシアが、じっとラオワンをみつめながら窘《たしな》めたが、ラオワンはニッコリと微笑むだけで、特に何も答えなかった。

「大丈夫だよ、オレ達がついているから」

ションシアの隣で、外務大臣のヨウレンが胸を張って言うと、護衛隊を率いる国内警備長官のメイジャンも同じように胸を張って大きく頷いた。

「それが心配なのだが……」

ションシアは溜息交じりに呟いた。

「じゃあ、行こうか」

「はい」

弟達のやりとりをスルーして、ラオワンは龍聖の手を取り立ち上がった。龍聖も嬉しそうな笑顔で頷き返す。二人は手を繋いで意気揚々《いきようよう》と歩き出す。

「いってらっしゃい!」

ホンシュワンとカリエンが、二人に手を振って送り出した。そのすぐ後ろにハデルが立ち一緒に見送る。龍聖は何度も振り返って子供達に手を振りながら、中央塔に続く階段へ姿を消した。

「ホンシュワン様、カリエン様、お部屋に入りましょう」

ハデルが二人にそう促したので、ホンシュワンは頷いて、カリエンの手を握り子供部屋に向かって歩きだした。

いつもラオワンが外遊に向かう時は、龍聖と共に中央塔の最上階にある竜王ヤマトの部屋まで行って、出発するラオワンを見送っていた。今回このように、部屋の前で見送るのには訳がある。

母である龍聖が、父と共に外遊に出るのは初めてのことだった。ホンシュワンは当年五十二歳(外見年齢十歳)なので、両親の立場も、外遊の意味も理解しているから、我慢して留守番をすることが出来る。しかし弟のカリエンは、まだ二十六歳(外見年齢五歳)で、今回は母も外遊に行くという話は何度も言って聞かせて、本人は理解しているように見えるが、いざ目の前で母までもが、竜王ヤマトに乗って飛び立ってしまうと、後追いをしてしまいそうで危険だと判断されて、廊下での見送りとなった。

「子供達が気になるのかい?」

階段をのぼりながらも、何度も後ろを気にする様子の龍聖を見て、ラオワンが困ったような顔で声をかけた。龍聖はハッとした顔でラオワンをみつめ返すと、肩を竦《すく》めて自嘲《じちょう》気味に笑った。

「そうだね……ホンシュワンは大丈夫だと思うけど、カリエンが泣いたりするんじゃないかって、やっぱりつい気になっちゃうね」

「じゃあ、行くのは止めるかい？」

「まさか！」

ラオワンの言葉に、信じられないというように、龍聖が驚きの声を上げた。

「私がどれほど前から行きたいと思っていたのか知っているくせに……そんな意地悪を言うなんて！」

龍聖がプンプンとすごい剣幕で怒るので、ラオワンは慌てて謝罪した。

「すまない！　冗談に決まっているだろう？　そんなに怒らないでくれ……私だって君が行かないと言いだすんじゃないかと、内心はらはらしていたんだよ。なにしろこの外遊を楽しみにしていたのは、君だけじゃなく私もなんだからね！」

ラオワンはそう言って、繋いでいた手をぎゅっと強く握りしめた。ニコニコと上機嫌なラオワンの表情から、心から楽しみにしていたことが分かる。

そんな二人の痴話喧嘩を、後ろからついてきているションシアは、不安そうにみつめている。

最上階に辿り着くと、ヤマトが空への出口を大きく開けて待っていた。

「ヤマト、お待たせ」

ラオワンが笑顔で声をかけて、龍聖も手を振ると、ヤマトはグルルッと喉を鳴らして、頷くように頭を上下させた。

「じゃあ行ってくるよ。ションシア、国のことは任せたよ」

「はい……陛下、リューセー様、くれぐれも予定通りにお帰りください。ホンシュワン様とカリエン様がお二人の帰りを待っていることをお忘れなく」

ションシアがとても真剣な顔で言うので、ラオワンが呆《あき》れたように笑みを浮かべて首を竦めた。

「当たり前じゃないか！　子供達が待っているのを忘れるわけがないだろう？　現に今だって、リューセーは子供達のことが気になって、後ろ髪を引かれていたというのに……お前だって見ていただろう？」

ラオワンは龍聖の方を見て「ねぇ」と言うような仕草で笑った。龍聖も大きく頷いた。

「ションシア様、大丈夫です。十分気をつけて行動しますので、ご心配なさらないでください」

二人が声を揃えて大丈夫だと言うが、ションシアはまったく信じていないようで、真剣な表情は崩さずにもう一度念を押した。

「予定通りですよ……予定通りにお帰りください」

ションシアが心配しているのは、二人の身を案じてというばかりではなかった。今回の外遊は、通常の外遊とは異なるものだ。通常の外遊は、外務大臣が国王の代理として赴く場合と、国王自らが赴く場合の二種類がある。年間で平均三回ほど、エルマーン王国から他国へ外遊に赴いている。そのうち二回は外務大臣が行き、国王が行くのはほぼ一回のみだ。

国王自らが赴く外遊とは、絶対に国王でなければならないような外遊目的……友好国の王族に関わる冠婚葬祭や、友好国の重要な記念式典（建国百年祭など）への出席が、主な目的になる。

国王はともかくとして、外務大臣が赴く外遊が年に二回というのは少なく思われるかもしれないが、一度の外遊で四、五ヶ国を回るため年間に訪れる国の数としては、決して少なくないだろう。それが出来るのは、竜という世界最速の移動手段があるからである。

さて、今回の外遊が通常のものとは違うのは、国王と王妃の二人で行くからではない。過去にも竜王夫妻が揃って外遊に出たという記録はある。現にラオワンの両親である十一代目竜王レイワンと王妃龍聖も、一緒に外遊に行ったことがあった。

今回の外遊が、それらともまた違っているのは、主役が龍聖であるという点だ。龍聖のたっての願いで、外遊に行くことになった。もちろん物見遊山《ものみゆさん》に行くわけではない。

この世界で、最多の蔵書を誇る国立図書館を持つリムノス王国へ行って、どうしても調べたいことがあると、かねてより龍聖が願い続けてきたのだ。

ラオワンはすぐにでも叶えてやりたかったのだが、世継ぎであるホンシュワンが、生まれつき膨大な魔力を持っていたがためにたびたび体調を崩したり、次男のカリエンが生まれたりと、龍聖が国を離れることが出来ない状況が続いてしまった。

だが龍聖が作り出した魔力を宝玉の欠片《かけら》に移す装置のおかげで、ホンシュワンの溢《あふ》れる魔力を吸い取り、体調を崩すことなく安定させることに成功した。次男のカリエンも、乳離れならぬ魂精《こんせい》離れが出来たので、ようやく龍聖の念願を果たす状況が整ったのだ。

ションシアとしても、龍聖の願いを叶えたいとは常々思っている。外遊自体は、過去の事例から鑑《かんが》みても、もっと早くに許可を出すことは出来た。過去の事例の通り、日帰りや一泊二日の旅程ならば……だ。

今回の外遊は五日間にも及ぶ前例のないものだ。両陛下の外遊としてだけでなく、外務大臣が赴く外遊であってもこのような長期の日程は過去にない。(留学は別とする)

「五日後にお帰りになるのをお待ち申し上げます」

ションシアは、釘を刺すように、さらに念を押して言った。

「大丈夫ですよ。約束通り帰ってきますから」

龍聖がニッコリと笑って答えた。それを受けて、ションシアは一礼をして一歩下がる。

相手がラオワンならば、もう二言、三言は苦言を言えるのだが、龍聖が相手ではこれ以上は言えなかった。それもそんなに嬉しそうな笑顔で言われるとなおさらだ。

ションシアは惨敗したというような苦い表情で、言いたい言葉を飲み込んだ。

ヤマトが身を低くして頭を床につけたので、ラオワンは龍聖を横抱きにすると、ひらりと軽い足取りで、ヤマトの頭から首を伝って背中へ駆け上がる。その弾むような軽快な足取りからも、浮かれ具合が滲《にじ》み出ている。

「後のことはご心配なく、楽しんでいらしてくださいね」

「気をつけていってらっしゃいませ！」

「お帰りをお待ちしています！」

ションシアの後ろに並ぶ見送り組の姉弟達が、口々に声をかけて二人に手を振っている。皆の声を聞きながら、不安なのは自分だけなのかと、ションシアはなんとも苦い気持ちになった。

ラオワンは一度外へ視線を向けた。青空に舞う竜達の姿の中に、共に外遊に向かう者達の姿を確認して、出発の時だと判断した。

「じゃあ行くけど大丈夫かい？」

隣に立つ龍聖に、優しく声をかける。

「はい、大丈夫！」

龍聖は笑顔で答えて、ぎゅっとラオワンの腰にしがみついた。そんな様子に、ラオワンは思わず笑みを零《こぼ》して、龍聖の腰を抱き寄せると、見送る人々の方へ顔を向けた。

「それじゃあ行ってくる」

ラオワンが大きな声でそう告げると、それを合図にしたように、ヤマトがその大きな金色の羽をバサリと広げた。石の床を力強く蹴って数歩駆けだして、大きく開かれた出口から空へと飛び立った。

ヤマトはゆっくりとエルマーン王国の上空を旋回した。空を舞っていた竜達も集まってきて、ヤマトの後ろに追随するように連なって飛ぶ。

「ほら、テラスにホンシュワンとカリエンがいるよ」

ラオワンに促されて、龍聖が城の方を見ると、最上階のテラスに二人の息子とハデルや侍女の姿が確認出来た。ラオワンと龍聖が揃って手を振ると、ホンシュワンとカリエンが大きく両手を振るのが見える。

「大丈夫かな？　泣いちゃわないかな？」

龍聖が手を振りながら、少しばかり心配そうに呟いた。

「泣くかもしれないけど大丈夫だよ。ホンシュワンはしっかりしているし、カリエンは明るい子だ。兄弟で助け合うさ……ハデルもいるし、私の姉弟達もいる。たぶんいつもの何倍も、入れ代わり立ち代わりで様子を見に行くんじゃないかな？　むしろ叔父さん叔母さん達が来すぎて、二人とも寂しがる暇もないかもしれないよ」

ラオワンの言葉に、その様子が容易に想像出来て、龍聖は思わず笑いだしてしまった。

そうしている間に、上空を二回旋回したヤマトは、進路を東に向けてさらに上昇しはじめた。王城からみるみる離れていく。龍聖は手を振りながらみつめていたが、子供達の姿が視認出来なくなったところで、諦めたように上げていた手を下ろした。

ラオワンは、少しばかり龍聖の様子が心配になって、そっと顔を見た。龍聖はラオワンの視線に気づいて、チラリと視線を合わせると、少し照れたように笑う。

「大丈夫だよ。確かにちょっと子供達が心配だけど、お城にはたくさんの人達がいるからね。どちらかというと、子供達と初めて離れることになって、私の方が少し寂しいのかも……だけどずっとずっと、この日を待ち望んできたんだからね。リムノス王国……どんなところだろうって、とてもわくわくしているんだ」

　そう言って龍聖は嬉しそうに頬を上気させて、瞳をキラキラと輝かせながら、真っ直ぐ前をみつめた。この表情はラオワンもよく知っている。好奇心が溢れて、もう誰にも止めることが出来なくなった時の顔だ。

「リムノス王国って、とても古い国なんでしょう？　人間の国としては最古？」

「う～ん……その辺りはちょっと複雑なんだけど、最初にリムノス王国が建国されたのは千九百年ほど前だ。その時に我が国と国交を結んでいる。だけどリムノス王国は七百年余りで一度滅んでいる。ただ正確には王家が断絶しただけで、国の形は残された。君主としてデュヴァル侯爵が立ち、名前をそのままに『リムノス侯国』として新たに建国された。デュヴァル侯爵の血筋は辿ればかなり前ではあるが、王家の血筋も入っていたらしい。だがこの国も五百年ほどで滅びて、次に『リムノス公国』が建国された。君主はスカルファロ公爵……君主になった時に大公を名乗ったので、スカルファロ大公だね。だけどこの国は三百年ほどで滅びることになって……二十年ほど君主のいない空白の期間があり、その間だけ『リムノス共和国』を名乗り、そして現在の『リムノス王国』が再建されたんだ」

　ラオワンが一気に説明をして、ふうっと大きく息を吐いた。龍聖が、うんうんと相槌《あいづち》を打ちながら真面目に聞いてくれたので、ラオワンも調子に乗って一気に捲し立てた感じだ。

「一応私も事前に勉強はしてきたんだけど……私がさっき『人間の国としては最古』って言ったのも、

君主の系統が変わっただけで、国はずっと変わっていないでしょ？　結局、君主が変わるたびに、国の呼び名が少し変わっただけだよね……『リムノス』の部分はずっと引き継がれてるし……なんか不思議だよね。こういう国も珍しいんじゃないかな？」

「珍しいだろうね。人間の国は滅びれば、完全になくなることがほとんどだ。滅び方には色々とあるけれど……国が滅びれば、民は流民となって方々に散らばってしまうから、同じ場所で、同じ民のいる国が再興されることなど、普通はありえない話だね」

「まったくない話なの？」

龍聖がさらに尋《たず》ねるので、ラオワンは腕組みをしてしばらく考えた。

「君主の悪政に耐えかねた民衆が暴動を起こして、政権を奪うなんてこともたまにあるようだけど、それで民衆が望む通りの新たな国が再興されたという話は、ほとんど聞かないんだよね。統治するには力のある君主がどうしても必要になるし、民衆の中からそういう君主が擁立されることは稀《まれ》だ。暴動が起きている混乱のさなかに、隣国から攻め滅ぼされることも多い。なかなか難しい話だね」

この世界は、平和に生きることがとても難しい。国連などもないから、弱い国はすぐに淘汰《とうた》される。今もどこかで戦争が起きていて、今もどこかで国がひとつ滅んでいるかもしれない。未だに龍聖には、馴染めないことだ。

「リューセー？　どうかしたのかい？」

龍聖がぼんやりと景色を眺めて黙り込んでしまったので、ラオワンが心配そうな顔で声をかける。

「あ、ううん、ごめん。私のいた世界では、よほどのことがない限り、国が滅びるってことがないものだから……戦争がまったくないというわけではないけれど、国を滅ぼし合うような戦いにならないように、周辺国が軍事介入したり、戦争をしようとする国に経済制裁を加えたりして、なんとか戦争を食い止めようとする仕組みになっているんだ。でもこっちの世界では、弱肉強食なんだなって……だけどある日思いもよらない形で、世界が滅亡するかもしれなくて、国同士で争っている場合じゃないのになぁって、そんなこと考えてた」

少しばかり気落ちしてしまった様子の龍聖を見て、ラオワンは肩を抱き寄せて、頭に口づけて慰めた。

「私も僅か百年、二百年という短い年月で滅びてしまう国を見ると、愚かだなと思うことはあるよ。我々シーフォンは、滅亡を回避するために必死で生きているのに……だけどそう思った時、ああ、我々も愚かなことをしてしまって天罰を受けているのだったと気づいて、思わず苦笑してしまうんだけどね」

ラオワンは、わざと明るい口調でそんな話をして、龍聖の気を紛らわそうとした。龍聖もラオワンの気遣いに、クスリと笑みを浮かべる。

「なんだかリムノス王国の話から、少し逸《そ》れてしまったね！」

ラオワンは、何の話をしていたのかと我に返り、慌てて龍聖に謝罪した。だが龍聖は笑いながら首を横に振る。

「普段こんな話をしないから楽しい。ラオワンとは、あんなに毎晩二人でゆっくりとおしゃべりしているのに、こういう話はしたことなかったね」

龍聖が本当に楽しそうな顔でそう言うので、ラオワンは苦笑して、ぎゅっと龍聖を抱きしめた。

「だって部屋に帰って君といちゃいちゃしたいのに、仕事の話をするなんて無粋《ぶすい》だろう？　まあ、君はこんな話でも、面白がる人だと分かってはいたけど……」

ラオワンはそう言って少し大げさに、嘆かわしいと眉尻を下げながら、龍聖の頬に頬をすり寄せた。

龍聖はくすぐったいというように、笑って顔を顰《しか》めながら『ラオワンは家に仕事を持ち込まない主義だったんだ』と、今さらながら感心してしまった。

「まあ、きな臭い話はあまり好きじゃないけど、リアルタイム……えっと、今現在、現実にどこかで戦争しているとか、どこかの国が滅びたとか、そういう話ではなくて、昔のどこかの国で起きた話ならば、面白いからぜひ聞いてみたいと思うよ。勉強になるからね」

龍聖がわくわくした顔で言うのを見て、ラオワンは仕方がないという様子で溜息をついた。

「リューセーの勉強好きにも困ったものだな……今私が言った『無粋』の意味は知っているのかい？子供達もいない二人きりの大人の時間だよ？　もうちょっと雰囲気の良い話をしたいんだけど……まあ、リューセーが楽しんでくれるのならば、そういう話をするのもやぶさかではないんだけど……なんというか……」

「だけどいつもお互いに、その日一日あったことを報告しているでしょ？　別に色っぽい話をしたことなんて、そんなにないと思うけどな〜？」

龍聖が首を傾げると、ラオワンは切なそうな顔をして、龍聖の頬に口づけて、再び頬をすり寄せた。

龍聖は、まるで甘えん坊の大型犬を宥《なだ》めるような気分で、ラオワンの頭をよしよしと撫でる。

「ラオワン、私はラオワンと二人で色々な話をするのが大好きだし、その……ほら、そもそも私に色気とかそういうものを求められても困るし……あの、そっちの方は、それなりに……その……寝室でならば十分いたしているつもりなんだけど……」

龍聖が赤くなりながらとても困ったようになんとか言い繕おうとした。ラオワンはそれを横目に盗み見ながら、腰を抱き寄せた状態で、ニヤニヤと口元が緩んでいた。

「分かっているよ……リューセー。私だって君と話をするだけで楽しいし幸せなんだ。今も最高に幸せだ。別に色っぽい話なんてしなくても良いんだよ」

ラオワンはそう言いながら、龍聖の唇に啄《ついば》むような軽い口づけを何度かして、ニッコリと笑った。

そんなラオワンを、龍聖は困ったような、呆れたような表情でみつめて、小さく溜息をついた。

「今日のラオワンは、少し浮かれすぎじゃない？」

「それは君も同じだろう？」

二人はしばらく少し挑戦的な眼差しで睨《にら》み合うようにみつめ合った後、同時に吹き出して笑い合った。

「あ〜、リムノス王国ってどんなところだろう？　って、考えるだけでわくわくする。もうここ数日は興奮してなかなか寝付けなかったくらいだからね」

龍聖が瞳を輝かせて言うので、ラオワンも嬉しそうに頷いた。

「ずいぶん話が逸れてしまったけど、まあ要するにリムノス王国には、世界で唯一の学園都市と商業都市があり、世界最古の学舎と商業組合があって、このふたつが大きな力を持っているから、貴族が権力を持ったとしても、政権が長続きしないんだ。だから大公の統治は短命に終わり、再び王政に戻ったんだよ。そして君が楽しみにしている世界最古で最大の図書館がある」

「ふふ……最古で最大の図書館かぁ……四代目竜王ロウワン様が、初めて訪れた時に感動して、自分も同じような図書館を作りたいと思ったんでしょ？　城の書庫は十分蔵書があるから、図書館って呼んでも良いのに、なんで『書庫』なの？」

「それは最初にロウワン陛下が、図書館を作ろうとした時に、書物が百冊ほどしかなかったから、とても図書館などとは言えないって言ったかららしいよ。私はあまりその辺の違いは分からないのだけど……でもまあ、リムノス王国の図書館を見たら、そう思っても仕方がないのかもしれないね。だけど君があの書庫を『図書館』と認めても構わないと言うのならば、我が国の書庫を今後は『図書館』と改めたら良いと思うよ」

そう言われて龍聖は腕組みをしてしばらく考えた。城の書庫を思い浮かべる。

当初はともかく、現在は千冊ほどの蔵書がある。図書館の定義は、確か図書（絵図、書物、図録、書籍など）を、専門職員が収集・整理・保存して、利用者に閲覧・貸し出し・複写など提供する施設のことだ。蔵書の数は関係ないはずだ。

そもそも龍聖のいた世界と違い、この世界で本はとても貴重なものだ。植物紙はあるが、その歴史はまだ浅く、市場としては羊皮紙と半々くらいだ。まだ活版印刷は発明されていないようなので、おそらく印刷と言ってもガリ版印刷程度だろうし、手書きがまだ主流で、インクも高価だ。製本も手作業だろう。

だから書籍一冊が、金貨何枚もするし、物によっては家一軒分くらいの価値……古書になれば、宝物くらいの価値がある。千冊どころか、百冊だって十分に誇れる蔵書数だ。

城の書庫には、閲覧するためのスペースがある。キャレルが十席あり、六人掛けの大きな学習テーブルも六ケ所ある。十分に図書館だと思うし、他国に見せても恥ずかしくないほどの施設ではないだろうか？

「十分、図書館と言っていいと思うよ」

龍聖が胸を張って言ったので、ラオワンはそれを聞いて破顔した。

「それは嬉しい言葉だね。図書館を作りたいと言っていたロウワン陛下の念願が叶ったわけだ」

ロウワン陛下の念願……ならば、その切っ掛けとなったリムノス王国にあるという最古で最大の図書館がどんな物か、さらに期待が高まってくる。

「ああ！　早く行きたい！」

龍聖は頬を上気させて、身震いしながら思わず叫んだので、ヤマトがくるりと顔を龍聖達の方に向けて、グルルルッと鳴いた。

「分かっているって」

それに対して、ラオワンが首を竦めながら少し投げやりな態度で答えたので、龍聖はラオワンとヤマトを交互に見比べて首を傾げた。

「ヤマトは何て言ったの？」

「これ以上速く飛ぶわけにはいかないぞって釘を刺されたんだ」

ラオワンが苦笑しながら答えたので、それを聞いた龍聖はさらに首を傾げた。

「釘を刺したってことは……もっと速く飛べるってこと？　私が早く行きたいって言ったから、ラオワンがそう命じるかもって思って釘を刺したんでしょ？」

「さすがリューセー、本当に察しが良いな」

ラオワンが感激したように褒めると、ヤマトもグルルッと鳴いて相槌を打つ。龍聖はきょとんとした顔で、ラオワンの顔とヤマトの顔を交互にみつめた。その反応にラオワンが目を細める。

「ヤマトもさすがだと褒めているよ」

そう通訳しつつ、ラオワンは溜息をついて肩を落とした。

「ヤマトは本気を出せば、今の倍速く飛べるんだけど、そうすると他の竜がついてこられなくなるからね。ションシア達から口酸っぱく言われてるから、ヤマトもそれに従っているんだ。今のヤマトの言葉は、リューセーを褒めただけではなくて、その辺りもちゃんと説明しろと言われたわけだけど

「……」

最後の方は小声になって、そっと龍聖に耳打ちした。それを聞いて、龍聖は思わずクスリと笑った。

「倍かぁ……それはすごいね。時速どれくらいで飛んでいるんだろう？　リムノス王国までどれくらいの時間がかかるの？」

「じそく？　えっとそうだな……リムノス王国まで通常は馬車で十五日程度の距離だ。これは夜休むという人間達の旅の日程に換算した場合だね。まあ商隊の場合は、途中で通過するいくつかの国に立ち寄って、商売をするからひと月以上かけて行くんだろうけど……エルマーン王国から寄り道もせずに、真っ直ぐに行った場合の距離の換算だ。竜で飛んだ場合は、四刻くらいで到着するよ」

なるほどと言うように頷いて聞きながら、龍聖は腕組みをして考え込んだ。この世界の馬車は見たことがあるが、たぶん龍聖の世界で十八世紀後半ぐらいの馬車に似ていた。それならば四頭立てで、時速十キロ、一日に八十キロから百キロは移動出来るだろう。夜休息して十五日かかる距離ならば、エルマーン王国とリムノス王国間は、たぶん千二百キロ前後だと思われる。東京から福岡くらいまでの距離だ。そうなると四時間で行くことが出来る竜は、時速三百キロのスピードで飛んでいることとなる。

ヤマトがその倍のスピードで飛べると言うのならば、単純計算でも時速六百キロになる。龍聖のいた世界では、高速鉄道でも当たり前に出していた速さだが、この世界では未知の領域だろう。その速さと強さを持つ竜は、この世界の人々にとっては幻の生き物だ。権力者が欲しがるのも無理はないと思った。

「リューセー？」

すっかり思考の海に潜《もぐ》ってしまった龍聖の顔を、ラオワンが困ったなと苦笑しながら覗き込む。

ラオワンには理解出来ない不思議な言葉（大和の国の言葉のようだが、ラオワンは母から教わっていない言葉）を、思いつくままに口にして、そのまま考え込んでしまうのは、龍聖のいつもの癖だ。

考え込むと言っても、思い悩むというような類のものではなく、自分の知識をフル回転させて、この世界の謎を解くのを面白がっているようなのだ。きっとこの後、嬉々《きき》として熟考の末に導き出した答えを、早口で話しはじめるだろう。

それもまたラオワンにとっては、理解出来ない言葉だったりするのだが、そんな時の龍聖は、瞳をキラキラと輝かせて、頰を紅潮させて、本当に楽しそうに話すので、それがとにかくかわいくて、ラオワンは龍聖を眺めているだけで、十分に満足出来るから、止める気は毛頭ない。

完全に考え事に没頭しているので、その間無反応な龍聖を、ぎゅっと抱きしめたり、頰ずりしたり、額や頰に口づけしたりして、ラオワンも自由に過ごす。だがこれもあまりやりすぎると、思考の邪魔になるからと、龍聖に叱られるから、ほどほどの匙加減でやっている。

「ラオワン！　すごいね！」

ふいにスイッチが入ったように、龍聖が覚醒してひと声上げた。

「ん？」

ラオワンは、ニッコリと笑って聞く体勢を整える。抱きしめていた腕を離して、龍聖の腰を軽く抱き寄せつつ、キラキラとした表情でラオワンを見上げる龍聖を、みつめ返した。

「馬車で十五日かかる距離を、竜は四時間で行くんでしょ？　つまり時速十キロ前後の馬車に対して、竜は時速三百キロで飛んでいるわけだ。その上、ヤマトはその倍の速さで飛ぶことが出来るんでしょ？　それは私がいた世界の乗り物に引けを取らないよ。この世界の人にとっては、想像も出来ない速さだろうね！　それにしても不思議なのは、そんな速さで高空を飛んでいるにもかかわらず、ヤマトの背中に乗っていても、風圧を感じないことだよね。普通なら風で吹き飛ばされていると思うんだけど……風を全然感じないわけじゃないけど、普通に少し強い風程度なんだよね……竜は魔力で飛んでいるって聞いたけど、これも魔力の影響なのかな？　本当に不思議！」

早口に語る龍聖のかわいい唇をみつめながら、よく口が回るなと、ラオワンは心から感心する。見ていて飽きることはない。

「それは……ヤマトがすごいって褒めているのかな？」

ラオワンはわざとそう言いながら、龍聖に目配せをした。ここはヤマトを褒めてあげてという合図だ。もちろん龍聖は、すぐにその意図を理解して、ニッと笑う。

「もちろんだよ！　だってこの世界中で、ヤマトが一番速く飛べるってことでしょう？　本当にすごいよ！　さすがは竜王だよね。魔力量が多いから、速く飛べるってことだよね？　今はみんなと一緒に行かないといけないから、ゆっくり飛んでくれているんだと思うけど……いつか機会があったら、私を乗せて全速力で飛んでほしいな」

　龍聖はヤマトを大きな声で褒め称えた。するとヤマトが再び頭を龍聖達の方へ向けると、目を細めてググッと喉を鳴らした。まるで笑っているかのようだったので、通訳してもらわなくても、龍聖にはなんとなくヤマトの言いたいことが分かった。

「いつか私を乗せて全力で飛んでくれると約束してくれたんでしょ？」

　龍聖は確認するように、チラリとラオワンを見ると、ラオワンが微笑みながら頷いたので、嬉しそうにヤマトの顔を見た。

「ありがとう」

　龍聖の笑顔を見て、ヤマトは応《こた》えるように頷き前を向いた。

「リューセー、到着までまだ三刻近くかかるから、座っていようか」

「そうだね」

　二人は楽しそうに微笑み合いながら、その場に腰を下ろした。

　そんな二人の様子を、少し後方からずっと眺めていたヨウレンは、大きな溜息をついて、やれやれと肩を竦める。

「どうした？」

　メイジャンが、すっと横に並んできて声をかけたので、ヨウレンは苦笑しながら首を振った。

「いや、兄上達が仲良しなのは知っていたけど、出発からずっとあんな感じだぞ？　これから目的地までずっと見せつけられるのか～と思ったら、少しだけ気が遠くなったんだ」

それを聞いたメイジャンは思わず吹き出して大笑いをした。近くにいた若いシーフォンも声が聞こえたのか、釣られるように笑っている。

「まあ……寄り道されるよりはいいじゃないか。平和だ、平和」

「それはそうだけどな……」

巨大な黄金竜を先頭に、竜達が隊列を作って東の空に向かって飛行する。高空を飛行しているため、地上からはなかなか気づかれることはない。もしも偶然に、空を見上げている人間が気づいたとしても、点のようにしか見えないので、鳥だと思われて終わりだろう。これがこの世界で、竜が幻の生き物と思われている所以《ゆえん》なのかもしれない。

ラオワン達一行が、リムノス王国に到着したのは、正午を少し過ぎた頃だった。王都から少し離れた郊外の開けた場所に、降下地点の目印となる赤い絨毯《じゅうたん》が敷かれた場所があった。その側には何台もの馬車が並んでいる。出迎えの騎士達も整然と並んでいた。

先にヨウレンとその部下が降りて、出迎えの者達と挨拶《あいさつ》を交わした。安全が確認されると、ヨウレンが合図を送り、場所を空けるかのように先に降りたヨウレン達の竜が空に舞い上がった。空いた場所に、ヤマトがゆっくりと舞い降りる。その後方に、メイジャンと護衛の武官達が降りて、足早にラオワン達の下へ駆け寄った。

ヤマトの足元に、メイジャン達が揃うのを確認した後、ラオワンは龍聖を抱き上げて、ゆっくりとヤマトの首の上を渡って下へ降りた。龍聖をそっと降ろして進み出る。

ヨウレンの向かいには、一目で高貴な者と分かる男性が立っていた。赤みを帯びた金髪に、口髭を蓄えた三十代後半ぐらいの立派な身なりの男性は、ラオワンが近づいてくると静かに片膝をついて頭を垂れた。

「エルマーン王国ラオワン陛下、リューセー王妃殿下、ようこそリムノス王国にお越しくださいました。父リムノス国王パウエル二世の代理として、私、リムノス王国皇太子カリストがお出迎えに参上いたしました」

恭《うやうや》しく挨拶を述べたのは、リムノス王国の皇太子カリストだった。

「おお！　カリスト殿でしたか！　すぐに気づきませんでした。ご無礼をいたしました。どうぞお立ちになってください」

ラオワンは少し驚いて、だが嬉しそうに笑みを浮かべながら、カリストに立つように促した。カリストは一礼をしてから、ゆっくりと立ち上がる。

「以前お会いしたのは、カリスト殿の婚礼の時でしたか？　まだ二十歳にもなっていない初々《ういうい》しい花婿だった記憶がありますが……そんなに時が経ちましたか？」

立ち上がったカリストは、笑顔でそう語るラオワンをじっとみつめた。以前会った時とほとんど変わらない姿に、驚嘆の息をそっと飲み込んだ。知識としては理解していたつもりだったが、実際にこうして相対すると驚きを隠せない。かつて同じぐらいの年頃だと、親近感を抱いていた相手は、二十年の時を経ても、まったく歳をとることなく若いまま……自分よりも遙かに年下のような姿でそこにいる。

エルマーン王国の『竜使い』と呼ばれる不思議な人々は、普通の人間の何倍も生きる長寿の民で、人間離れした美しい容姿と、不思議な色合いの髪などから、伝説のエルフのように人ならざるものではないのだろうか？　とまことしやかに言われていた。

だがシーフォンと呼ばれる種族である彼らは、エルフとは異なり友好的で、国を開いて人間の国々と積極的に国交を結んでいる。竜という絶対的な力を持ちながら、決して争いをしない平和主義者だ。

かつてリムノス王国は、王国滅亡の危機に際して、多大なる恩恵を受けた。千年以上にわたる両国の友好関係は、世界中のどの国よりも堅固なものとの自負もあり、リムノス王国は未来永劫エルマーン王国への恩義を忘れまいと、王族をはじめ国民すべてが固く誓っている。

「あれから二十年近く経ちます。陛下はあの頃と少しもお変わりありませんが、私はこの通り初々しさをとうに失くしてしまいました」

カリストが穏やかな笑みを湛《たた》えて答えると、ラオワンは破顔して無邪気な少年のように笑う。そして少し後ろに控えて様子を窺っていた龍聖の方を向き、視線を交わして小さく頷くと、龍聖の背中に手を添えて前に出るように促した。

「紹介します。私の后《きさき》のリューセーです」

「初めてお目にかかります。リューセーと申します。このたびは私の無理な願いをお聞き届けいただき感謝いたします」

龍聖は深く頭を下げながら、カリストに挨拶をした。さらりと美しい漆黒の長い髪が肩から流れ落ちる。カリストは思わず目を奪われた。

以前、ラオワン王に会った時に、后自慢を散々されたことを覚えている。夜の闇のように艶やかで美しい黒髪だと称《たた》えていた。その時はなんとなく聞き流していたのだが、これは確かに褒め称えるに値する。こんな見事な黒髪は初めて見たと、思わず見入ってしまった。

「リューセー王妃殿下、お会い出来て光栄です。お噂はかねがねラオワン陛下より伺っておりました。ずいぶんと惚気《のろけ》られましたが、これほどにお美しいとは……驚きました。陛下が褒め称えるのも仕方がありませんね」

カリストは我に返って、慌てて挨拶に応えた。思わず見入ってしまい無言になったことを、なんとか誤魔化《ごまか》すことが出来ただろうかと、穏やかに微笑みを浮かべつつ、内心は酷く焦ってチラリとラオワンを見た。

ラオワンは、龍聖が褒められてご機嫌のようだ。相変わらず少年のような笑顔で笑っている。

ゆっくりと顔を上げた龍聖が、困ったように眉尻を下げて、カリストとラオワンの顔を交互に見た。

「ラオワンが何を言ったのか知りませんが……なんだか気を遣わせてしまったようなら申し訳ありません。私は外見の美醜《びしゅう》を、特に気にしていないので、そんなに褒めていただかなくてもよろしいのですよ？　むしろ美しいなどと言われると、どう答えればいいのか分からないので困ります。それはともかく、滞在中は大変ご迷惑をおかけするかもしれませんが、何卒よろしくお願いいたします」

龍聖が丁寧だが、遠慮のない物言いをして、さっさとこの場を収めてしまったので、カリストは再び驚いた。龍聖の口ぶりから、本当に見た目についてはなんとも思っていないようだ。世の貴婦人は、美しいと褒めれば喜ぶものと思っていた。表立っては気にしていないように振る舞っていても、内心は嬉しいはずだと思っていたので、本当に無関心な素振りには驚かされた。

『そういえば、エルマーン王国の王妃は、男性だと言っていたか？　いや、男女に関係なく外見を褒められて、嫌な気がする者はいないだろう……だがそれにしても、男性にはとても見えないのだが……』

カリストはそんなことを思いながら「どうぞ心ゆくまでご滞在ください」と一礼をしつつ、そっと龍聖の顔を改めて見直した。不思議な顔立ちだと思った。中央大陸では見かけない人種だ。エルマーン王国のシーフォンやアルピンとも異なる。

学園都市、商業都市を有するリムノス王国には、世界中からたくさんの人々が訪れる。人種も様々だ。カリストも政務に携わる中で、たくさんの人々に会ったが、龍聖のような容姿の者には会ったことがなかった。

漆黒の髪と瞳、肌は白いが少し黄みを帯びていて、柔らかな綿を思わせる色合いだ。涼やかで大きな目と、鼻筋は通っているが小鼻が小さくそれほど高くない鼻、形の良い口は少し小さめで、顔もほっそりとして小さい。目鼻立ちはとても整っているのだが、派手さがない。

だが派手さがないというのは、決して地味だという悪い意味のものではない。清涼な美しさ……ラオワン達とは別の意味で、人ならざる者のような神秘的な美しさが感じられた。

「お話は城でゆっくりいたしましょう。王もお二人にお会いするのを心待ちにしております。どうぞ馬車へお乗りください」

カリストは、あまりじろじろと龍聖を見ていては、不敬になってしまうと我に返り、取り繕うように笑顔を作りながら、ラオワン達を馬車へ案内するように、側に仕える家臣達を促した。

「ありがとうございます」

ラオワンも笑顔で会釈を返して、ヨウレンに後の指示を任せると、龍聖を連れて馬車に移動した。一番豪奢な馬車に、ラオワンと龍聖とメイジャン、カリストとカリストの護衛騎士が乗り込む。今回の外遊では、エルマーン王国側は今までにないほどの大所帯だった。

ラオワンと龍聖、外務大臣のヨウレンと外務官二名、国内警備長官のメイジャンと武官十名、学士五名、アルピンの侍従十名、兵士十名、侍女三名の合計四十四名だ。いつもの外遊と違うところは、書庫に勤める学士五名と、アルピンを二十三名も連れてきているところだろう。護衛のための武官もいつもよりも多い。

今回の外遊の主要な目的は、龍聖の希望により、リムノス王国の図書館で調べ物をすることだった。そのために学士を連れてきた。

リムノス王国には五日間滞在し、その間に龍聖が指揮を執《と》って、学士と共に調べ物に必要な書物を探し、それの写本を行う。当然ながら写本には時間がかかり、とても五日間では出来るはずがない。そのため学士達はそのまま居残り、ひと月かけて必要な写本をすることになっている。

学士達だけを残すのは心許ないので、外務官と武官が一名ずつ残る。その居残り組の世話のためにアルピンの侍従を連れてきたのだ。兵士は学士だけでなく、侍従の護衛もするために連れてきた。侍従は食事の配膳や部屋の清掃など、この城に仕える者達との接触も多い。リムノス王国に限っては問題ないとは思うが、アルピンである彼らが不当な扱いを受けないとも限らない。そのための護衛だった。同じアルピンでも、武術の心得のある兵士ならば、対抗出来るだろう。ちなみに侍女三名は、龍聖付きの専属侍女だ。側近のハデルの代わりに連れてきたので、龍聖と共に帰還する。

普段の外遊であればほとんど泊まることがないので、従者を連れてくる必要はない。一泊程度であれば、その国の従者に任せるし、着替えくらいは自分で出来る。

ラオワン達を乗せた馬車は、武官を乗せた馬車と共に先に出発をした。後を任されたヨウレンが、打ち合わせ通りに次々と指示を出す。人も竜も多いので、交通整理が大変だ。

アルピンの乗った客車を運んできた竜達が、次々と降りてきて客車を下ろしていく。武官の竜達が手分けして運んできたのだ。客車にはアルピン達だけではなく、居残り組に必要な荷物や、ラオワン達の荷物も積んである。

客車から降りたアルピン達が、手早く荷物を下ろしはじめた。兵士達も手伝って、それらの荷物を馬車へ運んでいく。事前に入念な打ち合わせをして、予行演習までしていたので、それらの行動に迷いはなく迅速に行われている。

荷物と人の乗せ替えが終わると、居残り組のシーフォンの竜達が、空になった客車を摑んで空に舞い上がった。竜達だけがエルマーン王国に帰るのだ。ひと月もの長期滞在中に、竜達までもがここに居座るわけにはいかない。それは竜達の安全面も考えてのことだ。

西の空へ向かって飛び去る竜を見送ると、とりあえずの成すべきことは終えたとばかりに、ヨウレンは大きく息を吐いた。だがまだ到着しただけだと気を取り直して、静かに座っているヤマトに一礼をすると、踵《きびす》を返して馬車へ乗り込んだ。


「城までは一刻半ほどかかります。遠路はるばるお越しいただいたのに、さらなる移動でご不便をおかけしてしまい申し訳ありません」

馬車の中でカリストが、外を眺める龍聖に向かって、申し訳なさそうに告げた。初めて見る他国の景色に、瞳を輝かせていた龍聖は、笑顔でカリストの方を向き、ゆるゆると首を振った。

「私達は竜に乗ってくるので、僅かな時間の旅です。ほとんど疲れていません。それに初めて訪れた他国の景色は、とても興味深くてこうして眺めているだけで楽しいです」

「后はこのように、なんにでも楽しみを見出すことの出来る人なのです。ですからこれは別に遠慮して言っているわけではないので、どうぞお気になさらずに……かくいう私は、こんな后の様子を眺めるのが好きなので、まったく問題ありません」

二人がそう言って顔を見合わせて微笑み合う姿を見て、カリストは一瞬目を丸くした。カリストの隣に座る護衛騎士が、笑いそうになった口を拳で塞いで軽く咳払いをして誤魔化している。そんなカリスト達に対して、メイジャンが「いつもこんな感じなんですよ」と、快活に笑い飛ばした。

「ご結婚されてどれくらいになりますか？」

「五十八年……だったかな？」

「それくらいですかね？」

二人が仲良く尋ね合う様子を、カリストは微笑ましくみつめる。そうしているとまだ若い新婚夫婦にしか見えないのだが、言っている内容はまったく釣り合っていない。

「それは……私の両親よりも長いですね。大先輩だ。それにもかかわらず、まるで新婚の夫婦のように仲睦まじくしていらっしゃるなんて、実に羨《うらや》ましい限りです」

「殿下にはお子様が三人いらっしゃるのですよね？　側室はいらっしゃらないと伺いました。殿下の夫婦仲も、十分よろしいではありませんか？」

カリストが苦笑いしながら、少しばかり愚痴めいた口調で言ったので、龍聖が少し首を傾げて言葉を返した。その曇りのない黒い瞳と、飾りのない真っ直ぐな返事に、カリストは一瞬言葉に詰まった。他愛もない会話のつもりだった。二人が新婚夫婦のように見えるのは事実だし、長命とは分かっていたが、五十八年という驚くような年月を言われて、少しばかりからかいを交えて言ったつもりだった。

『社交には不慣れなのだろうか？』

社交辞令も分からずに、真に受けてそんな真っ直ぐな言葉を返してきたのかと驚いた。別にこちらの夫婦仲が良くないということは一言も言っていない。羨ましい限りですと言ったのは、世辞だと普通は分かるだろう。いい歳をして、若夫婦のようにいちゃいちゃしたいなどとは、本気で思うはずが……と、そこまで思考したところで、カリストは、はっと我に返る。

二人の外見に惑わされて侮《あなど》っていたことに気づいた。『大先輩』などと言いつつ、二人のことを『初々しい』などという気持ちで見ていた。無意識に息子夫婦を見るかのように、少し下に見ていたのだ。そういった気持ちが、滲み出ていたのだろう。だが二人は、カリスト自身が言ったように、人生の大先輩なのだ。

龍聖は社交に不慣れな若者として、飾り気のない真っ直ぐな返事をしたのではなく、大先輩として親のような目線でカリストを宥めたのだ。

一瞬でそれに気づいたカリストは、思わず赤くなって俯《うつむ》いた。

『そんなに羨ましそうな顔をしていたのだろうか？　私は羨ましかったのか？』

思わず自問自答して、酷く狼狽《ろうばい》していた。

カリストと妃の仲は悪くはない。結婚して二十年余り、三人の子宝にも恵まれた。妃のマデリーンは、とても美しくて、知的で、社交的で、次期王妃として申し分のない素晴らしい女性だ。カリストは妃を愛しているし、妃もカリストを愛してくれている。

しかしラオワン達のように、いちゃいちゃしたことがない。新婚の時でも……だ。皇太子として、次期国王としての体面があるし、周囲の手本とならなければならないと思っていた。それは妃も同じだろう。そのことを不満に思ったことはないのだが……。

「カリスト殿下、いかがなさいましたか？」

俯いたままのカリストの様子を案じて、龍聖がそっと声をかけた。カリストは、なんとも複雑な表情でゆっくりと顔を上げたが、すぐに社交的な笑みを浮かべた表情に戻った。

「お二人にお伺いしたいことがあるのですが……このようなことをお尋ねするのは、とても失礼だと思うのですが、ここは移動の馬車の中、我々だけしかおりませんので、どうかここだけの戯言とお許しいただけますか？」

「なんでしょうか？」

ラオワンと龍聖は一瞬お互いに顔を見合わせた後、同時に返事をしていた。カリストは、隣に座る護衛の騎士に「お前は何も聞かなかったことにしてくれ」と釘を刺したので、ますます何事だろうと、ラオワンと龍聖が顔を見合わせた。メイジャンは、内心『私も聞かなかったことにした方が良いのだろうか？』と、少しばかり緊張した面持ちになり、そっと窓の外を眺める素振りをした。

「先ほどは少しからかうような失礼な言い方をしてしまったのですが……ラオワン陛下とリューセー王妃殿下は、本当にとても仲睦まじくしておいでで……メイジャン殿も『いつもこんな感じです』とおっしゃっていましたから……その……私室以外でもそうなのでしょうか？　つまり公《おおやけ》の場でも……

と、いうことです」

一瞬、馬車の中が静まり返ってしまった。ゴトゴトと石畳の上を行く車輪の音と、軽快な馬の蹄《ひづめ》の音が聞こえるだけだ。ラオワンと龍聖は、きょとんとした顔をしていた。ちらりと視線だけを交わし合って、神妙な顔をしたカリストをみつめる。

「えっと……公の場で……とは、それはつまり人前でも仲良くしているのか……という意味でしょうか？」

ラオワンが少しばかり当惑した表情で尋ねた。なぜ急にそんなことを聞かれたのか分からなかったからだ。もしかしたら聞き間違えかも？　と思った。

「そ、そうです。普段から場所を問わず、仲睦まじくされていらっしゃるのですか？」

ラオワンは困った顔で少しばかり考え込んだ。

カリストの護衛騎士は、目を剥いて血の気の引いた顔で、カリストをみつめている。あまりにも不敬な質問に、カリストが乱心したのかと思っているようだ。

「そうですね……改めて聞かれると答えに窮しますが……殿下のおっしゃる『仲睦まじさ』が、決していかがわしい意味合いのものではなく、単純に夫婦仲が良いという意味でおっしゃっているのだとしたら、普段から場所は問わず、どこでも、誰の前でも……です。私達としては、これが普通でそれほど意識したことはないのですが、もしも傍から見て、私達の親密さが目に余ると言うか、不快にさせてしまうようでしたら、本当に申し訳なく……」

「わあ！　ち、違うのです！　陛下！　決して！　決してそのようなつもりで申し上げたつもりはないのです！　誤解です！　どうかお許しください！」

ラオワンが最後まで言い終わらないうちに、カリストが絶叫して立ち上がったので、馬車の中にいた全員が驚愕した。カリストはそのまま狭い車内の床に、膝をついて座り込もうとするので、全員が一斉に手を伸ばして、それを制した。

「カリスト殿下！　どうか椅子におかけ直しください！」

「殿下！　落ち着いてください！」

ラオワンや龍聖も一緒になってカリストを宥めた。

「なるほど……そういうことでしたか」

ようやく落ち着きを取り戻したカリストが、何度も謝罪しつつ、質問の意図を説明したので、ラオワンを含めてその場にいた全員が納得をした。特に護衛騎士などは、今にも死ぬのではないかと言う顔色をしていたが、カリストと同様に誤解が解けて落ち着いたようだ。

事情が分かって皆が胸を撫で下ろし、カリストは恥ずかしさでいたたまれない様子だ。馬車内の空気が、なんとも微妙な雰囲気になってしまって、ラオワンはどう声をかければいいか悩んでいた。

「ぷはっ」と盛大に吹き出す声がして、続けて高らかな笑い声を上げたのは龍聖だった。

「リ……リューセー？」

ラオワンが目を丸くして声をかけたが、龍聖はお腹を抱えて笑っている。カリストも目を丸くして、唖然としていた。

「ご、ごめんなさい……ククッ……だって、カリスト殿下が……真面目にそんなことを……聞くから……ラオワンも真面目に……答えちゃってるし……ぷふっ……」

龍聖は話しながら、また思い出したのか大笑いを始めた。皆が呆気に取られる中、ラオワンも釣られるように笑いだした。

「確かに！　……私もなんだろう？　って思ったけど……殿下があんなことを……真面目に聞くから……失礼……だけど……くふっ……」

ラオワンも涙目になりながら、カリストに向かってそう言いつつ大笑いをする。それを聞いたメイジャンも釣られて笑いだした。三人が大爆笑するのを、カリストはぽかんと口を開けて見ていたが、ちらりと隣を見て、護衛騎士と顔を見合わせた。護衛騎士も呆気に取られているようだが、カリストと顔を見合わせたことで、先ほどまでの緊張から解放されたのだろう。ふいに笑いが込み上げてきたようで、慌てて口を手で塞いで、カリストから顔を逸らしてしまった。背を向けながら、その肩が揺れているので笑っているのが分かる。

カリストは向かいに座る三人を見た。三人ともお腹を抱えて笑っている。だがその笑いには、カリストを嘲笑《あざわら》うような侮蔑《ぶべつ》の雰囲気はない。ラオワンも龍聖も、本当に楽しそうに笑っている。

改めて笑われている原因となった件について、思い返してみた。ラオワンと龍聖の二人が、結婚して六十年近くも経つというのに、新婚の若夫婦のように仲睦まじくしている様子を見て、カリストはいつもどこででもそうなのか？　というような意味合いの質問をしてしまった。それに他意はなく、自分や父王達など周りの王族や貴族達を思い返しても、人前で夫婦が仲睦まじく振る舞うなど、見たことがなかったため、つい聞いてしまったのだ。

王族とはこうあるべき……という常識に囚われていたカリストは、一国の王であるラオワンが、外遊先で他国の王族の前でも気にすることなく、后を褒め称え、優しい言葉をかけ、愛を囁いているのを見て、心底驚いた。

だからこそ疑問に思って尋ねたのだ。いつもそうなのか？　と……。

みんなの楽しそうな笑い声を聞きながら、思考の海を漂っていたカリストだったが、ふとあることに気づいた。

『こんな風に考え込んでいること自体が、真面目だと指摘されているのではないか？』

カリストはそこで堪《たま》らず笑いだした。

「まったく我ながら呆れる！」

カリストは大きな声でそう言いながら笑い飛ばす。それを聞いた皆もさらに笑いだした。

馬車の外まで、賑やかな笑い声が聞こえてくるので、前後左右を馬で追走する護衛騎士達が、不思議そうに顔を見合わせていた。

「城が見えてきました。間もなく到着します」

すっかり和《なご》んだ雰囲気の馬車内では、それぞれに話が弾んでいたのだが、窓の外に視線を向けた護衛騎士が、カリストに告げたので、カリストは頷いてラオワン達に同じように告げた。

「王妃殿下の側の窓から城が見えているはずですよ。間もなく着きます」

そう言われて、龍聖は窓へ顔を寄せて、進行方向へ視線を向けた。確かに前方に城が見えてきた。半刻前に王都の門を潜《くぐ》ってから、それまでの長閑《のどか》な風景は一転して、周囲は賑やかな町並みへと変わっていた。道沿いにはたくさんの人達が足を止めて、馬車の列を眺めている。歓迎するように笑顔で手を振る人々に向かって、龍聖も時々手を振り返しては、エルマーン王国とはまったく違う町並みを物珍しく眺めた。

町には三階、四階建ての大きな建物が立ち並んでいるが、城はさらに大きいので、離れたところからもよく見える。

大きな四角い大塔が中央に建ち、屋上部四隅に円錐《えんすい》形の屋根を持つ小さめの塔がついている。大塔の周囲にはいくつもの大小様々な塔が乱立して見え、おそらく内郭、外郭に歩廊や防壁塔を有した堅固な城壁が、重なるようにそびえ立っているのだろうと想像出来る。

「立派なお城ですね！」

龍聖はわくわくして、思わず身を乗り出しそうになった。十三世紀頃のイギリスやドイツの城みたいだ。戦を視野に入れた防御の城だ。

「エルマーン王国の城も素晴らしいと聞きます。岩山に建てられた城……圧巻でしょうね。一度この目で見てみたいものです」

思い浮かべるように宙をみつめながら、カリストが感嘆の息を漏らして言うので、ラオワンがニッコリと微笑んで「来るなら今のうちですよ。我々は歓迎いたします」と、まるで悪巧みを持ちかけるように言った。

カリストは、一瞬瞳を輝かせてラオワンを見たが、すぐに残念そうな表情に変わる。

「たぶんもう無理でしょう」

その言葉と表情を見て、ラオワンが顔色を変えた。

「まさか国王陛下は……」

「なぜ無理だなんて……」

ラオワンと龍聖は同時に、カリストに向かって問いかけていた。声が重なったことに驚いて、ラオワンと龍聖は顔を見合わせた。そんな二人を見て、カリストがクスリと笑う。

「本当に仲がよろしくていらっしゃる……ラオワン陛下、ご心配には及びません。父は至って元気です。そういう意味ではありません」

ラオワンが思わず言いかけた言葉の意味を、素早く察したカリストが、丁寧に否定したので、ラオワンは不思議そうな顔をしたが、その隣で龍聖はもっと分からないという顔をしている。どういうこと？　と、ラオワンをじっと見ながら、下の方でそっとラオワンの腰の辺りを指で突くので、ラオワンは思わず笑みを零した。

「リューセー、今の会話が分からなかったんだね？　私が来るなら今のうちと、カリスト殿下に言ったのは、王に即位する前……皇太子でいるうちに来た方が良いですよと誘ったんだよ。リムノス王国から我が国は遠い。単純に往復するだけでも、ひと月はかかってしまう。よほどのことがない限り、一国の王が外遊して来れる距離じゃないんだよ。だけど皇太子ならば、まだそれほど無理な話ではない……それなのにカリスト殿下が、もう無理だなんて言うから、国王陛下のお加減が悪いのかと、私は思ってしまったんだ。でも違うみたいだ」

ラオワンは「違ったのは良いことなんだけどね」と言いながら笑って肩を竦める。龍聖は納得しつつも、改めてカリストを見た。カリストはただ微笑むだけだ。詳しい事情は話せないようだと、さすがの龍聖も察して、それ以上問いただすことはなかった。

「それにしても城までの道のりは、あっという間でした。景色を眺めるだけでも楽しいのに、カリスト殿下が色々な話をしてくださったので、時間が経つのが早く感じました。本当にありがとうございます」

「いえ、こちらこそ楽しく過ごさせていただきました。私がおもてなしをしなければならない立場だというのに、王妃殿下が博識でいらっしゃるので、話をするのが楽しくて……正直に申し上げると、私は社交の場でもこんなに話をすることはないのですよ」

ラオワンは、相変わらずニコニコと笑いながら、カリストをみつめているのだが、その視線がどこか遠くをみつめているようにも見えた。

『私に誰かを重ねているのか？』

カリストがそう思ったのと、ラオワンが口を開いたのは同時だった。

「お父上とも、こうして楽しい時間を過ごしたことを思い出しました」

思いがけない言葉に、カリストは思わず「え？」と小さく声を漏らしていた。

「ずいぶん昔のことなので、すっかり忘れていました。当時のお父上は、まだ成人したばかりでとてもお若くて、あれは先代の国王陛下が、王位に就かれた時のお祝いに、私が訪問した時でした。同じように私を出迎えに来られて、馬車の中で会話が弾み楽しい時間を過ごすことが出来ました。外遊先で出迎えにいらっしゃるのは、大抵が外務大臣か宰相などが多く、皇太子殿下が出迎えられるのは、リムノス王国くらいですよ？　この国ではそういうしきたりなのですか？」

「いえ、別にそういう決まりは……」

カリストは言いかけて、はっと気がついた。確かに他国の王族などの国賓を出迎える時は、いつも宰相や外務大臣など他の者が行っていた。カリストが出迎えを命じられたのは初めてだ。

「あれ？　だけど前回は宰相殿が出迎えられたか……」

「前回来たのは、カリスト殿下の婚礼の時だと言っていませんでしたか？　さすがに婚礼の当事者が出迎えには来られないのではないですか？」

ラオワンが、ふと思い出しながら首を傾げたので、龍聖がツッコミを入れた。それに対してラオワンが「あ、そうか」と明るく笑っている。皆も釣られて笑っているが、カリストだけが笑っていなかった。

『父上は何かを意図して、私に出迎えをさせたということだろうか？』

「まあ、ともかくそういうわけで、お父上と同じように、殿下とも楽しい時間を過ごせて、本当に嬉しく思うのです。これこそが良いおもてなしだなと思わされます」

にこやかな笑顔で語るラオワンからは、社交辞令のようなものは感じられない。その隣で相槌を打つ王妃も、心からの笑顔だと分かる。

『私自身、こんな社交は初めてだ』

カリストは驚きつつも、何がいつもと違うのかと考えた。もちろんラオワンの人柄がなせることかもしれない。他国の王とも同じように、気さくに談笑出来るとは思えない。馬車という他の者の目がない密室というのも、腹を割って話せる雰囲気を作り出せるのだろう。

「わあ……立派な城門ですね」

龍聖の呟きで、カリストは我に返った。いつの間にか、馬車は城門にまで辿り着いていた。

双子円塔を備えた楼門《ろうもん》は、堅牢な造りなだけではなく、至る所に彫刻の飾りが施された美しい外観をしている。開かれた門扉《もんぴ》はとても大きく、入る者は圧倒される。

「この入口なら、ヤマトも入れるかもね」

「まあ、そうだろうけど、普通に空から飛び越える方が早いよ」

二人は身を寄せ合って窓の外を眺めながら、観光に来たかのような気安さで、楽しそうに話をしている。

馬車は城門内の通路を抜けて外郭の中に入る。広々とした中庭が広がり、前方には再び堅牢な城壁が立ちはだかる。石畳の道は、緩やかな曲線を描いて、内郭にあるもうひとつの城門へ続いていた。

「わあ、こちらの城門も立派だね。それにさっきの城門と位置をずらして造られているから、敵が攻め込んできても、すぐには突入出来ずこの中庭で待ち受けていた騎士と戦うことになるんだ。日本の城と造りは同じだ」

龍聖が感心しながら、瞳を輝かせて語る。目の前には、龍聖のいた世界にも過去に存在した中世西洋の城によく似た建造物が、朽《く》ちた史跡としてではなく、現存の建物として存在するのだ。興奮するのも仕方がなかった。ラオワンはそんな龍聖をかわいいと思いながら、笑顔でみつめている。

内郭の城門は、外郭の城門と同じように双子塔を備えた楼門だった。だが外郭の楼門とは、少しばかり形が異なり、円形塔ではなく多角形塔で、上層部には見事な細工の狭間飾りが施され、胸壁にも美しい飾り彫りがあり、美観を重視した造りになっていた。

大きく開かれた門扉を潜り、楼門内の薄暗い通路を抜けると、ようやく美しい居城が現れた。先ほどまでの武骨な城壁で守られた外観からは、とても想像出来ないような美しく優美な中庭が、そこにはあった。

城の玄関まで伸びる真っ直ぐな石畳の道には、大理石を思わせる白い石が使われている。道の左右には美しい花々が咲き誇る庭園があり、馬車は城の正面玄関に向かって、真ん中の白い道をゆっくりと進んでいった。

正面玄関前には、五十名ほどの騎士が整然と並び立っている。

馬車が玄関前に止まり、騎士の一人が馬車の扉を開けて、踏み台を設置した。先にカリストの護衛騎士が、続いてメイジャンが降りた。後続の馬車から、シーフォンの護衛武官が四人降りてきて、メイジャンの後ろに並ぶと、準備が整った旨の合図が出されて、馬車からカリストが降りて、ラオワンと龍聖も続いた。

「ラオワン陛下、リューセー王妃殿下、遠路はるばるお越しいただきありがとうございます。宰相のエメリコ・ロブレス侯爵と申します。皆様のご来訪を心より歓迎いたします」

「ラオワン陛下、リューセー王妃殿下、遠路はるばるお越しいただきありがとうございます。外務大臣のジェルマン・アングラード伯爵と申します。皆様のご来訪を心より歓迎いたします」

宰相と外務大臣は胸に右手を当てて、深く頭を下げながら歓迎の口上を述べた。

「歓待いただきありがとうございます」

ラオワンも礼をして応える。

「ラオワン陛下、リューセー王妃殿下、どうぞ中へ、王の下へご案内いたします」

カリストがそう促すと、宰相が頷いて先頭に立ちラオワン達を城の中へ招き入れた。

ラオワン達は、客間へ案内された。そこにはすでに国王パウエルと王妃レナーテの姿があった。ラオワン達が入室すると、国王達は立ち上がり笑顔で出迎える。

「ようこそお越しくださいました！　この日を心待ちにしておりました」

パウエルが、両手を広げて満面の笑顔で歓待する。

「パウエル陛下、レナーテ王妃殿下、お久しぶりです。ようやく私の后を、紹介することが出来て嬉しく思います」

「パウエル陛下、レナーテ王妃殿下、お初にお目にかかります。エルマーン王国王妃リューセーと申します。このたびは私の希望を快く叶えていただき、心から感謝いたします」

龍聖は胸に右手を当てて丁寧に頭を下げた。パウエルはそんな龍聖を、感心したような表情でみつめて、レナーテは「まあ」という驚きの言葉を飲み込みながら、まじまじとみつめている。

龍聖は顔を上げると、そんな二人の表情を見て思わず首を傾げた。

「あ、あの……私の挨拶に何かおかしなところがありましたでしょうか……」

思わず不安そうに尋ねる龍聖の言葉に、パウエルとレナーテは、我に返って互いに顔を見合わせると、慌てて龍聖に向かって、違う、違うと否定をした。

「以前から王妃殿下自慢を、ラオワン陛下より聞かされていましたが、こうしてご本人を目の当たりにすると、伺っていた以上にお美しいので驚いていたのです」

「ええ、こんなに美しく艶のある黒髪は、見たことがありませんわ。まるで夜の闇のよう……それにお肌が綺麗で……化粧も何もされていないようなのに、羨ましい限りです」

二人から美辞麗句《びじれいく》で称賛されて、龍聖は不安から困惑へと表情を変えた。助けを求めるように、隣に立つラオワンを見ると、とても良い笑顔で何度も頷いている。

「そうでしょう？　私の持ち得る言葉では、我が后の美しさを表現しきれないのですよ」

どうだ！　とばかりに自慢するラオワンを見て、龍聖は呆れるあまりに言葉を失ってしまった。身の置き所のなくなっている龍聖を救うように、侍従がお茶の用意をしたワゴンを押して入室してきた。

「陛下、お掛けになってゆっくりとお話をされてはいかがですか？」

執事がパウエルにそっと耳打ちをしたので、はっと我に返ったパウエルは、少しばかり恥ずかしそうに笑いながら、ラオワン達に座ることを勧めた。

全員がソファに座ったところで、執事がテーブルの上に茶器や菓子の載った皿をセッティングしていく。

龍聖は内心安堵の息を吐きつつも、賛美合戦の第二ラウンドが始まるのではないかと、少しばかり身構える。元はと言えば彼が悪いのだけれど……と、チラリと隣でご機嫌な様子のラオワンを盗み見た。

龍聖は自分の顔が、一般的に見て綺麗に整っている方だという自覚はある。幼少の頃から周囲にそう褒められていたからだ。ただ大好きな勉強に顔の美醜は関係なかったし、特にモテたいという願望もなかったので、自分の顔の良し悪しについて、何ら思うことはない。褒められること自体は嫌なことではないが、出来れば顔より研究を褒められたい。

そんな龍聖だったが、この世界に来てちょっと考えが変わった。

シーフォン達は全員が、驚くほどの美形だ。龍聖の世界であれば、全員がトップモデルになれるだろう。その美しさは人間離れしている。竜王であるラオワンに至っては、その造形に一ミリの狂いもないほど整っている。ただ整っているわけではない。華やかな美しさだ。

シーフォンと比べたら、龍聖の顔など地味で平坦な顔の民でしかない。それなのに彼らは一様に龍聖を「美しい」と褒め称えるので、それは『竜の聖人』に対する加護で、かなり強力なバイアスがかけられているとしか思えなかった。

アルピン達は、普通の人間と変わらない平均的な美醜バランスの民だ。顔立ちはアジア系に近いと思うが、東洋系というよりは、東南アジアに近い感じだ。ただ肌の色は黄色人種のように見える。そんな彼らが、龍聖を賛美するのは、同じ系統の顔立ちだから理解できるし、王妃に対する贔屓《ひいき》も加味されていると思う。

だが最も分からないのは、他国の人まで「美しい」と称賛することだ。それも他国の王妃に対する社交辞令というわけではなく、心から賛美しているらしい。皆が今のパウエル達のように、見惚れるような眼差しを向けて、褒め称えるのだ。

目の前にいるレナーテ王妃の方が美人だろうと思う。歳をとっていても美しい。若い頃はさぞ華やかな美人だったに違いない。彼女だけではなく、この世界の王族や貴族には美人が多い。西洋系の顔立ちなので、華やかな美形だ。王族や貴族は、美人を娶《めと》ることが多いので、血筋として美形が多く生まれるのは、龍聖の世界でも同じだ。

そんな人達から、このように称賛されることには、未だに慣れない。なぜ？　と困惑してしまうのだ。

ラオワンと龍聖の座る向かいのソファに、パウエルとレナーテが座り、その斜向かいに置かれた一人掛けのソファにカリストが座った。ラオワン達の背後には、メイジャンと彼の部下が一人並んで立ち、パウエル達の背後には護衛騎士が一人と執事が立っている。

同じポットから注がれたお茶を、パウエルが先にひと口飲んでみせる。毒は入っていませんよ、と示すマナーだ。それを受けて、ラオワンもカップを手に取りお茶を飲んだ。

「それにしても私の存命中に、またラオワン陛下にお会い出来るとは思いませんでした。それも王妃殿下までお連れいただくなんて……本当に嬉しい限りです」

パウエルがニコニコと笑いながら冗談のように言うが、あまり笑える冗談ではないと、龍聖は薄く微笑むだけで特に反応を示さなかった。先のカリストとの会話にも出たが、他国の王が国賓として来訪する機会など、滅多《めった》にない。新しい王の即位や、世継ぎである皇太子の婚姻など、その国の特別な祭事に招かれる時ぐらいだ。

ラオワンが前回この国を訪問したのは、カリストの婚礼の時だ。だから次に来るとしたら、パウエルの国葬とカリストの即位を公に示す国事の時だろう。

つまり今パウエルが言ったことは、そういうことを意味している。

「しかしパウエル陛下は、すっかり威厳あるお姿になりましたね」

「はっきりと歳をとったと言えばよかろうに」

ラオワンは、そのパウエルの笑えない冗談はさらりと流して、冗談を言い返した。その返事にパウエルは嬉しそうに破顔する。とても仲の良い昔馴染みの友のように見える。

「初めて我が国に足を踏み入れた感想はいかがですか？」

「町並みや、城などの建造物からは、とても歴史を感じましたし、人々の往来も多く活気があり、さすがは大陸一の大国だと思いました」

パウエルが龍聖に話を振った。龍聖は第一印象をそのまま語る。まだ多くを見たわけではないが、第一印象というのは、とても大事だと思っている。

「リューセー王妃殿下は、とても好奇心旺盛なお方で、王都に入ってからは、目につくものに色々と興味を示されて、質問をいただきました。私から見ても、我が国にとてもいい印象を受けられていたと思います」

横からカリストが補足するようにパウエルに告げた。そのカリストの言葉や表情を見て、パウエルは何かを感じたらしく、とても満足そうに目を細めた。

「ラオワン陛下、私の代理は無事に役目を果たして、恙《つつが》なくお出迎えをすることが出来ましたでしょうか？」

そのまま続けるように、視線をラオワンに移してパウエルが問いかけると、ラオワンは微笑みながらコクリと頷いた。

「楽しい時間を過ごさせてもらいました。おかげで懐かしいことを思い出しました。貴方が初めて私を出迎えに来た時のことを思い出したのです」

ラオワンの答えに、パウエルが嬉しそうにホホッと声を出して笑った。きっとパウエルが、一番聞きたかった返事だったのだろう。満足そうに顎髭を撫でながら、小さく何度か頷いた。

その時扉が叩かれて、対応した従者が小走りにやってくると、執事に何かを言づけた。

「お話中に失礼いたします。エルマーン王国外務大臣ヨウレン様と、お連れの皆様が全員到着されたとのことです」

執事が、ラオワン達にも聞こえるような形で、パウエルに報告をした。ラオワンと龍聖は顔を見合わせて「良かった」と小さく言い合い、パウエルは執事に頷き返した。

「昼食の用意が出来ております。ヨウレン殿にも合流いただき、昼食にいたしましょう。その間にお連れになった方々は、お部屋の準備をされたいのではないかと思いますので、我々の従者がお手伝いさせていただきます」

続けて執事が、護衛のメイジャンの側へ行き、同じくラオワンにも聞こえるようにそう告げた。ラオワンは振り返ってメイジャンと視線を交わすと頷き合った。

「それではそのようにいたします。よろしくお願いします」

メイジャンが返事をして、一同は食事会へと向かった。


ヨウレンや、カリストの妃も参加しての昼食会は、談笑を交えて楽しいひと時になった。

その後、カリストの案内で、王立図書館を見学することとなった。もちろん龍聖のたっての希望である。当初は食事の後、旅の疲れを癒やすため、夕食まで部屋で休むという段取りだったようだが、龍聖が「一目見るだけでも！」と強く願ったので、ラオワンと龍聖、メイジャン、ヨウレンの四人をカリストが案内役として、連れていくことになったのだ。

ちなみに当然ではあるが、龍聖以外の者はみんな王立図書館へ行ったことが一度はある。

「お城と繋がっているのですね」

一旦城の外に出て、渡り廊下のような屋根付きの通路を歩いた。柱の一本一本に、綺麗な装飾が施されていて、周囲の美しい庭園と調和して、歩きながらとても癒やされる。通路の両側に、護衛の騎士達が並んで立っていなければ……の話になるが……。

「王立図書館は、城の敷地内にありますが、こちらから入るのは、王宮関係者のみで、反対側に裏門から続く玄関があります。そこから一般の国民が利用出来るようになっているのです。今は全員退館させているのですが、そういう事情があるため、間違えてこちらに入り込んでこないように、護衛の騎士を配置しております。景観を損ねていますが、どうぞお許しください」

龍聖の考えが伝わってしまったのか、不意に前を歩くカリストから、そう説明をされたので、龍聖はびくりと少し震えて、顔を引きつらせてしまった。

「あの……もしかして、私が我儘《わがまま》を言って見学したいと急に言ったからですか？　本当は一般の人々が利用中だったのではありませんか？」

恐る恐るカリストの様子を窺いながら龍聖が尋ねると、隣でラオワンがクスリと笑った。龍聖は少しむっとした顔で、ラオワンを睨んでしまう。

「ああ、いえいえ、今日は朝から閉館していたので、一般の利用者はいません。ただ明日からリューセー王妃殿下が利用されるために、清掃したり、怪しい者が入り込んでいないか確認したりと、作業する者がたくさん出入りしていたものですから、念のため用心しているだけです」

カリストが明るい笑顔でそう言って問題ないと首を振るが、その話を聞いた龍聖は余計に申し訳ない気持ちになってしまった。

『本当に未だに自分の立場に慣れていないんだよな……王妃に対する特別待遇って、並の特別待遇ではなかった……』

エルマーン王国から出たのは初めてだったので、自国でちやほやされるのには、慣れたつもりだったが、他国では初めての経験なので、無理を言ってもいい塩梅《あんばい》が分からない。

カリストの態度を見る限りでは、これくらいは想定内のようだけれど、元が庶民の龍聖にとっては、大事になってしまったと、顔面蒼白になるような状況だった。

そんなやりとりをしている間に、入口に辿り着いた。重厚な造りの扉が開かれて、カリストが「どうぞ中へ」と、龍聖を招き入れた。促されるままに、五段ほどある石の階段を上って、中へ足を踏み入れた。

「わぁ……」

龍聖は数歩中へ入ったところで足を止めた。思わず感嘆の声が漏れる。ぽかんと口を開けたまま、辺りを見回した。広々とした吹き抜けの広間と、三階までびっしりと本の詰まった本棚が、ずらりと並んで見える景色は圧巻だった。昔、写真で見たポルトガルの王立図書館のようだと思った。

「ああ……木と羊皮紙と植物油の香りがする……」

龍聖は大きく深呼吸をして呟いた。すべてがデータ化された世界で生まれ育った龍聖だったが、紙の本が好きで、わざわざ紙の本を読みに、蔵書閲覧の可能な図書館を探して、出向いたほどの本好きだ。ここは楽園か？　と、思わず笑みが零れる。

「なんでも便利になればいいというわけじゃないよね」

しみじみと呟いていた。

「気に入ったみたいだね」

そっとラオワンが囁いた。龍聖はラオワンの顔を見て、満足そうに微笑みながら頷き返す。

「私が言ったことは覚えている？」

ラオワンが意味深な笑みを浮かべながら尋ねるので、龍聖は不思議そうに首を傾げた。

「何を言ったっけ？」

「この図書館を見たら、我が国の書庫は図書館とは言えないと、ロウワン王が言った話だよ」

「ああ……まあ……確かにこれと比べたら、現在のお城の書庫でも、図書館とは言えないって気持ちは分かるけど……それでもあれは図書館と呼んでいいくらいになっているよ」

「そうか……じゃあ、ロウワン王も喜ぶだろう」

二人はみつめ合って、クスリと笑い合う。

「カリスト殿下、もしも可能でしたら、今日から早速利用したいのですけど、いけませんか？　時間が惜しいので……」

申し訳なさそうな顔をして、龍聖は頭を下げて頼んだ。すでに王妃という権力を使って、我が儘を通している。ならばこれくらい無理を通しても、今さらだろうと開き直った。

カリストは少しばかり驚いた顔をしたが、こちらも想定内だったのだろう。側にいた家臣と少しばかり話をした後、龍聖に向き直り笑顔で頷いた。

「家臣の者達は、王妃殿下のために、もっと豪奢な机や椅子を運び込む予定だったようなのですが、おそらく王妃殿下はそのような物を望んではいらっしゃらないでしょう。このままでよろしければ、すぐにでもご利用は可能です」

カリストの返事に、龍聖は思わず破顔した。『よく分かっていらっしゃる』という言葉は敢えて口に出さなかったが、馬車の中で存分に交流をした効果だろう。カリストの機転の利いた配慮に、心から感謝した。

「ありがとうございます。早速、本を探したいと思います。ヨウレン様、申し訳ありませんが、学士達を呼んでもらえますか？」

「は、はい、すぐに手配いたします」

「カリスト殿下、ご配慮ありがとうございます。さて、我が后はこうなると、周りが見えなくなるほど没頭してしまいますので、私の相手さえしてくれなくなります。邪魔になるだけですので、我々は城へ戻りましょう。メイジャン、護衛の手配は頼んだよ」

ヨウレンとメイジャンが慌ただしく動き出すのを横目に、ラオワンは笑顔でカリストに退室することを進言した。そんなラオワンの対応に、カリストは意外そうな顔をしたが、すでに近くの本棚へ歩きだしている龍聖を見て、思わず笑みが零れた。

「この図書館に勤める司書達を自由にお使いください。探し物があれば、すぐに対応いたします」

龍聖に声をかけても聞こえないかもしれないと、ヨウレンを捕まえてカリストはそう告げた。

「ありがとうございます」

ヨウレンが丁重に礼を告げたのに頷き返しながら、カリストはラオワンと共に図書館を後にした。

「リューセー様、こちらの司書の皆様が探し物のお手伝いをしてくださるそうです」

ヨウレンは、本棚を真剣な顔でみつめている龍聖の下に近づいて、そっと声をかけた。

「え？　あ、ありがとうございます。それでは早速お伺いしたいんですけど、分類分けをされているようでしたら、一覧を拝見したいのですが」

龍聖が振り返ると、背後にずらりと司書が並んで立っていた。全員がお揃いの萌黄《もえぎ》色のショートマントを羽織っている。マントを留めるブローチには、本をモチーフにした意匠が施されていた。この図書館の紋章なのだろう。

「すぐにご用意いたします」

司書長らしき壮年の男性が進み出て、恭しく礼をしながら返事をする。彼は側にいた者に指示を出した。

「こちらでお掛けになってお待ちください。紙や筆記具などは必要でしょうか？」

「私達の方で用意しておりますので結構です。それに今後大量に必要になるため、おそらく貴国の商業組合を通して購入する予定です」

龍聖はちらりとヨウレンに視線を向けた。ヨウレンは事前に龍聖から話を聞いていたので、準備は整えてきた。承知していますと視線で答えて頷く。

龍聖が勧められた席に着いて、それほど待つこともなく、分類分けされた蔵書一覧の束が運ばれてきた。

「では、早速始めましょう！」

龍聖はグッと拳を握り締めて、自身に気合いを入れた。


「ラオワン陛下は、滞在中はどう過ごされるご予定ですか？」

ラオワンと城に戻りながらカリストが尋ねる。

「明日は終日貴国にて仕事をしますよ。パウエル陛下との会談もありますし、商業組合長との接見もあります。それ以降は、せっかくなのでここを起点に、数ヶ国を訪問する予定です」

「お忙しいですね」

「まあ、后の外遊に便乗させてもらっていますからね。私も頑張って働かないと」

ラオワンが楽しそうに話すのを聞きながら、カリストは先ほどの龍聖の様子を見て、本当にあちらが主となる目的だったのかと、改めて気づかされた。

「あの……ラオワン陛下、もしも差し支えなければ……」

カリストがそう言いかけた時、前方からエルマーン王国の一団が、焦った様子で小走りにやってくるのが見えた。おそらく龍聖が図書館に来るように呼んだ者達なのだろう。彼らはラオワンに気づいて、歩みを止めると廊下の端に寄って頭を下げる。

「いいよ、急いでいるんだろう。早く図書館に行きなさい。リューセーが待っている」

「は、はい……それでは失礼いたします」

ラオワンに促されて、彼らは少しばかり安堵の表情を見せると、再び急ぎ足で図書館へ向かった。それをラオワン達が見送る。

「申し訳ない。何かお尋ねになっている途中でしたよね？」

ラオワンは、話を遮ってしまったことを謝罪しながら、カリストに再度尋ねるように促した。カリストは、一旦言いかけた言葉だったが、なんだか改めて聞くようなことではないと思い直して首を振る。

「いいえ、なんでもありません」

二人は再び歩きだした。少し後ろを護衛騎士達もついてくる。ヨウレンも追いついてきたが、二人の邪魔にならないように、少し後ろに控えることにした。

「私にも后が何をするつもりなのか分からないのですよ」

ふいにラオワンがそんなことを言ったので、カリストは驚いて思わず目を丸くしながら「え？」と声を漏らした。ラオワンと目が合うと、とても楽しそうにニッと笑われて、揶揄《からか》われたのかと思って、思わず視線を逸らして前に向き直った。まるでさっきカリストが問いかけようとしたことが何だったのか、分かっているという顔だったからだ。

「いや、今の言葉は語弊《ごへい》があるな……きちんと后と話をして、今回何のために図書館で調べ物をするのかについては聞いているし、話し合いもしています。私もちゃんとそれについては理解を示して納得もしています。単に愛する后の我が儘を叶えたというわけではありません」

　カリストが何も言っていないのに、ラオワンは勝手に話を続けだした。それを止める理由もないので、カリストは黙って聞くことにして、少しばかり歩く速度を緩めた。

「ただ后は私が思いもよらないような発想をしますし、行動力もあります。そして勉強熱心だ。私にとってはライバルのようなものです。だから今回の訪問で、我が国にとって有益なものをきっと間違いなく手に入れると思います。別に隠すようなことではないです。だって后は、貴国の図書館にある書物を、写本させていただき持ち帰るだけです。でもきっとそれを使って、我が国のためになることを考え出すのでしょう。それは私にも想像が出来ないことなのですよ」

　晴れ晴れとした笑顔で誇らしげに語るラオワンを、カリストは少し羨ましいと思った。自分は妃のことを、そんな風に言うことは出来ない。馬車の中で、夫婦仲を羨ましいと思ってしまったこととは、また少しばかり違うが、どちらにしても自分には足りないものなのだと感じた。

　そうこうしている間に、玄関ホールに着いてしまった。

「それでは陛下、お部屋まで家臣に案内をさせますので、晩餐会までゆっくりとお寛ぎください」

「今日は色々とありがとうございました。カリスト殿下には本当に感謝いたします」

　二人は挨拶を交わして別れた。

龍聖は真剣な顔で、机に積み上げられた本を、一冊ずつ手に取って中身を確認していた。龍聖の側に立つ学士は、龍聖が確認し終わって指示を出した通りに、本を別の場所に移動させる。『写本』と書かれた紙きれを、しおりのように本に挟んで、別の机の上に置く。もしくは返却と指示された本を、決められた机の上に重ねていくのが彼の役目だ。

他の学士達と王立図書館の司書達は、龍聖から指示を受けた本を探して運んでくる。そして返却場所にある程度本が積まれれば、それを本棚に戻すという作業を黙々と行っていた。

龍聖の今回の目的は、城の書庫にはない書物を手に入れることだった。龍聖はすでに城の書庫にある蔵書をすべて読んでしまっている。その結果、蔵書には偏《かたよ》りがあり、必要と思われる資料の載った書物が、分野によってはまったくなかったりした。

エルマーン王国王城の書庫は、基本的には最初に創設した四代目竜王ロウワンが、集めていた書物を基本として、その後も新しい本を少しずつ集めてきた。ロウワン以降の竜王で、ロウワンほどに本を愛した者はいない。ただ重要性は理解しているので、学士達に学ばせて、蔵書の管理を行い、ある程度の予算を設けて、他国から書物を購入したりしていた。

蔵書の分類に偏りがあるのは、ロウワンが集めていた本が基礎となっているからで、『図書分類法』などがないのだから、偏っていてもそれに気づけないのは、仕方のない話だ。

龍聖としても、あちらの世界の分類法を基に、エルマーン王国十進分類法を作ろうとまでは思っていないし、すべての分野の書物を集めるつもりもない。

もちろん出来ることならばやってみたくはあるが、この世界で『本』というものは、とにかく高価なものだ。金貨数十枚、数百枚など当たり前だ。日本円でいうならば、一冊百万円などというのも当たり前だったりする。

百年ほど前に、植物を使った紙が発明されたが、品質があまりよくないので、まだまだ主流は羊皮紙だ。ちなみにその植物を使った紙というのは、木綿くずを使ったものだ。龍聖のいた世界でも、中世後期のヨーロッパでは、古くなった服を小さく裂いて、杵《きね》で叩いて繊維にしてから紙を作っていたので、たぶんそれと同じ原理なのだろう。

とにかく今回の目的は、龍聖が今必要だと思う分野の本を探し出して、その写本を作ることだった。買えば高価なら、写本をすればいい。ただし、いくらなんでも無料で写本をさせてもらうわけにはいかない。

そこでラオワンやヨウレンに、外交で上手くやりとりをしてもらうのだ。ラオワンの話によれば、エルマーン王国とリムノス王国の関係上、お願いすればきっと無償で写本をさせてくれるらしいのだが、そういう貸しは作らない方が良い……と、ラオワンと龍聖の考えが一致したので、上手くやってもらえるようだ。

エルマーン王国の書庫に多く置かれていたのは、日本十進分類法でいうところの「2歴史」「4自然科学」「5技術、工学」「9文学」だった。それも大まかに分けたらというだけで、歴史については、世界の戦記や英雄伝などだし、自然科学は植物学や医学、数学など、技術、工学は建築学や土木工事など、エルマーン王国が国を発展させる上で、学ぶのに必要だったと思われるものばかりだ。

だが龍聖が必要としている情報は、もっと多岐にわたっている。たとえば歴史にしても、そういう伝記的なものではなくて、もっと史実に則《のっと》った歴史研究がされている本が欲しい。もっと言えば前文明……つまり竜が滅ぼした文明世界について研究している物があればと思う。鉱石を採掘出来ない今の人々が、遺跡から遺物（前文明の機械）を発掘して、それから鉄などを採取しているというのであれば、その発掘した遺物について研究していたりしないのか？　考古学的な分野がないか知りたかった。

他にも機械工学や製造工業、生活科学など、今この世界の文明技術がどれくらいのレベルにあるのかも知りたかった。

『今のこの世界の人々は、これ以上の科学の発展や機械文明の進化は出来ないのではないか？』という龍聖の推論を、明確にしたかった。

それはすべてこれからのエルマーン王国の発展のためだ。

魔力暴走を起こすホンシュワンを救うために、龍聖が医局の者達と共に開発した魔道具のおかげで、龍聖は魔道具の大きな可能性を見出した。

竜の宝玉や、牙、骨、鱗《うろこ》、内臓や血にいたるまで、あらゆるものを使って魔力で加工して作ることが出来る魔道具の汎用性は、無限にあるのではないかと思った。それはエルマーン王国にしか出来ない独自の『科学』と言っても良い。

エルマーン王国の人々の生活を、もっと便利で豊かにすることが出来る。研究次第では、もしも次の龍聖が来なくても、ホンシュワンを少しでも長く生き永らえさせることが出来るかもしれない。竜王がいなくなっても、シーフォンが狂わずに生きられる方法が見つかるかもしれない。

そういう研究を進めるにあたって、龍聖はこの世界の情報が足りなすぎると感じた。この世界の文明レベルを把握しておけば、安心して研究に携わることが出来る。

当然ながら、魔道具を他国へ持ち出すことは禁止するし、それどころか他国の者の目に留まるところには、極力置かないようにしなければならない。だがこの世界の文明レベルを把握しておけば、それに合わせた偽装をし、万が一他国の者の目に触れても誤魔化すことが出来る。

だから龍聖は、一刻も早く情報を手に入れたかったのだ。

ラオワンは、龍聖の世界へ行って、なんとか守屋《もりや》家の痕跡を……ホンシュワンの龍聖の手掛かりを探そうとしてくれている。だから龍聖も、龍聖にしか出来ないことで、エルマーン王国を守りたいし、ホンシュワンを守りたかった。

「リューセー様、そろそろお部屋へ戻って、お支度をなさらないと晩餐会に間に合わなくなります」

護衛に付いてくれていたメイジャンが、龍聖の肩を軽く叩いてそっと耳打ちをした。かなり集中していたので、普通の声掛けでは気づかなかったようだ。龍聖は、はっと顔を上げて、辺りを見回した。

龍聖の脇には、本が山積みになっている。それを見上げて、ほうっと息を吐いた。

「もうそんな時間か……仕方ないね。続きは明日にしましょう。皆さんありがとうございました。ここはこのままにしても大丈夫ですか？」

龍聖は立ち上がり皆に挨拶をした。学士達と司書達が整列して、龍聖に頭を下げる。司書長に机の上の状態を指しながら、申し訳なさそうに尋ねると、司書長は穏やかな顔で頷いた。

「ここは王妃殿下がご滞在中の間、完全に閉鎖しておりますので、我々以外の者が入ることはありません。ご安心ください」

「貴重な書物なのに、このように置きっぱなしにして申し訳ありません。明日もよろしくお願いします」

龍聖は丁重に礼を述べて挨拶をすると、メイジャン達と共に図書館を後にした。


龍聖が、リムノス王国の騎士に案内されて、滞在予定の貴賓室に辿り着いた時、ラオワンはちょうど着替えを終えたところだった。

「リューセー！　おかえり！　もう今日は戻ってこないかと思ったよ！」

ラオワンが両手を広げて少しばかり大げさに出迎えるので、龍聖は苦笑しながらラオワンの下へ歩み寄った。

「そんなばかな……大げさだなぁ」

ラオワンに抱きしめられて、頬に口づけられながら、ずっと仕方ないなと言いつつ平静を装っていたのだが、もう我慢出来ないとばかりに、思いっきりの笑顔に変わった。肩を震わせてクスクスと笑いだしたので、ラオワンが抱きしめていた腕を広げて、龍聖の体を解放しつつ顔を覗き込んだ。

「何を笑っているんだい？　それは別に私に会って嬉しいという笑顔ではないね？」

「くふふふふ……だって……だって……嬉しくて仕方がないんだもの……ラオワン！　もうほんっとうにすごいよ！　あの図書館は最高だよ！　ありとあらゆる本があるんだよ！　あ～、あそこに住みたいな……」

「だ、だめだよ？　それはだめだよ？」

ラオワンが酷く慌てて止めるので、龍聖は大笑いをした。

「分かっているよ、冗談だよ……はぁ～、ハデルが来てなくて良かった。すっごく叱られるところだった」

まだ興奮冷めやらぬ様子で、頬を上気させながら龍聖がしみじみと言ったので、ラオワンは本当に冗談なのか？　と怪訝《けげん》そうな顔をして、龍聖の様子を窺っている。

「恐れ入ります。リューセー様、お着替えをいたしませんと……」

困ったように侍女達が、恐る恐る声をかけてきた。ラオワンと龍聖は同時に侍女の方へ振り向いて、あっという顔をする。侍女達はさらに困った顔をした。

「ごめん、ごめん……そうでした。急いで着替えます」

龍聖は侍女に伴われて、部屋の奥に設置された衝立《ついたて》の奥へ移動した。ラオワンはやれやれと溜息をつきながら、ソファに移動してドサリと腰を下ろした。侍女がお茶を用意する。

「それでリューセーの目的は果たせそうかい？」

ラオワンは、衝立の向こうで着替えをしている龍聖に向かって、改めて尋ねた。あれだけの興奮具合からして、ダメだということはないだろうが、もしかしたら当初の目的を忘れて、ただ個人的な趣味で本を前に喜んでいたかもしれないと、少しだけ疑念を持ったので尋ねてみたのだ。

「そうだね……すべてにおいて揃っているとは思わないけれど、かなりの収穫はあるんじゃないかな？　って思うよ」

「それは良かった。放っておかれる身としてはちょっと寂しいけれど、こうして夜に戻ってきた時の君のはしゃぐ姿は、何にも代えがたいほどかわいいから、それが見れるだけで幸せだね」

ラオワンは、お茶をひと口飲んで寛ぎながら、さらりとそんな惚気を言う。侍女達がクスクスと笑い、龍聖は何も返事をしない。きっと赤くなって困った顔をしているのだろうと、ラオワンは想像しながらニヤニヤと笑う。

「リューセー様、本日の晩餐会の装いは、こちらの正装でよろしいですか？」

ハデルの代わりに筆頭侍女頭を務めるリオという名のアルピンの女性が、丁寧な手つきで衣装を広げて見せた。龍聖専属の侍女では、古参の彼女を、龍聖も信頼している。

「私はあまり衣装への拘《こだわ》りはないから、リオに任せるよ」

「かしこまりました。正装につきましては、いくつかの組み合わせを、ハデル様より申しつけられておりますので、ご安心ください」

「全然心配してないよ。それよりこんな遠くまでつき合わせてごめんね」

龍聖は、服を着付けてもらいながら、リオともう一人の侍女に、申し訳なさそうに言って苦笑した。

本当は、遠い他国への外遊に、女性を連れてきたくはなかった。だから学士も男性だけを選んだし、彼らの世話をするのもすべて侍従だけにした。

この世界ではまだ女性の地位は低い。下働きの女性の地位などないに等しかった。侍女達の身の安全を考えると、連れてこない方が良いのだが、残念ながら龍聖の身の回りの世話をするのは、側近のハデル以外は侍女しかいない。侍従はいないのだ。

「エルマーン王国の外に出たのは初めてなので、とても貴重な体験をさせていただいております。帰国しましたら、家族に自慢したいと思っております」

リオが微笑みながらそう言ったので、龍聖は少しだけ安堵して微笑み返す。

「何か困ったことがあれば、必ず報告してね」

何かと気遣う龍聖の様子に、侍女達は感謝しながらも、てきぱきと衣装を整えて、髪を綺麗に梳《す》き、装飾品で飾りつけた。

「リューセー様、とてもお美しいですよ」

リオはそう言って、着替えが済んだことを告げると、笑みを浮かべて一礼をし、衝立を開けて龍聖を送り出した。

着替え終わった龍聖が、ラオワンの下へ戻ってきた。

純白の裾の長いゆったりとした長袖の衣の上に、透けるほど薄い生地の淡い藤色の長衣を重ねて、群青色の生地に銀糸で細かい刺繡《ししゅう》が施された袖のない上衣を羽織っている。腰帯は山吹色で、複雑な模様織りが施されていた。首飾りには、希少と言われている虹彩石《こうさいせき》(この世界の人々がそう呼んでいるが、実は石化した竜の骨から削り出した物)の大玉が、美しく輝いている。

最高級のエルマーン織りの衣装と、虹彩石の首飾り、他国の者が見たらどれほどの価値なのかと、息を呑むほどの豪華な装いだ。

「ああ、何を着ても君は綺麗だね。落ち着いた色合いも、派手さを好まない君らしい」

「ラオワンが派手だから、ちょうどいいと思うよ」

立ち上がって龍聖の姿を惚れ惚れと眺めながら言うラオワンに向かって、龍聖がクスクスと笑いながら答えた。その言葉に、ラオワンは酷くショックを受けた顔をして驚く。

「え? 派手? 派手かい? そんなことはないだろう? 君の衣装に合わせたつもりなんだけど……ほら、白と黄色、ね?」

そう抗議するラオワンの、びっしりと隙間なく銀糸の刺繡が施された純白の長袖の長衣は、マオカラーのような襟と合わせの縁取りに深紅の色が入っていた。その上から山吹色の袖のない上衣を羽織り、腰帯は深緑色で、同じく深緑のマントを羽織っている。マントには金糸で刺繡が施されていた。

一生懸命お揃いだと主張するラオワンをみつめながら、時々すごく子供っぽくなるんだよな……と思って、龍聖は呆れつつも微笑んだ。

「そうですね。とてもよくお似合いですよ」

龍聖がわざと丁寧な言葉づかいで褒めたので、ラオワンは姿勢を正してよそいきの顔を作った。

「リューセー様も、とてもお美しいです」

ラオワンも丁寧な言葉で褒め返して、二人は楽しそうに笑い合う。

その時扉が叩かれて、メイジャンから時間だと告げられた。


ラオワンと玄関ホールで別れたカリストは、その足で王の執務室へ向かった。

「父上、失礼します」

扉をノックして、執事が扉を開けてくれたので中へ入る。室内には国王パウエルと、護衛の騎士団長、執事の三人がいた。

「おお、カリスト、図書館への案内は済んだのか?」

「はい、リューセー王妃殿下は、そのまま図書館で本を探したいとおっしゃったので、司書長に後を任せてまいりました。ラオワン陛下は貴賓室で休憩されるそうです」

「そうか」

王は書き物を続けながら聞いている。カリストは邪魔にならないように、問われたことにだけ簡潔に答えて、それ以上は何も言わずに立っていた。執事がカリストの側まで歩み寄り「お掛けになってお待ちください」と耳打ちした。カリストはパウエルへ視線を向ける。特にこちらを気にする様子もなく、仕事を続けているが、執事がこのように言うということは、王から何か話があるのだろうと判断した。

代理で出迎えに行った時の報告については、昼食会の時にラオワン達を交えての歓談で、なんとなく話し終えた感じになっている。だから王が、自分に対して話があるというのならば、別のことだろう。しかしカリスト自身も、王に聞きたいことがあったのでちょうど良かったと思った。皆のいる食事の席では聞きにくいことだ。

椅子に座りしばらく待っていると、パウエルがペンを置いて立ち上がった。書いていた書類を執事に渡して何か指示をしている。執事は書類を抱えて一礼をすると、一度執務室を下がった。

「カリスト、待たせてすまないな」

パウエルはそう言いながら移動してきて、カリストの向かいの椅子に腰を下ろした。

「いえ……何か私に御用がおありかと思いまして……」

「用があるのはそなたの方だろう？　私に聞きたいことがあるのではないか？」

思わぬ言葉に、カリストは驚いて目を丸くした。どういうことだ？　と、一瞬戸惑ったが、パウエルは何か面白がっているようにも見える。お見通しなのかと小さく溜息をついた。スッとテーブルにお茶が出された。いつの間にか執事が戻ってきていた。カリストはゆっくりカップを手に取り、湯気の立つ熱いお茶をひと口飲んだ。おかげで気持ちが落ち着いた。カップを置いて、姿勢を正してパウエルを見つめる。

「父上、ラオワン王の出迎えに、私を遣わした理由を教えてください」

「そなたはどういう理由だったと推測する？」

質問に質問を返されて、カリストはグッと言葉を詰まらせた。どう答えるのが正解なのか、思わず迷いが生じる。だがここは邪推するより、そのまま素直に答える方が良いと思えた。

「ラオワン王からは、とても良いもてなしをされたと、高い評価をいただきました。父上の時を思い出したと……私は当初、自分が出迎えることの意味を取り違えておりました。エルマーン王国は我が国にとって、最も大事にしなければならない存在であり、今回は王妃殿下も随行されるので、出迎える方も最大限に歓迎しているという意志を示さなければならないため、従来の宰相や外務大臣ではなく、皇太子である私が行く必要があるのだと……そんな風に思っていました。しかしそれは間違いだと分かりました」

カリストの話を聞きながら、パウエルは無言で何度か頷き、先を続けるように目配せをするので、カリストは少しばかり緊張しながら話を続けた。

「正直に申し上げると、馬車の中での私の社交は、決して褒められたものではありませんでした。自分の役割を最初は勘違いしていたため、王族然とした言動は、ラオワン陛下とリューセー王妃殿下の前では、空回りするばかりで……恥ずかしながら失言までしてしまい……思い出すのも嫌なくらいです」

カリストは顔を顰めて首を振る。一度大きく深呼吸をして、気持ちを切り替えた。

「でもその失態のおかげで、私は気がつくことが出来たのです。杓子定規《しゃくしじょうぎ》な思い込みで社交をしていたことに……確かに公の場では、それが正しいのかもしれません。でも時と場所によっては、相手に求められる社交が違うと考えたことがありませんでした。一刻半の馬車での移動、相手はエルマーン王国の国王夫妻、来訪目的は王妃殿下のたっての願いで、王立図書館を利用するため。通常の親善外交などではありません。皇太子である私がすべき社交は、信頼を得られるように、本音で語り、私という人物を知ってもらい、友好関係を築くこと……ラオワン陛下も王妃殿下も、馬車に乗り込んだ時から、私に対してそのように親しく接してくださっていたのに、私はそれに気づいていませんでした。本当にお恥ずかしい限りです」

カリストが大きな溜息をついて肩を落としたので、パウエルは楽しそうに笑った。笑われたのは悔しいが、呆れられたり、叱られたりしないだけマシだと思えた。つまりはカリストが正直に答えたことが正しかったのだ。

「そなたが言った通り、ラオワン王は、私との再会の挨拶で、楽しい時間を過ごさせてもらったと褒めていた。そなたは役目を無事に果たしたのだ。だが私からの質問の答えとしては、今の話は点数を付ければ七十点だ」

「え？」

笑顔でそう採点をしたパウエルの言葉に、カリストは一瞬どう受け止めればいいか分からずに、言葉を失って唖然とした。

『七十点？　それは良い点数なのか？　悪い点数なのか？　だが褒められたので悪い点ではないはずだ。いや、しかし三十点の減点はかなり大きくないか？』

「息子よ」

パウエルの呼びかけに、カリストはハッとする。名前でもなく、皇太子でもなく、『息子』と呼ばれたことに、なぜかドキリとした。返事も忘れて、神妙な面持ちで父をみつめ返すと、パウエルは少しばかり目を細めた。

「息子よ、知っての通りお前の祖父、私の父である先代国王フリードリヒは早逝した。わずか十三年の治世だった。前触れもなく突然倒れて、そのまま意識が戻ることなく崩御《ほうぎょ》した。遺言も何も残さず……当時私はまだ三十歳で、ようやくいくつかの領地管理を任されるようになったばかりだった。悲しむ間もなく即位して、宰相や大臣達を頼りながら、必死に国政を行った。父の側で政務を見て学んではいたが、まだ実務に携わらせてはもらえず、王の役目の引き継ぎなどはされていなかった。父自身も即位して十三年、王としてこれから色々とやりたいことがあったと思う。志《こころざし》半ばであっただろう。当然ながら、まだ私に引き継ぐつもりもなかった。そんな新米王の私が、一番苦労したのは何か分かるか？」

「外交ですか？」

「そうだ。その通りだ」

カリストは即答した。五年前から、カリストは王の役目の引き継ぎを父から受けている。だからすぐに答えることが出来た。外交は難しい。経験がなければ、諸外国との駆け引きは出来ない。知識だけで一朝一夕《いっちょういっせき》で出来るものではないのだ。たとえ優秀な外務大臣が臣下にいたとしても、最終的な判断は王がしなければならない。家臣の勧める外交政策が、必ずしも正しいとは限らない。すべてを任せるわけにはいかない。国を背負うのは国王だからだ。

「外交経験が浅くまだ若い王を、諸外国の君主達が見過ごすはずがない。これ幸いと騙《だま》せないかと、手ぐすね引いて待つ者ばかりだ。普通の国ならば、よほどの失敗でもしない限りは、大きな痛手にはならないだろう。だが我が国は歴史ある大国だ。外交相手もそれなりの国が多い。下手をすれば足を掬われかねない。外交の失敗は、商業組合との軋轢《あつれき》を生む。国外だけではなく、国内でも問題になってしまうのだ。私は父を恨んだ。なぜ何も残してくれずに、突然逝《い》ってしまったのかと……」

パウエルは目を伏せて、しばらく沈黙した。そんな父をカリストは沈痛な面持ちで見つめる。当時のことはあまりよく知らない。カリストはまだ七歳の子供だった。優しかった祖父が、突然亡くなって悲しかったということぐらいだ。父の苦労は、政務に携わるようになってから、近臣達から時折聞かされた。このように父の口から直接聞くのは初めてだった。

パウエルが目を開けて、再びカリストをみつめた。悲しみはどこにもなかった。

「そんな時だった。救世主が現れたんだ」

「救世主？　え？　まさか……」

「そう、エルマーン王国のラオワン陛下だ」

ニヤリと笑うパウエルの顔は、まるで子供のようだった。自慢げに語りはじめるその様子を、カリストは呆気に取られてみつめていた。

「ある日突然ラオワン王が訪ねてきたんだよ。ふらりとね。事前の約束も連絡もなくの来訪だったから、私ももちろんだが、宰相をはじめ家臣達は大慌てだった。だがラオワン王は、ちょっと立ち寄っただけだと言って、歓迎の宴席も何も必要ないと言い、ただ私と二人で話をしたいと言った」

馬車で往復ひと月はかかる遠方の国の国王が「ちょっと立ち寄っただけ」で、本来ならば来訪出来るものではない。たとえ竜に乗ってくるからという異例の事情を加味しても、王城内が大騒ぎになったことは、カリストにも容易に想像がついた。

思わず釣られるように、カリストまで自然と顔が綻んでしまった。

「ラオワン王は言った。外交で面倒なことになりそうな国を一覧にして私に渡しなさい。今後エルマーン王国は、それらの国との交易を辞めることにする。そしてその分をすべてリムノス王国との交易に回すつもりだ。君はエルマーン王国の交易品を盾に、それらの国と交渉すればいい。それでももしもこじれて、それらの国との国交が断絶したとしても心配はいらない。君の国の商業組合は優秀だ。エルマーン王国の交易品で、上手に利益を出して、他の国から必要な物資を調達してくることだろう。リムノス王国の外交政策が安定するまで、我が国の外交支援を続けるつもりだから、何も心配しなくていい」

パウエルは、胸を張って饒舌《じょうぜつ》に、ラオワンの口ぶりを真似してみせながら、英雄譚を語るかのようにカリストに聞かせる。

「我が国からエルマーン王国へ輸出する物量はそのままで、エルマーン王国から我が国に輸入する物量は、例年の三倍になったんだ。そなたも知ってのとおり、従来であれば輸入品の半分は他国との交易に使い、半分は商業組合に回して自由売買をしているが、増えた分を丸々商業組合に回して、国交断絶になった分の利益の補塡《ほてん》に使うことが出来た。その外交支援は二年間続いた。こじれていた諸外国との関係は、向こうが泣きついてくる形で解決したんだよ。私はラオワン王に、どのような形で礼を返せばいいのか分からない。なぜここまでしてくれるのかと尋ねたんだ。するとラオワン王は笑ってこう言った。『だって困っている友を助けるのは当たり前だろう』と。その時に気がついたのだ。父は私にとても大きな遺産をくれていたんだ」

パウエルはそう言って、壁に飾られた先代王の肖像画をみつめた。カリストも一緒にみつめる。

「父の即位記念の祝賀祭に出席するために、ラオワン王が来訪した際に、私は父に命じられて出迎えに行ったんだよ。その時私はまだ十七歳だった。他国の王の出迎えは、宰相か外務大臣がするというのに、なぜ私が？　と不思議に思ったのだが、来訪したエルマーン王国の国王は、自分とそれほど歳の変わらない若き王だったので、歳が近いから私が遣わされたのだと勘違いしたんだ。その上、巨大な黄金竜に乗り現れた深紅の髪の美しい青年のかっこよさと、飾り気のない明るい人柄、何より話題に事欠かない知識の豊富さに惹《ひ》かれて、城までの馬車の中で、夢中になって話をしたんだ。その時に彼は私を友だと呼んでくれた」

ハッと真実に気づいた顔のカリストを見て、パウエルは微笑みながら大きく頷いた。

「我が国は、最初の王国以来、何度もエルマーン王国に救われてきた。返しきれないほどの恩がある。だがエルマーン王国の国王は、リムノス王国が恩に着るようなことは何もしていないという。彼らは見返りを求めない。ただ彼らは、裏切りのない真の信頼関係を欲している。国益ではなく、絆《きずな》を大切にしている。だからそなたも忘れないでほしい。我が国が存続する限り、エルマーン王国の友であり続けることを……それが結果的に我が国が存続するために必要なこととなり、また恩を返すことにもなるのだから」

カリストの中で色々なことが、すべて結びついた気がした。父が出迎えを命じた理由は当然だが、ラオワンのカリストに対する態度や、父とラオワンの関係などにはすべて理由があり、繋がっていたのだと分かった。

そして今のカリストならば、父が英雄譚のように語った話も、決して大げさではなくあの方ならばそう言うだろうと、素直に納得することが出来た。それはもしも自分の代で、何か困難が降りかかっても、きっとまた手を貸してくれるだろうという希望にもなる。

エルマーン王国の助けを当てにしてはいけないのだが、『きっとあの国ならば』という信頼は、ずいぶん心強い支えになる。それと同時に、エルマーン王国にとってリムノス王国が相応の信頼を与えるにふさわしい国である必要があるのだ。

「我が子にも必ず受け継ぎます」

カリストは力強く、パウエルに誓うのだった。


ラオワン達のリムノス王国滞在予定の五日間は、あっという間に過ぎていった。最後の夜を迎えて、龍聖は少しばかりナーバスになって、晩餐会から戻るなり、ベッドに倒れ込むように寝転んで、ごろごろと転がっていた。それをラオワンが、仕方ないなという顔で、ソファに座り眺めている。

「あ〜……まだいたいよぉ……帰りたくないよぉ……だけど子供達に会いたいよぉ」

「さっきから、ずっとそればかりだね」

ソファのひじ掛けに肘を置いて、頬杖をつきながらラオワンが、やれやれというように呟いた。しかし龍聖に対して呆れているわけではない。そんな姿も、いつまでも見ていられるくらいにかわいいと思っている。だから一緒に寝転んだり、無理に起こしたりして止めるつもりはない。ただ目を細めて眺めるだけだ。

「だって限られた時間で探さないといけないから、ひたすら確認作業で中身は流し見しか出来ないし、探しに行くのも皆さんに任せきりだし……もっとじっくり読みたい！　関係のない本も読みたい！どんな本があるかもっと探検したい！」

龍聖は心の叫びをそのまま吐き出して、唸《うな》りながらまたごろごろと転がった。知的で理性的な龍聖が、こんな風に（本気じゃないけど）駄々をこねる姿はとても貴重だ。映像として残せるものならば残したい。永遠に眺めていたいが、そういうわけにもいかないので、ラオワンは仕方がないと諦めて重い腰を上げた。

ゆっくりベッドへ近づき、そっと端に腰を下ろして、ごろごろとかわいく転がる龍聖に手を伸ばして、よしよしと頭を撫でる。

「また来ればいいじゃないか。次は君が好きなだけ読書を楽しめばいい」

「え？　また来ても良いの？」

ぱっと顔を上げて、期待の眼差しでラオワンをみつめる。その龍聖の顔が、これまたかわいいと、ラオワンは思わず相好《そうごう》を崩した。

「もちろんだよ。これっきりなわけがないだろう？　まあ、すぐというわけにはいかないだろうけど、準備を整えたらまた来よう。それに私達の人生は長いんだ。これからまだ二百年くらいあるんだから、何度だって来ることは出来るよ」

ラオワンの穏やかな声に、龍聖の荒ぶる心が凪いでいく。龍聖はゆっくりと起き上がって、その場に胡坐《あぐら》をかいて座ると、大きく深呼吸をした。

「そうだよね」

龍聖は落ち着きを取り戻してニッコリと笑った。

「それに写本が完成したら、じっくり読めるわけだし……」

腕組みをして目を閉じながら、未来を想像してニヤニヤと笑っている。

「それでどうなんだい？　目的の本は見つかったのかい？」

「はい、色々と見つかりました。かなりの豊作です。ただすべてを写本するのは難しいかもしれません。学士五人の他に、連れてきたアルピンの侍従達は、書記仕事も出来る者達を揃えたので、彼らにも写本を手伝わせます。学士は最低二冊、侍従は最低一冊を達成目標にしています。だから最低でも二十冊は写本が出来るはずです。一冊三百から四百ページありますが、文字が大きめで一ページが三十文字三十行程度の文量だから、そんなに難しくないと思いますし、どうせ後から清書するので、読めさえすれば文字は雑で構わない。ただし誤字脱字がないように、正しく写本することと言ってあるので、二十冊以上は出来るのではないかな？　と考えています。中間報告次第では、援軍を送るつもりもあります」

龍聖が姿勢を正して、真面目な顔、真面目な口調で報告を述べたので、ラオワンも姿勢を正して真面目な顔でそれを聞いた。

「うん、計画が順調そうで安心した。君に任せて正解だったよ」

ラオワンが、真面目な顔のまま上司的な返事をしたので、龍聖はしばらく真面目な顔で我慢して聞いていたが、堪らずに吹き出した。ラオワンも一緒に笑って、龍聖の頭をなでなでと撫でながら最後に大きな溜息をついた。

「相変わらず君の課題は厳しいな。学士達に同情するよ。君の研究に大興奮で、頼まれなくても手伝おうとする医局の連中と一緒にしたらダメだよ？」

「だけど学士達も、図書館の蔵書に大興奮していたので、特に問題ないと思うよ？」

あっけらかんとして龍聖が言うので、同類だったか……と、ラオワンは頬を少し引きつらせた。

「だけど結局、ずっと私は放っておかれて、君と二人でこの国を見て回ることさえ出来なかったよね」

「ラオワンも、周辺国に外遊して回って忙しそうだったじゃない」

「君が朝から図書館に籠《こも》ってしまうからだろう？」

「だって時間がなかったし……」

ラオワンが拗《す》ねたように恨み言を言うので、龍聖は言い訳をしつつ唇を尖らせた。

「私だって行きたいところはあったんだよ？　学園都市に行ってみたかったし、商業都市にも興味があったし」

「学園都市なんかに行ったら、私は放置されてしまうんだろう？」

ラオワンが嫌そうな顔をしたので、龍聖は笑いながらラオワンの頬を、右手の人差し指で突いた。その指をラオワンはぎゅっと摑んで、指先に口づける。

「じゃあ、明日の午前中に、学園都市を見学に行くかい？　パウエル王がどうしても昼食会を……というので、帰国は午後にする予定だから」

ラオワンの提案に、龍聖は目を閉じてう～んと唸りながら考え込んだ。眉間にしわが寄って、かなり悩んでいるようだ。自分の中の何かと戦っているようにも見える。あまりにも悩んでいるので、ラオワンが心配そうな顔で止めに入った。

「リューセー、そんなに悩むならば、無理に行かなくても良いんだよ？　いや、行きたいから悩んでいるのか……では昼食会を断って、少しでも長く見学するかい？　なんならもう一泊しても……」

ラオワンが色々と別の提案を続けたが、最後の言葉は龍聖によって止められた。ラオワンが握っていた龍聖の右手が払われて、そのままラオワンの口を塞いだのだ。

「ダメだよ。それはダメだ。私だってもっといたいけど、ダメだと分かっているから、さっきあんなに葛藤していたんだから……ホンシュワンとカリエンが待ってる。きっと寂しがってる。カリエンは泣いているかも……ホンシュワンだって五日も魂精を貰えていないんだから、きっとお腹を空かせているよ」

心配そうに顔を曇らせる龍聖を、ラオワンがそっと抱きしめた。

「ホンシュワンのことなら大丈夫だよ。魂精を貰わなくても十日ぐらいはまったく平気なんだから……成人すれば一年や二年は、魂精がなくてもまったく平気だし、子供のうちは十日ぐらいで、ちょっと小腹が空いたかな？　という空腹感に似たようなものを感じるだけで、体調に問題はないんだから……そう何度も説明しただろう？　だから五日ぐらいだとまったく問題はないよ。カリエンは小さいから、母を恋しがって泣くかもしれないけど、ホンシュワンがしっかりしているし、それに叔父さん、叔母さんが放っておかないから、いつもよりも甘やかされて、遊びに夢中になっているかもしれないよ？」

抱きしめて、背中を撫でて、耳元で優しく囁きながら、龍聖を慰めた。龍聖もラオワンの背中に手を回して、ギュッと抱きついてきたので、ラオワンは龍聖の耳朶《みみたぶ》に口づけた。良い雰囲気なので、久しぶりに……という欲望が湧き上がるのを、グッと我慢する。

リムノス王国滞在中は、絶対に性交をしないと龍聖に約束をさせられていた。龍聖が嫌なのだという。龍聖曰《いわ》く「宿ならともかく、人の家（城）でお世話になっているのに、そんなことしたらダメ！」らしい。おそらくだが、シーツなどを洗濯する時に、そういう行為をしていたとバレるのが恥ずかしいのではないかと思われる。

今の雰囲気なら、なんとなく出来そうな気もするが、たぶん後でかなり叱られると思うので、ここは我慢するしかない。

「明日帰ろう。そして二人をたくさん抱きしめよう」

ラオワンの胸に顔を埋めながら、龍聖がコクリと頷いた。


翌日龍聖は、午前中は写本のために残る学士達と、最終的な打ち合わせをして過ごした。

「ヨキタ、お願いがあるんだけど」

龍聖は、護衛に立つ顔馴染みの兵士に声をかけた。城では龍聖の専属兵士をしていて、今回龍聖専属侍女の護衛に連れてきていた。

ヨキタと呼ばれたアルピンの兵士は、隣に立つ同僚と顔を見合わせて、さらに龍聖の護衛に立つシーフォンの武官の顔色を窺って、恐る恐るといった様子で、龍聖の下へ数歩歩み出た。

そもそもリムノス王国滞在中は、ずっと侍女の護衛のため、ラオワン達が宿泊する貴賓室の警護に詰めていたのだが、最終日の今日になって、急に図書館まで付いてくるように言われたので、先ほどからずっと身の置き所がなくて、そわそわとしていたのだ。

「ヨキタ、君にはここに残って、写本を手伝ってほしいんだ」

龍聖が笑顔でそんな無茶ぶりをするので、ヨキタは思わず大きな声が出そうになって、慌てて両手で口を塞いだ。だが目を剝いて固まっている。

「君は読書が好きで、字がとても綺麗だって聞いたから、最初からそのつもりで、今回の外遊に連れてきたんだよ。事前に言っておかなかったのは、実際にここへ来てみないと状況が分からなかったからなんだ。それで結論としては、今は一人でも写本を手伝ってくれる人が欲しい。だからお願い！」

龍聖が手を合わせてお願いするので、ヨキタは我に返って、酷く慌てながら了承の意を表すように、何度も大きく頷いた。

「そんな……リューセー様、お願いなどと……命じてくだされば、なんでもいたします」

「本当？　兵士なのに書記仕事なんて出来ないって断られるかと思ったんだ……良かった。滞在中に身の回りのことで足りない物とかあったら、遠慮なく侍従に伝えてね。写本が優先で、兵士の仕事はしなくていいから……というか、まあ、その辺りは残る人達で上手く話し合ってください」

「か、かしこまりました！」

ヨキタは、いきなり命じられた重要な任務に、少し高揚《こうよう》した様子で、ビシリと敬礼をして引き受けた。そんな様子を見て、龍聖は安堵の笑みを漏らし、仲間の兵士達は「頑張れよ」と他人事のように笑っている。

学士達も、龍聖から命じられた任務を果たすべく、それぞれが気合いを入れていた。

「それじゃあ、みなさん、頑張ってください！」

龍聖は、残る者達を激励するのだった。


パウエルからぜひにと招待されていた昼食会は、てっきりラオワン達を送るためのお別れ会的な宴を開くのかと思っていたが、国王夫妻と皇太子夫妻、そしてラオワンと龍聖達六人だけという慎ましやかなものだった。

その上、お互いの護衛も席を外させてのものだったので、ラオワンも龍聖も何かあるのかと、少しばかり身構えてしまった。

食事会自体は特に何事もなく、穏やかな談笑を交えたものだった。食後のお茶が出されたところで、リムノス王国側の空気が少し変わった気がした。

ラオワンと龍聖は、再び少し身構える。そんな二人の様子に気づき、パウエルが表情を和らげた。

「お二人とも申し訳ありませんでした。実はお二人にお話ししておきたいことがありまして、ご帰国前のお忙しい時に、昼食会に招かせていただきました。お許しください」

パウエルが会釈をするのに合わせて、王妃と皇太子夫妻も軽く礼をする。ラオワン達もそれを受けるように会釈を返して、緊張した面持ちになった。

「いやいや、そんなに緊張なさらなくても結構です。深刻な話ではありません。ただ公には、まだ発表しておらず、先にお二人だけにお伝えしようと思ったわけです。と、もったいぶってもしかたありませんな……実は近々譲位《じょうい》しようと思っております」

「え！」

思いもよらない言葉に、ラオワンと龍聖は同時に驚きの声を上げていた。

「どこかお悪いのですか？」

龍聖が思わず尋ねると、パウエルは明るい笑顔で首を横に振った。

「ご心配ありがとうございます。ですがおかげ様で健康そのものです」

「ではなぜ……」

龍聖の知る限り、この世界の君主制国家……特に国王を君主とする王国は、ほとんどが終身制で、生前に王位継承するのは稀なことだった。国王が、怪我もしくは病などを理由に、国政を行うことが不可能と判断された時に、譲位されることがある。だがそのような状況は、人為的に国王が害される

（事故に見せかける、毒を盛る）など、王位争いから起こる。良好な状態での譲位は滅多にない。

「ご存じの通り、先代国王の急死により、私は若くして王位に就きました。その時に苦労したせいか、私は自分の身に何があってもいいように、早くから遺言を用意したり、皇太子にも国政に関する教育を行っていたりと、ずいぶん用心深くなっておりました。だがおかげ様で何事もなくこの歳まで、精力的に王としての務めを果たしてきた。この分だとあと十年以上は長生きするでしょう。跡継ぎにも恵まれて、贔屓目《ひいきめ》かもしれないが、皇太子は王として申し分ない器だと思っております。それならば老いさらばえてしまう前に、退位して後は息子に任せてしまおうと思うようになりました」

とても穏やかな表情で、静かに語るパウエルは、心から王位に執着がないように見えた。王妃も皇太子夫妻も、落ち着いた様子で、黙って聞いている。皆が納得しているように見えた。

おそらく何度も話し合ったのだろう。決定には身内だけではなく、当然ながら家臣の同意も得なければならない。

「時期はもう決まっているのでしょうか？」

ラオワンが静かに問うと、パウエルとカリストが、一度視線を交わしてお互いに頷き合った。

「まだ調整中ではありますが、来年には……と考えております」

「分かりました。エルマーン王国は、新王の治めるリムノス王国との友好関係を、継続することをお約束いたします」

「ありがとうございます」

国王夫妻、皇太子夫妻が、同時に深く頭を下げた。ラオワンと龍聖は、緊張がほぐれて思わず笑みが零れる。

「それで退位後の予定などはあるのですか？」

ラオワンの問いに、パウエルが嬉しそうに目を細めた。

「ずっとやりたいと思っていたことをやるつもりです」

「それは……何ですか？」

龍聖は興味があるというように、少し前のめりになって尋ねた。大国の国王が隠居したらやりたいこととは何だろう？　と思ったのだ。

「エルマーン王国へ遊びに行きたいと思っております」

パウエルが、ニヤリと笑って言ったので、ラオワンと龍聖は思わず顔を見合わせて破顔した。

「ぜひお越しください。歓迎いたします」

「ご夫婦でお越しください」

ラオワンと龍聖から、笑顔で歓迎されたので、国王夫妻も手を取り合って喜んだ。それを少しばかり恨めしそうにみつめるカリストの姿があった。

「皇太子のうちに、エルマーン王国を訪問するという私の願いが絶たれてしまいましたけどね」

カリストのぼやきに、一同が明るい笑い声を上げた。

「ならばそなたも、王の役目を精進して、世継ぎを教育して、生前に王位継承すれば良いではないか」

「あなた、それではリムノス王国に新しいしきたりが出来てしまうではありませんか」

パウエルが、カリストに甘い誘惑の言葉を投げかけたので、王妃がそっと窘めた。だが誰も、異論を言わないので、本当に新しいしきたりが、出来てしまいそうだ。

ラオワンと龍聖は顔を見合わせて、平和な告白で良かったと、口には出さないが心からそう思い合った。

こうしてラオワンと龍聖は、残していく学士達を、よろしくお願いしますと託して、とても明るい気持ちでエルマーン王国への帰路に就《つ》いた。

「ラオワン、リムノス王国に行けて良かったよ。ありがとう」

「それは……図書館だけの感想じゃないよね？」

ラオワンが少しからかうように言ったが、龍聖は特に気にする様子もなく前を向いたまま頷いた。とても清々しい表情をしている。

「エルマーン王国とリムノス王国は、本当に良い関係を築き上げているんだね。すごく良いことだと思うよ。何度も崩壊の危機に立って、君主制の形が変わっても、リムノス王国はエルマーン王国との関係を変えなかったんだよね？」

「そうだね……唯一悪政と言われた大公が君主となった時期でさえ、我が国との関係を変えることはなかった。まああの国の場合は、絶対君主制にはならないからだろうけど……商業組合と学園がそれなりに大きな力を持っていて、貴族と相対している形だ。君主はそれらのまとめ役を担っている。最初の王家が滅んだあと、君主になった侯爵家は商業組合側で、その後の大公は貴族側、商業組合・学園・貴族のどれかに力が偏ると上手くいかないんだ。だからまた王政に戻った。そんな彼《か》の国が、唯一変えなかったものは我が国との関係性だった。あの国で何か決められたものがあるのだろうね」

「……」

龍聖は頷きながら無言でしばらく考え込んでいる。真っ直ぐに前に向けられた眼差しが、移り行く地上の風景を映しながら、強く輝いている。いつも考えることを止めない強い意志を表した黒曜石《こくようせき》の瞳は、ラオワンが大好きなもののひとつだ。その瞳がゆっくりと動いて、ラオワンに向けられる。

「きっとエルマーン王国が、リムノス王国への態度を変えなかったからだよ。権威のあるなしにかかわらず、友好国としての態度を変えることがなかったから、信頼されているんだと思う。リムノス王国にとって、エルマーン王国がいつも危機の時に助けてくれるのはありがたいもの……でもエルマーン王国にとっても、リムノス王国の存在はとても大事なんだよね。普通の人間の国ではないエルマーン王国にとって、信頼に足る人間の国の存在はとても貴重だから、それなりに利用価値があるものね。決して善意の関係だけじゃない。Ｗｉｎ－Ｗｉｎな関係だね……あ～……お互いに利益が得られる共存関係ってこと」

そう言ってニッと笑った龍聖の頬を撫でながら、ラオワンも微笑み返した。

「来年の新王即位の祝賀祭には、二人で行けるんじゃないか？」

「早速再訪の予定が決まったね！　やった！」

大喜びでグッと拳を握り締める龍聖に、ヤマトがグルルッと声をかけた。

「ありがとう！」

ラオワンが通訳しなくても、ヤマトの意図することは分かったようで、龍聖が笑顔で手を振って礼を言っている。いつも明るく前向きで、努力を惜しまない龍聖には、助けられてばかりな気がすると、ラオワンは心の中で小さく溜息をついた。

今回の外遊も、エルマーン王国を豊かにするための情報が必要だと、龍聖の発起《ほっき》で進められたことだ。本人は「たくさん本が読めるし、研究も出来て楽しい」と言っているが、すべては滅びかけている大和の国、次の龍聖が来ないかもしれないという苦難の中で、一人で色々と背負い込もうとしているのが分かる。

『私も頑張らないといけないな』

ラオワンの強い思いに呼応して、ヤマトがオオオォォォッと咆哮《ほうこう》を上げた。

# 第2章

リムノス王国から帰国して、三月ほど経った頃、ラオワンは三度目の異世界渡りをしていた。

ヤマトは高空を飛びながら、周囲の様子を確認している。

「前回は早々に諦めて引き返してしまったけれど、地上の様子を確認してみようか……降りても大丈夫そうかな？」

ラオワンが眼下を覗き込むように眺めながら、ヤマトに向かって相談を持ちかけた。ヤマトも下をみつめながらしばらく考えている。

空はまだ雲に覆われているが、以前のような厚い雲ではない。まだ薄暗いが太陽の光が届いているためか、地表の厚い氷も溶け始めているようだ。海であった場所の深い海溝部分には海水が戻りはじめていた。

風はまだ強いが、大気は安定しつつあり、暴風ではなくなっていた。

『降りてみよう』

ヤマトが答えて、ゆっくりと降下しはじめた。目指すのは大和の国があった場所だ。大和の国周辺の海は凍っておりまだ元に戻っていない。隕石が衝突した際に空いた大きなクレーターが痛々しい。

ラオワンには分からないのだが、日本には二つの隕石が落ちていた。山梨県の辺りにひとつと、富山県の辺りにひとつ。山梨県に落ちた隕石は、三百メートルほどの大きさの隕石で、直撃した場所には直径五キロメートルのクレーターが出来ている。富山県に落ちた隕石は百メートルほどの大きさで、直撃した場所には直径二キロメートルほどのクレーターが出来ていた。

衝突時には半径数百キロメートルにわたりソニックブームが発生し、地上の建造物を破壊した。また周囲百キロメートル以上が、二百度を超える高熱にさらされて、広範囲にわたって地上の生物が死に絶えたと想定される。

地球に降り注いだ氷の塊《かたまり》や隕石は、その八割近くは大気圏で燃え尽きて消滅した。日本に落ちた隕石のように、クレーターを作るほどの大きさ、威力を持つ隕石は、世界中に二十個ほどが落ちていた。

二十個という数は一見少なく感じるかもしれないが、日本に落ちた隕石の破壊力からも分かるように、地上にもたらす威力は計り知れない。

今回落ちた隕石で、一番大きな物は、アメリカとロシアに落ちた直径一キロメートルのものだ。十五キロメートルものクレーターを作り、かなり広範囲に被害をもたらした。この直径一キロメートルの隕石ひとつでも、地球を氷河期に導くには十分の破壊力がある。

また大気圏で燃え尽きずに落下してきた隕石の大半は、地上から数十キロメートル上空で爆発して、地上に落ちることはないが、二十メートル程度の大きさの隕石でも、その爆発の威力は、原子爆弾の百倍以上の威力を持ち、地上が無事とは言えない被害をもたらす。

最初に異世界渡りをしたラオワンが、凄まじい高温と粉塵の嵐に見舞われたのは、このような状況によるものだった。

「あれからどれくらいの年月が経ったのかな？　エルマーン王国では五十年近く経っているから、こちらの世界では二十年くらいだろうか？　二十年といえば、人間達からすると赤子が成人になる年月だ。決して短い時間とは言えない。それでもまだこんなに荒れた状態のままなのか……」

地上が近づいてくると、被害の状況がより鮮明になる。人間の痕跡は何も見当たらない。雪と氷に覆われているというだけではない。草木はおろか家などの建物の痕跡すらもないのだ。

「母上やリューセーから聞いていた大和の国というのは、小さな島国だが、七千万人近い人々が住み、城よりもずっと高い何十階もの高層の建築物が乱立する街が、いくつもあると聞いていた。山はたくさんの木々で覆われて、豊かな自然もある綺麗な国だと……そう聞いていたのに、見る影もない」

ラオワンは眉根を寄せながら、眼下の景色を見つめた。北海道と九州には、瓦礫《がれき》と化した街が残っていた。だがまともに残った建物はひとつもなく、良くて半壊と言ったところだ。山の木々は残っているが、雪と氷に閉ざされている。本州はクレーターに近いほど被害が大きいのが、一目で分かった。何ひとつ残っていないからだ。瓦礫どころか欠片も残っていない。山はその形をかろうじて残しているが、クレーターの近くの山は、黒い岩山と化している。高温で焼かれたためだろう。

ラオワンは目を閉じて、魔力を薄く広げるように、地上を探査した。

「地面に降りても大丈夫だろうか？」

『大きな穴の近くか？　もう熱は冷めているようだから、大丈夫だと思うぞ』

地面に降りても大丈夫かと尋ねたのは、ラオワン自身が……という意味だ。ヤマトは魔力で体を覆って、バリアのように守っているので、燃える溶岩の上でも歩くことは可能だ。ラオワンも、魔力で自身の防御力を高めることは可能だが、さすがに溶岩は無理だ。

前回来た時は、まだクレーターの辺りの地表が高温のままで、その周辺だけ雪も氷もなかった。今もクレーターの周辺は凍っていないのだが、地表はそれほど熱くなさそうだ。

「穴の近くに降りてみよう」

ラオワンの指示通りに、ヤマトは大きなクレーターの側に降りた。ラオワンはヤマトから降りて、地面に立つと辺りを見回した。しゃがみ込んで地面を触ると温かい。

「地面が温かい……あの時の熱がまだこんなにも残っているのか？　だからこの辺りは凍ってないのか」

ラオワンは驚きつつ立ち上がり、懐《ふところ》から一枚の紙を取り出した。龍聖に書いてもらった大和の国の地図だ。守屋家のあった場所と、避難しているはずの地下都市の場所に印が付けてある。先ほど上空から見た地形と照らし合わせると、一番大きな穴は地下都市の場所にとても近い気がした。もうひとつの穴と、守屋家のあった『金沢《かなざわ》』という土地も少し近い。それを見て顔を顰める。

「この辺りの地下を調べてみよう」

ラオワンは、地面に手をついて薄く伸ばした魔力を、どんどん地下深くに降ろしていった。だが特に何も見つからない。しばらくの間、場所を変えたりして探っていると、ようやく地下に人工物の反応があった。

『どうだ？』

ヤマトに尋ねられて、ラオワンは深刻な顔でしばらく集中していたが、やがて諦めたように肩の力を抜いた。

「生きているものの気配がまったくない」

絶望的な顔で呟いた。地下にとても大きな何かがあるのは分かる。金属の反応があり、箱型のようなので、たぶん家のような建物ではないかと判断した。龍聖から『地下都市』と聞いていたものかもしれない。

それはとても深いところにあった。だがその中をどんなに探っても、生き物の気配を見つけることが出来なかった。もちろん龍聖の気配を見つけることも出来なかった。

「みんな死んでしまったのだろうか？　あの大きな穴からは少し距離があるけれど、何か被害があったのだろうか？」

ラオワンは立ち上がり、クレーターのあった方角をみつめた。遮るものは何もないが、三十キロメートルほど離れた距離にあるので、さすがに目視ではクレーターは分からなかった。

『この辺りも瓦礫ひとつ残っていないから、衝突した時の衝撃ですべてが消えてしまったのだろう。それほどの衝撃があったのならば、地下は相当な被害が出たはずだ』

ヤマトも長い首を伸ばして、辺りを見回しながら答える。

「そうだよね……これだけ探しても分からないのならば……諦めるしかないのかな……いや、また何年かしたら探しに来てみよう」

ラオワンは諦めるのは早いと自分に言い聞かせた。

「それじゃあ、金沢という場所に行ってみようか」

ラオワンはヤマトの背に乗りその場を後にした。高空から地図と地形を確認しつつ、能登《のと》半島を目指した。

「たぶんこの辺りのはずだ」

ヤマトはゆっくりと高度を下げていった。ラオワンは真剣な顔で、地上をみつめている。その地も先ほどと同じように、瓦礫ひとつ残っていない悲惨な風景が広がっていた。

「あっ……待って！」

ラオワンは何かを感じ取った。

『どうした？』

「なんか……感じる……そっちだ」

ラオワンは酷くドキドキとしていた。なんだか胸がざわつく。微細だがとても懐かしい魔力を感じるのだ。

「ここだ、ここ……降りてくれ」

『むっ？　確かに何かあるな』

ヤマトも何かを感じ取っているようだ。ラオワンの指示なく、魔力を感じる方へ降りていく。そこは小さな山だった。それほど標高が高くないいくつかの山が連なる場所で、その山のひとつにヤマトが降り立った。

草木ひとつないはげ山だが、中腹に少し開けた場所がある。ヤマトがそこに着地すると、待てないかのように、同時にラオワンが飛び降りた。駆けていった先には、大きな穴がひとつ、ぽっかりと口を開けていた。

大きな穴と言っても、先ほどのクレーターのような巨大な穴ではない。直径三メートルほどの穴だ。穴を覗き込むととても深くて底が見えない。

「水がなくなっているけれど、たぶんこれがリューセーの言っていた『龍神池《りゅうじんいけ》』だろう」

ラオワンが穴を覗き込みながらそう呟くと、ヤマトも上から覗き込む。

『微量だが魔力を感じるな』

「ああ、なんだか懐かしい気持ちになる魔力だ」

ヤマトの呟きに、ラオワンも頷いて同意した。

龍聖の話によると、龍神様から授けられた儀式の道具は、厳重な守りの箱に入れられて、龍神池に沈められているはずだという。

「儀式の道具ならば、ホンロンワン様が、その指と右目から作り出したものだ。だから感じる魔力はホンロンワン様のもののはずだ。それに『龍神池』というのは、ホンロンワン様が異世界渡りをする時に、初代リューセー様が住んでいた場所への目印にするために、魔法陣を刻み込んで通路を繋げた場所のはずだ。だから魔力を感じるんだ」

『ではここは我々の世界と通じているのか？』

ヤマトが、穴に鼻先を突っ込みながら尋ねたので、ラオワンは苦笑しながら否定した。

「物理的には繋がっていないよ。魔法陣の発動条件が満たされれば繋がるはずだけど……つまりリューセーが儀式の道具を使った時に、リューセーの魂精に反応して発動するんだ。リューセーはここを通じて私達の世界へやってくる」

『なるほど』

「だけど……魔力がこんなに微量になっているということは、破壊の衝撃で魔法陣が壊れてしまったのかもしれないね。滔々《とうとう》と水が湧き出ていたというけど、それも涸れてしまっているし……これではホンロンワン様の加護の力が働かなくなってしまう」

ラオワンはその場にしゃがみ込むと、穴のふちに手を置いてそっと魔力を流した。すると穴の周りに光の線が走り、何もない穴の上部に、ぼんやりと魔法陣が浮かび上がった。だが魔法陣を形成する光の線が、ブレて見えて今にも消えてしまいそうだった。

「やっぱり……所々線が欠けてしまってる」

『修正出来るのか？』

「分からない……」

ラオワンはしばらくの間、真剣な眼差しで、浮かび上がる魔法陣をみつめ続けた。だがやがて、ふっと気を抜くと魔法陣が消えてしまった。

「今ここですぐにどうこう出来るわけじゃないな……この魔法陣の術式は、ものすごく複雑で繊細だ。さすがホンロンワン様って思わされるよ」

ラオワンは、みつめ続けて疲れたのか、右手で目頭を押さえながら、大きく溜息をついた。そんなラオワンの顔を覗き込むようにして見ていたヤマトが、目を細めてグルッと喉を鳴らした。

『だが〝出来ない〟とは言わないのだな』

おかしそうにヤマトが言うので、手を顔から離して見上げたラオワンが、ニッと口の端を上げる。

「ああ、言ってない……それよりもこっちが急務だ」

ラオワンは立ち上がり、両手を前に突き出すと、手のひらを下に向けて目を瞑《つむ》り、グッと手の先に神経を集中させた。微《かす》かにラオワンの両の手のひらが光を帯びる。するとしばらくして穴の底から、何かの物体が上がってくるのが見えた。それは金属製の箱だった。箱はゆっくりと上がってきて、ラオワンの差し出す手のところまで浮かび上がると止まった。ラオワンは目を開けると、満足そうな笑みを浮かべて、箱を両手で摑んだ。

「おわっ……ととと……」

魔力を解除した瞬間、箱に重力が戻り、その重さにラオワンはよろめきそうになった。ヤマトがラオワンのマントを咄嗟に咥《くわ》えて、後ろに引っ張ったので、なんとか穴に落ちるのを防ぐことが出来た。

箱を抱きしめるように腕に抱え込んで、尻もちをつくと「ひゃあ～、びっくりした」と、少し間の抜けた声で、ラオワンが呟いた。

　隣でヤマトが呆れ顔をしている。

「思っていたよりも重かったからびっくりしたよ」

『気を抜きすぎだ』

　ヤマトに叱られて、ラオワンは照れたように笑った。

『それで……それは何だ？』

「リューセーが降臨する儀式に使う道具が入っている。えっと……確か銀の鏡と指輪だ。リューセーがこれを使って、私のところに降臨した後、こちらの世界の家族が、この箱に入れて龍神池に沈めたんだ。守屋家の人達は、地下都市と宇宙に分かれて避難をした。どちらが助かるか分からないし、一式しかないこの道具が、万が一の時一緒にダメになったら困るからと、道具だけをここに隠したんだって……ここは山の中だし、龍神池はとても深いから、きっと大丈夫だろうと考えたそうだ。それにこの箱はものすごく丈夫なんだって……カクバクダンとかいう武器でも耐えられるそうだよ」

『カクバクダンとは何だ』

「知らない。でもかなり強力な武器らしいよ」

　ラオワンは笑いながら首を傾げた。ヤマトはそれを聞いて、フンッと鼻を鳴らす。抱えていた箱を地面に置いて、上部や側面をつぶさに観察したが、ラオワンは肩を竦めてすぐに諦めた。

『何だ？　道具は無事か確認しないのか？』

　ヤマトが、諦めた様子のラオワンを見て、怪訝そうな顔で尋ねた。

「開け方が分からないからね……でも箱に傷はないから、たぶん大丈夫じゃないかな？　とりあえず持って帰ろう。リューセーならきっと開けることが出来るよ」

　あっけらかんとした様子でラオワンが答えたが、ヤマトは腑に落ちない様子で首を傾げている。

『持って帰るのか？　それはリューセーが儀式に使うものだろう？　ここに置いていかないと、もしも生き残った守屋家の者が取りに来たら困るんじゃないか？』

「ヤマト……言いたいことは分かるけど、この状況を見てすぐに守屋家の誰かが取りに来ると思うかい？　これを見つけ出した以上は、こんな状態のところに放置は出来ないよ。一度持って帰って、中身が無事なのかを確認してから、リューセーと相談しようと思うんだ。元のところに返しておいで！　って叱られたら、また返しに来るよ」

　ラオワンはそう言って、ふふっと笑った。宝物でも見つけたかのような顔に、ヤマトは溜息をついた。

『なんでそんなに楽しそうなんだ？』

「だってこんな地獄のような風景の中で、一度は絶望したんだよ？　リューセーの言葉通りに探して、ようやくこれだけを見つけることが出来たんだ。宝物じゃないか。それにこれが見つかったということは、守屋家の人々が色々と考えて策を講じていたことが、ひとつ成功したってことだ。他の望みも期待しても良いんじゃないか？」

かなり楽観的に聞こえるラオワンの言葉だったが、ヤマトはチラリと周囲の景色に視線をやって、納得したように溜息と共に頷いた。

『確かにな』

「じゃあ、帰ろうか」

ラオワンは箱を抱え直して立ち上がると、ヤマトの背中に乗った。宙に魔法陣を浮かび上がらせて、光と共に魔法陣に吸い込まれるようにして、二人の姿は消えていく。

荒涼としたその地に、風の音だけが響き渡っていた。


龍聖は立ち尽くしたまま小さく震えていた。目の前に置かれた箱から、目を逸らせずに両手を胸の前で組んで、頬を紅潮させてずっとみつめていた。

図書館（もう書庫から名を改めている）から帰ってきた龍聖は、いつもより早く帰っていたラオワンに出迎えられて、そのまま書斎に連れていかれた。子供達はおろか、侍女も側近のハデルも席を外させた形で、書斎に二人きりになると、ラオワンが机の上に置かれた金属製の箱を、龍聖に見せたのだ。

「大和の国から持って帰ってきたよ」

褒めて！　とばかりの自慢げな顔でラオワンが言っても、龍聖は口を噤んでラオワンと箱を何度も交互にみつめるだけだった。あまりに沈黙が続いたので、ラオワンは『もしかして持って帰ってきたらダメだったのかな？』と、一瞬不安になったが、龍聖の様子を見ると、頬はピンク色に染まっているし、両目は涙ぐんでいるけれど、とても嬉しそうに見えるし、震えているけれど怒っているわけではなさそうなので、もうしばらく様子を見ることにした。

しばらくして、龍聖の喉がヒュッと小さな音を立てたかと思うと、突然激しく咳き込んでしまったので、ラオワンは酷く慌てて龍聖の肩を抱き寄せた。

「リューセー！　大丈夫かい！　どうかしたのかい？」

「ご……ごめん……なさい……ちょっと、気道に唾液が入って……むせただけ……だから……」

龍聖は何度も激しく咳き込みながら、涙目になってそう説明をした。ラオワンは、龍聖の背中を何度も擦って介抱した。

「み……水を……」

「水!?　あ、水ね！　ちょっと待って！」

ラオワンは慌てた様子で、扉まで駆けていくと勢いよく開けて、目の前に立っていたハデルに向かって「水をくれ」と早口で言った。

「は、はい」

ハデルは驚きつつも、素早く行動に移した。テーブルの上に常備している水差しからコップに水を注いで、それをトレイに載せて小走りに戻ってくる。

「ありがとう」

ラオワンはそれを受け取って、すぐに中へ戻ろうとしたが、閉めかけた扉をハデルが慌てて摑んで引き止めた。

「陛下、邪魔をして申し訳ありません。あの……リューセー様が、激しく咳き込まれていたように思うのですが、何かありましたか?」

「いや、大丈夫だ。心配ない。しばらく誰も入らないでくれ」

ラオワンは、ハデルを牽制《けんせい》して、そのまま扉を閉めてしまった。ハデルは心配そうな顔で、閉められた扉の前に立ち尽くしていた。

「ほら、リューセー、水だ」

ラオワンがコップを渡すと、先ほどよりは幾分咳が収まっていたようで、落ち着いた様子で水を飲みはじめた。

「大丈夫か?」

龍聖は一気に水を飲んでしまうと、大きく息を吐いた。心配そうな顔で覗き込むラオワンと目が合って、とりあえず笑顔を見せて安心させようとした。

「大丈夫!　本当にごめんなさい……なんかちょっと……びっくりしちゃって……」

「リューセー……」

笑顔のはずなのに、なんだか上手く笑えなかった。口角を上げようとする口が、ピクピクと痙攣《けいれん》したように震える。頬を伝う涙に気づいて、慌てて両手で顔を覆った。

「あれ？　なんで涙？　あの……ラオワン……これは別に悲しいわけじゃ……」

一生懸命に取り繕おうとするが、涙が勝手に出て止まらなかった。

「リューセー……すまない。何も出来なくて、すまない」

ラオワンがそう言って、龍聖を抱きしめた。龍聖は驚きつつも、そうではないと否定したかったが、涙が止まらなくて、喉が詰まって声も出なくて、ただ抱きしめてくれるラオワンの腕の温かさに、縋《すが》るように抱きつくことしか出来なかった。

顔を胸に押し当てて、声を殺して泣いた。自分でもなぜこんなに泣けるのか分からなかった。嬉しさと驚きと寂寥《せきりょう》感と……色々な感情が一気に押し寄せて、体の中で激しい勢いで渦巻《うずま》いている。感情がついていけない。ただただ涙が溢れるのを止められなかった。

しばらくの間ラオワンを抱きしめて、ラオワンに抱きしめられて、その温もりと力強さに、心が癒やされて落ち着きを取り戻していった。気がついたら涙も止まっていて、息も楽に出来るようになっていた。

途端に泣いてしまったことへの恥ずかしさが湧き上がってきたが、龍聖はそれよりも何か誤解している様子のラオワンに、ちゃんと話さなければと思って、背中に回していた腕を解いて、涙を拭いながら顔を上げた。

とても心配そうな顔のラオワンがそこにいた。金色の瞳が愁《うれ》いを帯びている。龍聖は気まずさにちょっと目を逸らしてしまったが、ゆっくりとラオワンから体を離した。大きく深呼吸をして、コホンとひとつ咳払いをする。改めて顔を上げて、笑顔でラオワンをみつめた。

「ラオワン、なんかごめんね。急に泣いたりして……驚かせたよね。自分でもなんでいきなり涙が出たのか分からなくて、ちょっと混乱してしまったけど……すごく嬉しかったんだ。見つけてくれて本当にありがとう」

はにかみながら礼を言うと、ラオワンはまだ少しばかり戸惑いを見せて、でも笑顔が嘘ではないのが分かって、安堵の息を漏らした。

「その……地下都市は見つけたんだけど、聞いていた入口になる建物がなくて……生存者はまだ見つけられていないんだ。だけど儀式の道具のことも気になったから、そっちを探しに行ったら、言われた場所に深い穴があったよ。水は涸れていたけど、それは無事だった」

「うん、ありがとう。あのね……私は自分が去った後の地球がどうなっていたのか、この目で見ていないから分からなくて……だけど想定はしていたんだ。彗星の尻尾が地球にかかれば、たくさんの氷の塊や隕石が降ることも、その場合どのような被害に遭うのかも、たくさんたくさんデータを……資料を集めて計算して、一人でも多く生き残れる道を探ってた。だけど分からないでしょ？　本当に……本当に残された家族が……想定した通りに逃げることが出来たのか……だからすごく不安だった。諦めていたつもりだったけど……過ぎたことをいつまでも考えても仕方がないって、そう思ったから、前向きになるために、リムノス王国に行って、たくさんの本を写本したんだ」

　ラオワンは、どんな風に龍聖を慰めて、説明をすればいいのか言葉を選んで話した。それを龍聖は、動揺することなく受け入れて、ありがとうと心から礼を言い、心配するラオワンの誤解を解くために、本心を吐露しはじめた。

「だけどラオワンがこれを持って帰ってきてくれて……ああ、兄さん達はちゃんと約束を守ってくれたんだって……一緒に考えた計画を、きちんと実行してくれたんだって……そう思ったら嬉しくて……これなら他の計画も、ちゃんと実行してくれているんだろうなって、そう思ったら胸が苦しくなって……嬉しいのと、本当に隕石が落ちたんだっていう現実と……なんか感情がぐちゃぐちゃになったんだ。だけど大丈夫。落ち着いたし、今は本当に嬉しいという思いしかないから……ラオワン、何度でも言うよ。持ってきてくれてありがとう」

　龍聖はペコリと頭を下げて、照れたように笑った。ラオワンは笑顔を返して、龍聖の頭を撫でる。

「さてと……それじゃあ、開けてみようか」

　龍聖は自分に気合いを入れるように、パンッと手を叩いて箱に向き合った。側面についていたボタンを押すと、カチャリと音がして、小さなカバーが開いた。カバーの下には、数字が書かれた金属製の丸いダイヤルがふたつ並んでいる。龍聖はそれを右に、左に何度も回しはじめた。

「解除方法は、指紋認証とか電子キーとかにしたら、この箱に物理的な衝撃を受けた時に、壊れたり誤作動の元になったりしかねないからね。こういうのはアナログが一番安心なんだ」

龍聖は独り言を呟きながら、ダイヤルを回して解除していく。

少ししてガチャッと、少し大きめの金属音が鳴った。

「開いたよ」

龍聖が箱をパカリと開けて中を見せた。箱の中には、もうひとつ箱が入っていた。黒い漆塗りの螺《ら》鈿《でん》細工が施された文箱だ。大きな箱の中は、文箱がピッタリ嵌まるように、分厚いクッションのようなものが入れてある。龍聖は中から文箱を取り出して、箱の隣に置くと、そっとその蓋を開ける。中には銀製の鏡と、巻物、小さな桐《きり》の小箱が入っていた。

「これは指輪だよ」

小箱を取り出して、蓋を開けると中には、銀製の竜の頭の形をした指輪が入っていた。ラオワンに見せると、おおっと感嘆の声を漏らした。

「この指輪を嵌めると、腕に文様が浮き上がって、鏡からリューセーって呼ぶ声が聞こえるようになるんだ。それで鏡を覗き込むと、パアッと眩《まぶ》しい光が、鏡から溢れ出て……その後は気づいたら、こちらの世界に来ていたんだよ」

龍聖が儀式の道具を見せながら、使い方を説明した。ラオワンは興味深そうに、真剣な顔で聞いている。

「儀式をするのは怖くなかったかい？」

小箱を漆塗りの文箱に戻して、片付けをしながら「う〜ん」と言って、龍聖が少しばかり考えている。

「怖くはなかったよ。異世界に転移するって分かっていたからね。昔の龍聖は神への捧げものになるのだから、命を差し出すと思っていたみたいだけど……でも龍神様に対する深い信仰があったら、みんな怖くはなかったんじゃないかな？　私の場合は、そんなことより転移ってどういう仕組みになっているんだろうって、そればかりが気になってたよ。ラオワンはこれで三度目だよね？　魔法陣を使うって言っていたけど、魔法ってどんなものなの？　私には使えないのかな？」

　わくわくと好奇心に満ちた顔で尋ねられて、ラオワンは思わず笑ってしまっていた。いつもの龍聖だと思ったら、安心したと同時に嬉しくなったのだ。

「リューセーの持つ魂精は、魔力とは少し違うからな～」

「え！　だけど竜王は自分の魔力を魂精に変えることが出来るんでしょう？　八代目竜王ランワンは、それで息子のフェイワンを育てたって、記録に残っているし……」

「う～ん、そうなんだけど、あれもまたちょっと魂精とは違うものだしな～」

「どういうこと？」

　ラオワンは、龍聖にどう説明したものか、腕組みをしてしばらく考え込んだ。こういう質問をはぐらかすのは悪手《あくしゅ》だと知っている。龍聖が疑問を解消したいという欲求は、並大抵のことでは誤魔化しきることは出来ない。下手にはぐらかせば、さらにたくさんの質問攻めに遭ってしまうのだ。

「私達竜王は、母であるリューセーの魂精を貰って育っているから、魂精がどういうものかを、この体が覚えているんだ。そして貰った魂精は、血となり、肉となり、魔力となる。だから自分の持っている魔力を、体が覚えている魂精に近いものに変化させることが出来るんだ。それを子供に与えていたというわけだ。ランワン王曰く『貰った魂精を返すだけだ』ということなんだけど……疑似魂精であって、完全な魂精ではないんだけど、与えられた子供は、それを糧にすることが出来る」

ラオワンが一生懸命に考えて、分かりやすく説明をしたのだが、龍聖は腕組みをしてさらに考え込んでしまった。

「それって……わざわざ魂精に変えなくても、魔力を与えればいいんじゃないの？」

「魔力というのは、個人差があるんだ。濃度とか……性質とか……熱量？　みたいなものとか……どう違うのかって言うのは、上手く説明出来ないけど、とにかく他人の魔力はなかなか受け入れにくい」

「受け入れにくいって？」

次々と質問が続くので、ラオワンは内心『失敗してしまった』と思った。質問をはぐらかしてはいないのだが、とても説明の難しい問題だったため、結果的に龍聖が納得出来ないまま、次々と疑問が湧いてきてしまっている。

「それはそうだな……気持ち悪いんだ」

「気持ち悪い」

「そう。無理って感じ」

ラオワンは思わず少ない言葉で表現しようとした。小難しく言ったところで、余計にこじらせてしまいそうだからだ。龍聖はまだ考え込んでいる。

「その無理っていうのは、生理的にってこと？」

「えっと……これはとても説明するのが難しいのだけど……もちろん生理的に受けつけられない嫌な感じもあるし、それと同時に体が他人の魔力を上手く吸収出来ないというのもある。それに比べて魂精はとても受け入れやすいんだ。すごく心地いい」

龍聖は「へえ」と感心したように聞いている。これで納得してくれればいいのだけれど……と、ラオワンは願った。

「というわけで、魂精は魔力とは違うから、龍聖は魔法陣を使えないんだよ」

ラオワンは無理矢理に、話をまとめることにした。龍聖が「ちぇっ」と小さく舌打ちをして、残念そうな顔になる。

「リューセーは……魔法を使って何をしたかったんだい？　異世界渡りをして、大和の国に帰りたかった？」

ふいにラオワンが問いかけた。龍聖はきょとんとした顔で、そんなラオワンをみつめる。

「別に何がしたかったというわけじゃないよ。単純に興味があっただけ……私達の世界では『魔法』というものは存在しなかったから……そりゃあ、向こうの世界に戻ってみたいという気持ちはあるけど……無理にとは思ってないし、第一異世界渡りをするには、ものすごく魔力が必要なんでしょう？ラオワンにしか出来ないことだって分かっているよ」

龍聖はラオワンの手をギュッと握って、にっこりと笑った。ラオワンはそんな龍聖をそっと抱きしめる。

「だから私は私にしか出来ないことを頑張るよ。未来のエルマーン王国のために、出来る限りのことをしよう」

「そうだね」

ラオワンは頷いて、龍聖に優しく口づけた。


その日の夜、月の光がカーテンの隙間から差し込む薄暗い寝室で、甘い吐息とベッドの軋《きし》む音が、交互に重なり合って聞こえていた。

ベッドにうつ伏せに横たわる龍聖に、ラオワンが覆いかぶさり、うなじから肩口にかけて、噛みつくように唇を滑らせる。龍聖の細い腰を浮かせるように抱え込んで、ぴったりと腰を重ね合わせている。

すでに深く挿入された熱い昂《たか》ぶりに、龍聖は身を震わせていた。じりじりと下腹が、内から焼かれるような痺れと、圧迫されるような質量に、早くどうにかしてほしいと、焦《じ》れて腰をゆるゆると動かした。

「動かないで……まだこうして君の中にいたいんだ」

ラオワンが龍聖の耳元で熱く囁く。背筋がぞくりと痺れて、龍聖は思わず甘い声を漏らした。

「ああっ……お願い……っ」

さらに龍聖が腰を揺らす。

「そんなに早く終わらせたいの？」

ラオワンが残念そうに言って、龍聖の耳朶を甘く噛んだ。びくりと体が震える。背後から腰を抱いていたラオワンの手が、龍聖の股間を弄《まさぐ》り、性器を優しく擦っている。鈴口を人差し指の腹で擦って刺激を与えると、じわりと蜜が溢れ出す。精子のない透明な蜜が、とろりと滴《したた》っている。

「ああっ……んっんっ……ラオワン……いじわるしないで……」

泣くような声で懇願されて、ラオワンは仕方がないなと、小さく呟いて腰を前後に動かしはじめた。

ギシリとベッドが小さく軋む。ゆっくりと大きく腰を動かして、抽挿《ちゅうそう》を繰り返す。熱い欲望の塊は、肉の交わる湿った音を立てながら、龍聖の体を犯していく。深く突くたびに、龍聖のかわいい口から声が漏れていた。ラオワンはうっとりとした顔で、その甘美な声を聴きながら、根元まで入るように、深く挿入すると、ゆさゆさと腰を上下左右に揺さぶりかける。

「リューセー……一度出すから……」

「あ……ぃや……」

龍聖が耳まで赤く染めながら、抗《あらが》うように首を振ったが、ラオワンはそれを無視して、ゆさゆさと腰を揺すりながら最奥《さいおう》に射精する。

「ああ……あぁぁっ……あっ……」

龍聖が途切れ途切れに何度も喘いで、ぶるりと体を震わせた。ラオワンはそのうなじに何度も口づける。そして残滓《ざんし》まで残さず注ぎ込むように、小刻みに腰を前後に動かして、激しく抽挿を繰り返した。白い精液が溢れ出て、龍聖の内腿を伝って流れ落ちる。むわりと雄の匂いがした。

龍聖は喘ぎ声を漏らしつつ、激しい息遣いでぐったりとしている。ラオワンは、うなじや肩や背中に、何度も口づけた。

「ラオワン……抜いて……」

「いやだ……ずっと君の中にいたい」

龍聖の中に入ったままの肉塊は、射精してもまだ硬く質量を持っていた。一度絶頂を迎えた龍聖の体は、とても敏感になっていて、ラオワンの手が、腰を弄るだけでビクリと反応して、声を上げる。

「また……あっ……んんっ……やだぁ……」

甘い声を漏らしながら、もだえるように体をくねらせるので、ラオワンの肉塊はぐいぐい締めつけられていく。

「リューセー」

吐息と共に愛しい名を呟き、体を起こしてぬるりと龍聖の中から昂ぶりを引き抜いた。

「あああぁっ」

粘膜が引きずり出されるような刺激に、龍聖は思わず声を上げて震えた。龍聖の性器から滴り落ち

る蜜で、シーツがじわりと濡れる。

ラオワンは龍聖の体を抱き上げて、仰向けに姿勢を変えさせると、両足を抱えるように持ち上げて、正常位で再び挿入をした。

「リューセー……綺麗だよ」

龍聖の白い肢体は、ほんのりと色づいている。乱れた黒髪が、汗ばんだ頬や額に貼りついていた。固く閉じていた目が薄く開いて、潤んだ黒い瞳がラオワンをみつめる。

「いやだ……見ないで……」

赤くなって恥じらいながら、両手で顔を覆ってしまった。ラオワンは残念そうな顔をしながらも、攻め立てる行為を止めるつもりはない。ベッドを軋ませながら、規則正しい律動で腰を動かして抽挿を繰り返す。

身を捩《よじ》らせながら、喘いでいる龍聖のかわいい姿を見下ろしながら、何度も突き上げては、快楽に酔いしれる。

「ああ……リューセー……リューセー……」

何度も名前を呼んで、夢中で腰を動かしながら二度目の吐精をして、幸せを噛みしめた。

「君は最高だ」

ぐったりと横たわる龍聖に覆いかぶさり、唇を優しく啄んで囁いた。

「愛しているよ」

ホンシュワンは、城の廊下を歩いていた。後ろには護衛の兵士を四人従えている。行く先は城の中庭だ。

廊下から中庭に出るための扉を開けると、元気のいい掛け声が聞こえてきた。剣術の稽古に励むシーフォン達の姿が見える。その中に年若い者も数人混ざっていた。

七十歳（外見年齢十四歳）になるホンシュワンは、今年から新たに他のシーフォン達と共に、中庭で剣術の稽古をすることになった。剣術の授業自体は、六十歳（外見年齢十二歳）から、個人指導を受けていた。

他のシーフォンの子供達は、六十歳から六十五歳くらいになると、社交が許されるようになる。つまり家の外に自由に出て、他のシーフォンの子供達と交流することを許されるのだ。

幼いうちは自分で魔力を抑えたり、操作したりすることが出来ない。魔力が常にだだ漏れになっている状態だ。大人のシーフォンにとっては、子供の魔力など大した脅威にもならないので、だだ漏れでも問題はないのだが、子供同士の場合は、それが威嚇《いかく》になったり、力の上下を体感することになったり、影響が大きいので、魔力が安定し自分で抑えることが出来るようになる年齢まで、自由に外に出ることは許されていない。

ホンシュワンの場合は特に、生まれつき強大な魔力を持っていたため、たとえ魔力操作が上手に出来ていても、七十歳になるまで他の子供達との接触を許されていなかった。

中庭へ一人で行けるようになって、三月になる。ホンシュワンには、従兄弟《いとこ》が大勢いるので、どこに行っても知った顔ばかりなのだが、自分と同じ年齢以下の従兄弟達とは面識がない。この社交デビューで、初めて対面した従兄弟は三人いる。

ホンシュワンが中庭に現れると、一気に静かになった。稽古中のシーフォン達が手を止めて、ホンシュワンに注目している。

「殿下！」

大きな声で呼びかけながら近づいてくる者がいる。オレンジ色の短い髪の青年は、笑顔で手を振りながら、ホンシュワンの下までやってきた。

ホンシュワンの従兄のひとりバイレンだ。ラオワンの末の弟カイアンの息子だ。ホンシュワンより二歳年上で、歳が近いので学友として、剣術などを一緒に教わっている。

「今日こそは決着をつけましょう」

バイレンは挑戦的にニヤリと笑って言った。ホンシュワンは、少しばかり驚いたように目を見開いたが「分かりました」と静かに答えたので、周りのシーフォン達にざわめきが起こる。

ホンシュワンが中庭に現れた時に、稽古中のシーフォン達が手を止めて注目した理由が分かった。バイレンが、ホンシュワンに試合を申し出ることを、事前に宣言していたからなのだろう。

バイレンとは今まで六回の私試合を行ってきて、四勝二引き分けでホンシュワンに圧倒的に軍配が上がっている。そして毎回が、バイレンからの申し込みによる試合だ。バイレンがホンシュワンに、執拗に挑む理由は、いずれ自分が国内警備長官になり、ホンシュワンを守るべき立場になるため、護衛対象よりも強くなければならないという自身への戒《いまし》めによるもののようだ。

そんなバイレンの個人的な理由のために、ホンシュワンがいちいちつき合ってやる必要はないのだが、ホンシュワンは、いつも面倒がらずに相手をしている。それはバイレンの気持ちを尊重したいと思っているからだ。ホンシュワンのために強くなりたいと願っている彼の気持ちを無下《むげ》にするつもりはない。

二人は向かい合って一礼をした。側にいた大人のシーフォンが、審判を買って出て二人の間に立つ。

「構え！」

審判の号令で、二人は持ってきた木剣を構えた。ホンシュワンがみつめる先に、魔力を体にまとわせるバイレンの姿がある。

『相変わらず雑な魔力だな』

目をすがめながらホンシュワンは心の中で呟いた。ホンシュワンの目には、バイレンがまとう魔力が視《み》える。シーフォンは戦う時に、体に魔力をまとって防御や攻撃の補助をする。剣術の強さは、剣技の技量はもちろんだが、魔力操作の巧拙《こうせつ》も大きく関わってくる。

素早さや回避能力を上げたり、他にも腕力を強化することで攻撃により大きな効果が表れたりする。

それらの魔力操作が巧みであるほど、剣術の能力が上がるのだ。

ホンシュワンは、その魔力操作に優れていて、剣術の強さは大人をも凌ぐ勢いだ。

バイレンは決して弱くない。むしろ強い。体格が良くて上背もあり、すでにがっしりと筋肉も付いている。魔力も多い方だ。同じ年頃の中では、頭ひとつ抜きんでているだろう。しかし魔力操作が雑だ。（ホンシュワンが思うに）無駄が多い。体全体に満遍《まんべん》なく魔力をまとえていないし、剣を持つ手に魔力が集中しすぎている。それが攻撃力を強化するための作戦だというのなら、それでも問題ないのだが、突進したり踏み込む時は足へ、かわしたりする時は腰や上半身へ、動かす部位に瞬間的に魔力が、ぶわっと大きく移動する。結果として、他の部分にムラが出来て、魔力を移動させる速度も遅れて、ホンシュワンに良いように負かされてしまうのだ。

「始め！」

審判の号令と共に、バイレンが勢いよく踏み込んできた。力強く剣を振るう。ホンシュワンは、それを無駄のない僅かな体の動きでかわし、大振りに振るわれた剣を、くるりと回した剣先でいなしてしまう。勢い余ったバイレンは、ふらりとよろめくが、足を踏ん張って力技で持ちこたえると、不安定な体勢のままで、横に大きく剣を払った。空気が唸るほどの剣筋を、ホンシュワンは大きく横跳びをして避ける。バイレンと違って、魔力操作で上手に素早さと回避を補助しているので、体勢を崩すことなく流れるような動きで剣を構え直して、ホンシュワンから攻撃を仕掛けた。

ガッと激しく木がぶつかる音がした。バイレンはいなすことなく、真っ向から剣を受けた。木剣が激しくぶつかり合ったため、細かい木屑が辺りに散った。

ホンシュワンは魔力で強化をしているので、バイレンの力業《ちからわざ》にも同等の威力で対抗出来るが、思った以上の馬鹿力に、ホンシュワンは一気に魔力を大きく使わされてしまった。ホンシュワンの持つ魔力量からすれば、大きく消費したと言っても微々たるものだ。だが瞬間的に大きく魔力を使わされると、自身の膨大な魔力を抑制しながらの精密な魔力操作は、かなり厳しいものになる。

一瞬ドクンッと、胸の奥で魔力が活性化しかけた。慌てて抑え込もうと意識を向けた時に、一瞬の隙が生まれる。

『右だ！』

本能的に体が動いて、左後ろに上体を反らすと、すんでのところで右から振り下ろされたバイレンの剣をかわすことが出来た。一歩後退して体勢を立て直し剣を握り直すと、体を少しばかり前に屈める。そのまま一気に前へ踏み込んで、素早い剣撃を無数に打ち込んだ。

バイレンは圧倒されて、ものすごい速さで右に左に襲いかかってくる剣を、必死に受け止めるので精いっぱいだった。反撃する隙もないまま防戦していると、ホンシュワンの木剣が、するりと巻きついてくるような錯覚に襲われて、「あっ」とバイレンが小さく声を発した瞬間には、バイレンの手に持っていた木剣は、空高く跳ね上げられてしまっていた。

「そこまで」

審判が終了の声を上げると、周囲で観戦していたシーフォン達から、どっと歓声が上がる。拍手をする者までいた。

「殿下！　素晴らしいです！」

「バイレン！　惜しかったな！」

皆が二人に声をかける。バイレンは、呆けた顔で遠くに飛ばされて落ちた自分の木剣をみつめている。ホンシュワンは、少し難しい顔で、右手でそっと胸を押さえていた。

「ホンシュワン殿下、どうかなさいましたか？」

未成年者の剣術指導をしているジェンダが、ホンシュワンの様子を気にかけて歩み寄ってきた。案じるように顔を覗き込んでくる。柔らかな黄緑色の髪が、ホンシュワンの目に映って、はっと我に返った。

「大丈夫です。問題ありません」

ホンシュワンは、おっとりとした穏やかな口調で答えた。ジェンダも親子ほど歳が離れているが従兄だ。

「くそぉ～～」と、とても悔しそうに地団太を踏みながら、バイレンがホンシュワンの下にやってきた。だがホンシュワンの前に立つと、ころりと笑顔に変わって右手を差し出してくる。

「今回は勝てたと思ったんですが、悔しいけど殿下にはまだ敵《かな》いません。でも次は勝ちます」

気持ちのいいほどの潔《いさぎよ》さで負けを認めて、バイレンが笑顔で言った。ホンシュワンは握手に応えて、やんわりと微笑む。

「バイレンは、勝てると思うと気を抜いてしまうのが欠点だね。それと何度も言うけど、もっと魔力操作を覚えてね」

「はい、ご助言ありがとうございます。もっとたくさん食べて、体を鍛《きた》えます」

元気に答えて明るく笑うバイレンに、まったく助言を聞いていないじゃないか、この脳筋！　と思いながらも、言っても無駄なことは分かっているので口には出さなかった。

「よし、今日のバイレンの特訓は、魔力操作だな。木剣を置いて来なさい」

ジェンダが代わりに、バイレンに指導をしてくれるようで、バイレンは悲鳴を上げている。

「殿下はすでに今日の特訓相当の剣を振るわれたので、もう終わりにして部屋へお戻りになってもよろしいですが、いかがされますか？」

ホンシュワンは、ジェンダと離れたところにいる稽古中の者達に、ゆっくり視線を向けてから少し考えた。

「せっかくなのでもう少し稽古をしたいと思います」

ホンシュワンの返事を聞いて、ジェンダは苦笑した。ホンシュワンの剣の腕はおそらくジェンダよりも上だ。今はまだ子供なので、身長もリーチも体力も、ジェンダより劣るので、作戦次第ではぎりぎり勝てるかもしれないが、そういうことを考えている辺り、すでに互角以上と証明しているようなものだ。

だから本音を言えば、ジェンダには何も教えることはない。ホンシュワンには、剣技を教えることも、剣術で魔力操作を教えることも、どちらも必要ないのだが、ただ未来の竜王であるホンシュワンには、このような場で家臣となる者達との交流を深める必要がある。穏やかで物静かな性格のホンシュワンは、小さな頃から文武共に極めて優秀だったせいか、どこか達観したところがあり冷静で、子供らしさがあまりなかった。

社交が出来るようになって、同世代の子供達と交われば、子供らしさが見られるかと思ったが、同世代の子供達の前では、まるで先生のように冷静に指導したりしている。(ジェンダの立場がない)そのためホンシュワンと子供達の間には、少し距離があった。

その点、空気の読めないバイレンがぐいぐい行ってくれて、こうして時々試合を申し込んでくれるおかげで、実戦の訓練になって、ホンシュワンの人気も上がっているので、怪我をしない範囲でこれからも、ホンシュワンを振り回してほしいと願っていた。

そんなジェンダの気持ちをよそに、ホンシュワンは皆が集まっているところへ歩いていき、一緒になって素振りを始めた。時々胸の辺りを気にしながら……。

その夜、ホンシュワンは、一人でベッドに入り、なかなか寝つけずにいた。ホンシュワンは七十歳になって、社交の許しが出たと同時に、子供部屋から個室に移された。皇太子専用の部屋だ。居間と書斎と寝室がある。一人で使うには広すぎるくらいだ。

今までは、二人の弟カリエンとシュウリンと、三人で子供部屋で過ごしていた。子供部屋は、広めの居間と寝室があり、居間では勉強したり遊んだりして、寝室ではそれぞれのベッドがあるにもかかわらず、いつも弟達がホンシュワンのベッドに入ってきて、三人一緒に寝ていた。

個室に移動してからしばらくは、静かすぎて、少し寂しくて、なかなか眠れない日が続いたが、最近はすっかり慣れて、問題なく眠れていた。

しかし今日は眠れない。ずっと一日気になっていたことがあるからだ。

バイレンとの試合の最中、声が聞こえた。

『右だ』とはっきり声が聞こえた。でも実はこれが初めてではない。今までも何度かそんなことがあった。弟達と遊んでいた時、母上と中庭に散歩に行った時、激しく体を動かしたり、大きく感情が動いたり、そういう魔力が大きく動くようなことがある時に、決まって声が聞こえた。それは大抵助けてくれるような声で、その声が聞こえる時は、いつもちょっとした危機から助けられていたし、膨らみかけた魔力が収まったりした。

でも今日ほどはっきりと声が聞こえたことはなかった。

『右だ』あの声がなかったら、バイレンからの攻撃に、一瞬反応が遅れていた。防御は出来たと思うけれど、木剣で受けることになっただろうし、その場合は剣が壊れるとか、腕を掠めるとか、少なからず掠り傷程度は負っていただろう。

「あの声は一体……」

ホンシュワンがそう呟いた時だった。

『やっぱり気になる？』

声が聞こえた。ホンシュワンは驚いて、ガバッと飛び起きた。

「誰？　誰かいるの？」

暗い部屋を見回したが、誰の気配もなかった。

『僕はここだよ』

また声がした。子供の声だ。でもなんだかよく知っている気がした。

「ここって……どこ？」

『君の中さ』

「え？」

ホンシュワンは驚いて思わず自分の体をみつめた。胸からお腹の辺りを意味もなくみつめながら、夢？　などと混乱してしまう。

『僕は君の半身なんだよ。半身の竜さ』

「え!?」

次の言葉に、ホンシュワンは驚いてさっきよりも大きな声が出てしまった。慌てて両手で口を塞ぐ。あまり大きな声を出すと、控えの間にいる侍従が様子を見に来てしまう。じっと口を押さえたまま耳を澄ませて、誰も来ないことを確認してから、手を口から話して息を吐いた。

「半身の竜って……どういうこと？　私の半身の竜は、私が生まれた時に一緒に卵として生まれて、今は父上の半身であるヤマトに預けているはずだけど……」

ホンシュワンは、戸惑いつつも姿なき声に向かって、小さな声で会話を続けた。

『君の父上は、君が生まれた時に半身の卵を持っていなかったことを、誰にも言わずに秘密にしているのさ』

父上が？　どうして？　ホンシュワンは心の中でそう思った。なぜ秘密にしたのか理由が分からなかったからだ。

『それは竜王の世継ぎである王子に、半身がいないなんて一大事だからさ』

すると口に出していないのに、姿なき声はホンシュワンの疑問に答えてくれた。そのことに驚いて、質問の答えを無視してしまった。

「どうして私の考えていることが分かったの？」

『それは僕が君の半身だからだよ。誰にも教わらなかったのかい？　半身とは心で通じ合っているから、口に出さなくても会話が出来るし、遠く離れていても会話が出来るんだよ』

それは父上から聞いたことがあると思い出した。じゃあ本当に……と、姿なき声の正体を信じかけたが、まだ疑問はある。

「君はどうして私の中にいるの？　どうして一緒に生まれてこなかったの？」

ホンシュワンの問いに、今度は少しばかり沈黙が流れた。答えを考えているのか、それともいなくなってしまったのか、ホンシュワンは少しだけ待ってみることにした。

『実は僕も本当のところは分からないんだ』

少し経って姿なき声が、自信がなさそうな声で答えた。さっきまでの元気がなくなってしまったことに、ホンシュワンは少しだけ不安を感じる。そのホンシュワンの不安な気持ちは、姿なき声に伝わったようで、再び元気な声が返ってきた。

『実は僕が、僕だという自覚を持ったのは、ここ最近の話なんだ。だから生まれる前のことや、生まれた時のことは分からない。君だって自分が生まれた時のことなんて覚えてないだろう？』

言われてみると、それもその通りだとホンシュワンは納得した。

「最近っていつ頃なの？」

『そうだな～……五年か十年か……それくらいだと思う。僕には実体がないし、外の感覚が分からないから、時間の概念がないんだけど……でも意識は結構前からあったよ。君の中からずっと君の様子を見ていた。それである時、僕は君だけど君じゃないんだってことに気がついた。僕と君は繋がっていて、君の思っていることはすべて分かるけど、それは君が思っていることであって、僕が思っていることとは別だ。君と僕は、別の意識なんだって気づいた』

「へえ」

ホンシュワンは感心してしまった。とても哲学的なことを、姿なき声が言うからだ。

『それで君の中にいながら、君を通して色々なことを見聞きするうちに、僕は君の半身なんじゃないかって思ったんだよ。だって僕は、実体はないけどこうして生きてる。君と繋がっている。そして君の成長と共に、僕も成長している』

思いがけない言葉に驚いた。成長しているというのはどういうことだろう？　精神的にということだろうか？　ふと、そんなことを考えたら、姿なき声がクスクスと笑い出した。その反応に、ああ心が繋がっていたのだと気づいて、少し恥ずかしくなった。

それでもなんだか、まだそのやりとりに慣れていなくて、心で思うよりも、口に出して会話をしてしまう。

「君が成長しているというのは、精神的にという意味かい？」

『いや、体が成長しているって意味だよ。ああ、実体がないのに、おかしなことを言っているよね。でもね、確かに成長しているんだ。自分でも分かる。それで考えていたんだ。ずっと。自分のことを……僕らはとても強大な魔力を持っている。この世に生を受けた時からだ。卵として生まれて、成長していく中で、魔力もどんどん大きくなっていった。それで魔力が大きくなりすぎて、器を保てなくなったんじゃないかと思うんだ』

ホンシュワンが心で思ったことを、改めて口に出して質問したので、姿なき声もそれに合わせて答えてくれた。彼との会話が楽しくて、もう夢か幻かなんて、考える余地もなかった。

「器って……体という意味かい？」

『そうだよ。でも器がないと、卵から孵《かえ》ることが出来ない。それでひとまず魔力のほとんどを、僕が引き受けた。そして君は人間の体を形作って卵から孵った。体の中に僕を押し込めたままでね』

「それが……君が一緒に生まれなかった理由？」

『あくまでも僕が考えた推測だけどね』

姿なき声は、あっけらかんとして答えた。まるで真実のように聞いていたが、ただの想像だったのだ。でも酷く納得できる話だった。

「君がそう推測したのには、何か理由があるんだろう？」

『ああ、それがさっき言った僕も成長をしているって話さ』

そこに繋がるのかと、ホンシュワンは驚いた。

「それで？」

先を促すと、よくぞ聞いてくれたとばかりに、姿なき声が喜んでいるのが伝わってきた。顔も見えないのに、とても不思議な感覚だった。

『君の体が成長して大きくなるのと同じように、僕も成長していた。体はないけど魔力がね。僕が君の中で、ぎゅうって魔力を抱え込んでいるのに、どんどん成長するから魔力が溢れ出してしまうんだ。すると君が苦しむ。本来なら僕が実体ある半身として一緒に生まれて、この魔力は二人で分け合ったはずだった。その魔力があまりにも大きすぎるから、僕が実体を作らずに魔力の塊として、無限に小さく圧縮しながら、君の中で眠っていたのに、僕は意識が覚醒して、半身として目覚めてしまった。そして君の中で一緒に成長をしてしまったんだ。だから溢れる魔力が大きくなった。僕では抑えきれなくて、君が苦しんで、とても困った。だけど母上が、僕達を救ってくれた』

姿なき声が『母上』と呼ぶ時、とても嬉しい感情でいっぱいになった。姿なき声にとっても、母上は母上なのだ。気持ちを分け合って、ホンシュワンも嬉しくなる。

『母上が溢れた魔力を吸い取ってくれた。君がとても楽になって、僕もとても楽になった。おかげで僕は意識をずっと保つことが出来るようになったんだ。それまでは君の中でほとんど眠っていたからね。時々起きるぐらいだったけど、起きると成長して魔力が増えるから、本当は……僕はずっと眠っていないといけなかったんだと思う。たぶんこれは一種の封印だよね。誰が封印したのか分からない。神なのか僕自身なのか……とにかく意識をずっと保てるようになって、僕は自我が芽生えて、色んなことを考えたり、君を通して色々なことを学んだりした。そして僕はどんどん成長していった。母上のおかげで魔力が増えても苦しまなくなったからね。自我が成長して、僕は僕であり続けられるようになった。だからこうして、君と話せるようになったんだ』

嬉しい、嬉しい。とても幸せな気持ちで心が満たされた。それは姿なき声と気持ちが同調しているからだ。だけど同調だけではない。ホンシュワンもとても嬉しかった。半身がいてくれて嬉しい。父上とヤマトの関係を見て、いつも羨ましいと思っていた。自分も早く半身に会いたいと思っていた。父上に聞いたら、竜王になったら会えるよと言われた。

ホンシュワンが、父の跡を継いでエルマーン王国の竜王になれば、半身に会うことが出来る。それはとてもとても遠い未来の話のような気がしていた。とても遠くて、出来ることならそんな日が来ない方が良いとさえ思った。

半身には会いたいけれど、ホンシュワンが竜王になる時は、父上と母上がもういなくなっているということだ。そんな日が来るのは嫌だ。

そんな風に思っていたのに、今こうして半身と話をしている。嬉しい。とても嬉しい。だけど……。

ホンシュワンの脳裏に、ふとある言葉が浮かんでしまった。

「君の実体はないままなの？」

ぽつりと呟いた時『そんなことはないよ』という明るい声が聞こえて、金色の光がホンシュワンを照らした。眩しくて思わず目を閉じる。

『ホンシュワン、目を開けて』

「眩しいよ」

『もう大丈夫だから目を開けて』

催促されたので、ホンシュワンは恐る恐る薄目を開ける。そこは明るくなっていたが、さっきのように眩しいほどではなかった。大丈夫だとゆっくり目を開ける。白い部屋だった。いや、正確には部屋ではないかもしれない。うっすらと白い靄《もや》がかかっていて、ぼんやりと優しい明るさの中にいた。

『ホンシュワン、やっと会えたね』

声がした。さっきの声だ。だがホンシュワンの頭の中ではなくて、すぐ近くで聞こえる。声の方を振り向くと、そこには金色の竜が一頭座っていた。小さな子供の竜だ。でも立ち上がって首を伸ばせ

ば、ホンシュワンと同じくらいの背の高さになる。

「君は……私の半身なの？　ここは……どこ？」

『ここは夢の中だよ。君は僕と話をしているうちに眠ってしまったんだ。おかげでこうして会うことが出来た』

「だけど夢の中でしょ？　さっきまでのも夢だったの？」

『違うよ。僕は君の中に本当に存在する半身さ。だけど君が眠れば、夢の中で会うことが出来る。僕たちは心で繋がっているからね。体が眠っても心で会話が出来るんだ。これが僕の姿だよ。どうだい？』

彼はそう言って、嬉しそうに羽を広げてみせた。小さいけれど、金色の鱗に覆われた美しい竜だ。

「私の半身」

『そうだよ。ねえ、僕に名前を付けてよ』

「名前……」

ホンシュワンは目を大きく見開いた。そうだ。半身には会った時に名前を付けてやらなければならないと父上から聞いていた。じっと目の前の竜を見つめる。父上の半身であるヤマトと同じぐらいに素敵な竜だと思った。金色に輝いていて、ホンシュワンを守ってくれている半身。

「シンシン」

『シンシン？』

「君はシンシン……私の明るい星」

『シンシン』

子竜がもう一度名前を呟いた。

「気に入らない？」

ホンシュワンが心配そうに尋ねると、子竜は大きな金色の瞳を輝かせて、嬉しそうに羽を広げた。

長い尻尾も振っている。

『もちろん気に入ったよ！』

「シンシン、ずっとこれからも私と一緒にいてね」

『当たり前だろ？』

二人は嬉しそうに笑い合った。


王の執務室に、二人の男が呼ばれて来ていた。武官のジェンダと、学士のサーバンだ。二人ともホンシュワンの教育に携わっている。ジェンダは剣術指南役として、サーバンは学問の教育係として担当していた。

二人ともホンシュワンが、七十歳になってから、新たに専任教師の任に就いたばかりだ。

ラオワンは、二人の向かいに座り、ニッコリと笑顔を向けた。二人が緊張しているように見えたからだ。

「君達を呼び出したのは、別に説教をするためじゃないから、そんなに緊張しなくても良い。単純にホンシュワンの様子を聞きたかっただけなんだ。剣術の稽古の方はどうだろうか？　剣術自体ももちろんだが、他のシーフォン達と上手くつき合えているのか、少し心配していたんだ」

ジェンダは問われて、さらに表情を硬くしてしまった。何かとても言いにくそうに眉根を寄せたので、何か問題でもあるのかと、ラオワンは少しばかり不安になる。

「陛下……ホンシュワン様の剣術指南役になってまだ半年も経っていないのに、こんなことを申し上げるのは、大変言いにくいことなのですが……」

「なんだい？　言ってみてくれ」

ラオワンは『え？　本当に何か問題でもあるの？』と内心穏やかではなかった。

「私には何もお教えすることがありません」

ジェンダはそう言って、クッと悔しそうに顔を顰《しか》めて頭を下げた。

「え？」

ラオワンは目を丸くしている。何を言っているのか分からないという顔だ。

「ホンシュワン様の剣術の腕は、私よりも遙かに上……技も魔力操作も、私は敵いません。今はまだ背も小さく体が発達途中なので、実戦では負けないと思いますが……体力や体格差などはいくらでも技術で補えるので勝ったとしても、辛勝になるでしょう」

「え？　そんなに？　君、強いよね？」

冗談かお世辞を言っているのでは？　と疑って、思わず聞き返したが、ジェンダはただ「申し訳ありません」と頭を下げるだけだ。

ジェンダは、メイジャンの息子で、次の国内警備長官に指名される予定だった。メイジャンに散々鍛えられているので、剣の腕はかなり強いはずだ。今までメイジャンに、ホンシュワンの個人指導をしてもらっていたのだが、「もう歳だから、殿下の相手は厳しいですよ」と、メイジャン自身が息子を剣術指南に推薦してきたのだ。

「父からは、殿下はかなり強くなったと聞いてはいたのですが……父は自分の歳を理由にしていたようですが、そのような次元ではありません。父はまったく殿下に敵わなくなって、辞退したのだと思います」

それは思いもよらなかったなと、ラオワンは言葉もなく聞いている。

「ただ……私が殿下に教えられることは何もありませんが、剣術の稽古で、同世代のシーフォン達と共に汗をかくのは、殿下にとっては良いことだと思います。特に歳の近いバイレンが、やたらと殿下に絡んでおりまして……何度も試合を申し込んでは、こてんぱんにやられています。その試合は、なかなかに見応えがありますし、誰が見ても殿下の強さには感服しますから、皆が殿下を称賛し、人気はうなぎ上りです」

「バイレンとは……確かカイアンの息子だったな」

「はい」

ラオワンは、あまりにたくさんいる甥や姪の顔が、すぐには浮かばなくて、腕組みをして考え込んでいる。だがようやく名前と顔が繋がった。頭の中では、オレンジ色の髪の少年が、腰に手を当てて胸を張って大きな口を開けて笑っている。

「メイジャンの息子の間違いじゃないか？　って私が言った子だな」

「そうです。そうです」

本物のメイジャンの息子であるジェンダが、吹き出しながら頷いている。隣に座るサーバンも、そっと笑っていた。

「うん、分かった。ジェンダ、あまり気にせずに指導を続けてほしい。子供にとって、きちんとした大人の指導者から教わるということは、とても大事なことだと思うんだ。特にホンシュワンのように、いずれ王となる者には、先生という存在はとても大切だ。皆が皆、自分よりも下にいる存在で、頭を下げられてばかりの立場だ。自らが頭を下げて教えを乞うということが、経験として必要だ。もちろんその相手が、先生と呼んで頭を下げるにふさわしくなければいけないのだけれど……君はこうやって、きちんと私に自分の力不足を正直に言うことが出来る人物だ。教わるのは剣の技術だけとは限らない。引き続きよろしく頼むよ」

ラオワンに認められて、ジェンダは嬉しいような、申し訳ないような、複雑な思いで言葉もなく深く頭を下げた。

「さて、次は君だけど……どうかな？」

ラオワンが続いて、学問担当のサーバンに話を振った。まさかこっちまで無理とか言い出すんじゃないよね？　と、壮年の落ち着いた様子の学者をみつめる。彼は長く図書館に勤める学士で、龍聖の推薦で教育係になった。

龍聖曰く「すごく面白いから」だそうだ。ラオワンはあまり彼のことを知らないのだが（学者には社交をしない引き籠りが多いので）、とても博識で、色々なことへの着想がとても面白いらしい。

「私がお教えするのは、ありがたいことに学問ですので、殿下がまだ教わっていない、まだ知らない知識をお教えするだけですから、今のところはまだ無理だと降参するような状況ではありません。ただ殿下は本当に優秀で、同じ年頃の者と比べるならば、天と地ほどの差があります。ですから私も子供に学問を教えるという気持ちは捨てて、同業の学者に自分の知る限りの知識を伝授するつもりで、お教えしております。いずれ私も、もう教えることがないと降参するでしょう。それもそう先の話ではないと思います」

とても落ち着いた口調で語られて、ラオワンは小さく溜息をついた。自分もそれなりに、優秀だったつもりだが、齢《よわい》七十で先生達から「もう教えることはありません」と口を揃えて言われたことはない。

ただ自身の体験から言えば、能力と魔力はとても大きく関係していると思う。魔力が大きければ大きいほど、頭脳も身体能力も高くなる。

ラオワンは、初代ホンロンワン様と同等くらいの魔力量と言われていた。そんなラオワンも、ホンシュワンの魔力量の方が多いと感じている。それも成長と共に、さらに多くなっているから怖くもあった。そんなに強大な魔力を、果たしてこの小さな人間の体で制御し続けられるものなのだろうか？と心配になるのだ。

だが龍聖のおかげで、溢れた魔力を吸い取ることが出来て、苦しむことなくすくすくと成長している。最近は魔力が溢れなくなっているとの報告も受けた。

ここで魔力の成長が止まったのだろうか？　と、少しだけ気にはなっている。

「そういえば……」

ふいにサーバンが、何かを思い出したように口を開いた。

「何かあったのか？」

「いえ、何かあったと言うか……最近、殿下の表情が明るくなりました」

「ホンシュワンの表情が？　以前はそんなに暗かったのか？」

ラオワンは思わず首を傾げてしまった。ホンシュワンには、暗いという印象を持ったことはない。穏やかで物静かな性格で、達観していて子供らしくなく見えることはあるが、弟達の面倒をよくみるし、侍女や兵士達にもよく話しかけたりして、人を気遣える心優しい子だ。龍聖がよく実験を見に行こうと誘い出して、色々と振り回す時は、龍聖にそっくりなキラキラとした眼差しを見せたりするから、それなりに明るいところもあると思っていたのだが、それは親の贔屓目だろうか？　そんな風に不思議に思ってしまった。

「いいえ、そういう意味ではございません。殿下は物静かなお子様ですが、大人しいというわけではございません。知識欲があり、進んで質問や意見をおっしゃいますし、大人とも物怖じせずに堂々とお話をなさいます。ただ同世代のお子様に比べますと、達観していらっしゃるせいか、いつも冷静で、無意味にはしゃいだり、怒ったりなど感情に振り回されることもございません。ただ最近はよく、ニコニコと微笑みながら歩いていらっしゃる姿をお見かけします。友達と遊んだ帰りのような……普通のお子様のような表情をなさるのだなと……ふと思っただけでございます」

それは少し面白い話を聞いたと思った。仲の良い友人でも出来たのだろうか？　とラオワンは少し考えた。

「二人とも話を聞かせてくれてありがとう。ホンシュワンが、普通の子供とは少し違うというのは、私もホンシュワンが幼い頃より分かっていたので、色々と成長が気になっているんだ。また話を聞かせてほしい。今日は手間を取らせてしまったね」

二人はラオワンに深く頭を下げて立ち上がり、退室していった。それを見送りながら、ラオワンは『そろそろ話していいかもしれない』と一人で決意を固めていた。

「おお……」

眼下に広がる景色が、ずいぶん様変わりしていたので、ラオワンは思わず驚きの声を上げていた。四回目の異世界渡りをしたところだった。

海が戻っていた。ラオワンは、元の地球を知らないので、どれくらい元通りになっているのかは分からない。だが真っ白だった地表の氷が溶けて、水が干上がって海底の地表が露出していた部分にも、海が戻っている。

大和の国の周りも海になっていた。本州の真ん中に空いたふたつの穴が痛々しい。

『人の気配がする』

ヤマトの呟きに、ラオワンは頷いた。確かに至る所から人間の気配を感じた。衝突からおそらく三十年近くが経っているのだと思う。氷が溶けて海が戻り、大気も安定している。地下都市に逃げていた人々が、もう大丈夫だと地上に戻ったのだろう。

「我々の姿を見られるのはまずいかな……」

出来るだけ高空を飛びながら、大和の国の周辺をうろうろとしてみた。魔力で探知出来る限りでは、守屋家の人々の気配を見つけ出すことは出来なかった。大和の国では、地上にいる人間の数もそれほど多くはなさそうだ。本州以外の北と南の島に点々と建物のようなものが見える。話に聞いていた北海道と沖縄という場所の地下都市で、生き延びた人々なのだろう。

「ホンシュウにはまだ人間がいないね」

『夜まで待つか？』

ヤマトの提案を受けて、ラオワンはしばらく考え込んだ。

「リューセーの話だと……地球が……地球というのはこの星の名前だそうだけど……地球が元に戻って、安全が確認されたら、宇宙に逃げていた人達が帰ってくる可能性が高いらしい。宇宙に逃げていた守屋家の人々が戻ってきているなら、探知に引っかかるはずだけど、いないということはまだ戻っていないんだろう。そしてホンシュウの地下都市の人達が出てきていないということは、やっぱりダメだったんじゃないかな？」

冷静に分析をしたラオワンの言葉に、ヤマトは何も答えなかった。ただしばらくの間二人は、変わり果てた姿の大和の国を高空から眺めていた。

「戻ろうか」

『ああ、そうだな』

二人は帰還することにした。


何も収穫がなかったので、龍聖に報告をすべきかどうか悩んだのだが、とりあえず氷が溶けて海が戻っていたことは、知らせた方が良いような気がして、四度目の異世界渡りの報告をした。

龍聖はとても落ち着いた様子で話を聞いていた。聞き終わった後、深々と頭を下げて「いつも本当にありがとう」と言った。

「何もしていないよ？」

今回は本当に何も出来なかった。ラオワンは残念そうに呟いた。

「だけど地球が滅亡していなくて良かった……人間が地上に出ていたんでしょ？　大和の国でも無事に生き残った人達がいたんだと分かって安心したよ。私が向こうでしてきた研究は無駄じゃなかったと思いたい」

しみじみと龍聖が言った言葉には、悲しみは感じられなかったので、今回も守屋家の人達を見つけることが出来なかったことに対して、龍聖がそれほど悲観していないと分かって安堵した。

「また探しに行くから大丈夫だよ」

ラオワンは、龍聖を安心させようと、明るい声で言ったのだが、龍聖は眉根を寄せて今度は心配そうな顔をしてラオワンをみつめる。

「今回で四度目でしょう？　そんなに何回も異世界に行って大丈夫なの？」

黒曜石のような綺麗な黒い瞳にみつめられると、ラオワンは嘘を吐けなくなるので困ってしまう。作り笑顔のままでしばらく考えた。龍聖の表情がだんだん険しくなっていくので、もうだめだと観念する。ラオワンは溜息をついて苦笑した。

「正直に話すと、行けるのはあと二回だと思う。だから今回何も出来なかったのは、リューセーに申し訳ないというだけではなくて、自分でも少し悔しかったんだ。リューセーにも以前説明した通り、異世界渡りの大魔法は、かなりの魔力を使うから、この国だと私しか使えない。あと二回と言ったのは、余裕で行ける回数のことだ。無理をすればもっと何回も行けると思う。何回も……はちょっとオーバーかな？　無理をしたらあと七、八回は行けると思う。余裕で行けるのは……というのは、私が天寿を全《まっと》うできるくらいに、体に何も影響がない範囲でって意味だ。逆に無理をしたらというのは、命を削ってという意味になる。これはホンロンワン様がそうしたことだから、実証済みだと思うんだ」

「そんな！　命を削ってまでする必要はないよ！　そんなに大変なことだったのならば、もう行かなくてもいいよ。いくら余裕でって言っても……もう行かなくていい……」

龍聖はとても驚いていた。みるみる顔色が悪くなり、酷く焦った顔でラオワンの腕を掴んで必死になって訴えた。そこまで龍聖が驚くとは思わなかったので、ラオワンは困ったように頬をかいて、まずは龍聖を宥めた。抱きしめて「大丈夫だから」と言いながら背中を擦る。

「大丈夫じゃないでしょう！」

「本当に大丈夫だから、ね、ちゃんと説明するから落ち着いて」

ぽんぽんとあやすように背中を軽く叩いて、もう一度抱きしめた。頬に口づけてそっと体を離した。優しい笑みを浮かべて龍聖の顔を覗き込み、鼻の頭にチュッと口づける。

「異世界渡りの大魔法には、大量の魔力を使う。一度やると私の体内魔力の半分くらいがなくなってしまう感じだ。残りの半分でも、普通のシーフォンの十人分くらいの魔力があるから、私が日常生活を過ごすには、まったく影響はない。私の魔力は普段、この国の維持にある一定量が使われている。

それは竜達の統率だ。竜王の力で竜達を統《す》べることにより、竜達は理性を失わず平穏に暮らしている。竜達が統率を失って、理性がなくなると残忍で凶暴な野生の竜に戻ってしまう。だからこの統率に使う魔力はとても大事なんだ」

ラオワンが「ここまでは分かった？」と尋ねると、龍聖はコクリと素直に頷いた。とても真剣な顔で聞いている。龍聖が落ち着いて聞いているのを確認すると、ラオワンは再び説明を始めた。あまり深刻な話に聞こえないように、表情や声音に気をつける。

「この統率に使っている魔力だけど、それほどの量じゃない。だけどずっと常に使い続けている。眠っている時もね。そしてこれが大事なことなんだけど、統率に使う魔力量は、竜王の持つ魔力量に対して決まった一定量でもあるんだ。これは生涯を通じて変わることはない。歳をとったり、体が弱ったりすると、魔力量が減ってしまうんだけど、統率に使う魔力量は一定だから、きちんと供給が出来ないと統率の力も弱まってしまう。竜王は出来る限り統率の方を優先して魔力を使うから、結果として命を削ってしまうんだ」

龍聖がまた眉根を寄せはじめたので、ラオワンはニッコリと笑いながら、龍聖の頰を撫でて宥めた。

「魔力量についての説明をしたかったから、少し話が逸れてしまったけど、異世界渡りの大魔法の話に戻るね。一度で私の魔力量の半分を使ってしまうわけだけど、当然ながら魔力はまた元に戻る。毎日、毎時間、毎分ずっと魔力は生成されているからね。でもさっき言った統率のための魔力も、毎日、毎時間、毎分、ずっと使い続けている。たとえば……一刻にカップ五杯分の魔力が作られているとすると、統率に三杯分くらいの魔力が消費されているんだ。だから魔力が満杯に戻るのに、二年くらいかかる」

「二年も！　ああ、だけど満杯に戻るんだね」

龍聖がほっと安堵の息を吐いた。ラオワンはニコニコと笑って「だから大丈夫って言っただろう？」と言いながら、龍聖の頭を撫でた。

「それで今話したのは魔力だけの話なんだけど、それ以外にもあって……まあ単純にとても体力を使うんだ。

一気に半分も魔力を使うわけだから、体力もかなり削られる。若い時なら二、三日のんびり休息すれば元気になるけど、歳をとってくるとね……私は今、百八十歳（外見年齢三十六歳）だろう？　だから体調を崩すことなく、余裕で行けそうなのはあと三十年ぐらいだと思うし、回数もあと二回……ね、リューセー、私は安全を考えて、本当に余裕の条件で、二回って言ったんだ。嘘はついてないよ」

龍聖は頷いたが、まだ納得は出来ていないようだ。不安が拭いきれていないという顔をしている。ラオワンが頭を撫でると、少し拗ねた顔をして、じっと上目遣いにみつめてくる。ラオワンが苦笑しながら、龍聖の頬をちょっと摘《つま》むと、上目遣いのままボソボソとぼやきはじめた。

「だけど大変なことには変わりないんだから……四回も行ってくれて、今の地球の状況がよく分かったし……儀式の道具も回収してくれたし……もう十分だと思うんだ。だからもう……」

「リューセー！」

両手でぎゅっと龍聖の顔を挟んで固定すると、正面から強い眼差しでじっとみつめた。龍聖は困ったように眉根を寄せて、一瞬目を逸らしたが、仕方なくラオワンの眼差しに視線を合わせた。

「目的を忘れたらダメだよ。なんのために私が異世界渡りをしていると思っているんだい？　ホンシュワンのためだろう？　ここで諦めたらホンシュワンのリューセーが来なくなるんだよ？　エルマーン王国が滅びてしまうんだ。君も守屋家の人達も、諦めずに生き残る道を探っていたんじゃないのかい？」

龍聖の黒い瞳が揺れた。

「ラオワン、私も本音を言うよ」

龍聖が眉間にしわを寄せたまま、そう返事をした。ラオワンは両手を離して龍聖を解放する。大きく息を吸って溜息のような深い息を吐き出すと、改めてラオワンをみつめ返した。もう眉間のしわはない。

「この前、ラオワンが地下都市を見つけたけれど、生命反応がなかったって言った時、もう諦めようって思ってしまったんだ。儀式の道具は本当に嬉しかったけど、なんだか兄さん達の形見のようにも見えてしまって……私もこの世界に来て八十年が経っていて……本当にあっと言う間の八十年だったんだけど、でも私がエルマーン王国の民になるには、十分な年月だった。今の私にはラオワンや子供達が一番大事で……地球のことや守屋家のことは、もう忘れようって思ってたんだ。考えると辛いだけだし……今の幸せを守りたいって……勝手だよね。ラオワンの言う通りだよ。最初の目的を忘れてた。ホンシュワンのためだった」

龍聖は泣きそうな顔になって、顔を顰めたが泣かなかった。代わりにごめんなさいと言って頭を下げた。

「一緒に頑張ろう」

ラオワンが優しく囁くと、龍聖は子供のように「うん」と小さく答えて頷いた。

第3章

ラオワン達一家は、全員揃って朝食を食べる。

ラオワンとホンシュワンの二人は魂精《こんせい》があれば、食事の必要はないのだが、家族揃っての食卓で、何も食べないのは嫌なので、みんなと一緒に食事をとる。夕食は皆と同じ物を食べるのだが、朝食はそれぞれの好みに合わせている。

ラオワンは、朝からたくさん食べると体が重くなるからという理由で、スープだけだ。これは子供の頃からずっと同じらしい。

ホンシュワン（七十五歳・外見年齢十五歳）は、朝からたくさん食べると胸やけがすると言って、いつも果物だけだ。隣の席で、ガツガツと朝からたくさん食べる育ち盛りのカリエン（四十九歳・外見年齢十歳）のことを、少しばかり気持ち悪そうに眉根を寄せて横目で見ているのが面白い。

第三王子のシュウリン（二十二歳・外見年齢四歳）は、のんびりマイペースで食べている。若干少食だが、かなり時間をかけて食事する。

第一王女のファイファは、四人目にして初めての女の子だ。見た目二歳の幼児なので、主な食事は龍聖《りゅうせい》の魂精なのだが、最近少しずつ離乳食を食べさせている。今日はラオワンが膝に抱いて、離乳食を与えている。

「兄上、今日は遊べる？」

　カリエンが、口の周りを汚したままで、ホンシュワンに尋ねたので、ホンシュワンはナフキンでカリエンの口の周りを拭いてやりながら少し考えた。

「午後なら良いよ。午前中は図書館に行って勉強があるから」

　遊んでもらえると分かって、カリエンはヤッター！　とはしゃいでいる。それを見て、シュウリンが「僕も」と小さく呟《つぶや》いた。

「いいよ」

　ホンシュワンとカリエンが同時に答えた。シュウリンは嬉しそうに笑って、パクリとスープを掬ったスプーンを口に咥《くわ》えた。

　龍聖はそれを眺めながら、兄弟仲良しだなと嬉しく思う。幸せな光景だ。

「ホンシュワン、食べ終わったなら移動しようか」

　龍聖が声をかけると、ホンシュワンは素直に頷《うなず》いて立ち上がった。二人はソファに移動して並んで座る。斜めに座ってお互いに向き合うと、ホンシュワンの両手を、龍聖が握った。魂精を与える時間だ。もっと小さな頃は、膝の上に抱っこして与えていたのだが、すっかり大きくなってしまった今では抱っこすることは出来ない。手を握って魂精を与える場合は、一刻ほど時間がかかってしまうのだが、忙しい朝にそれほど長い時間は取れないので、十分ほど手を握って、残りは夕食の後にしている。

「どんどんラオワンに似てくるね」

龍聖はホンシュワンをみつめながら、ニコニコと笑って言ったが、ホンシュワンは首を傾げている。

「私はリューセーに似ていると思うよ」

まだ食卓でファイファの世話をしていたラオワンが、会話に割って入ってきた。

「そうかな～？」

私の遺伝子は入っていないのだけれど……と思いつつ、それでも我が子と似ていると言われるのは嬉しい。少し照れたように笑いながら、ホンシュワンを見ると、嬉しそうに笑っていた。その顔を見てキュンとする。

『ホンシュワンには、反抗期とかないのかな？』

この年頃の男子は、親との交流を恥ずかしがったりするんだよね……自分もそうだったしと考えながら、素直に育った我が子をみつめる。

「図書館では何の勉強をするんだい？」

とりあえずちょっと話題を変えてみた。

「サーバン先生は、よく宿題を出すんです。考えるだけじゃ分からないような宿題です。図書館で本を探して調べるしかないです」

「それは良い宿題だね」

「母上は、今は何の研究をしているんですか？」

「今はね、研究ではなくて、顕微鏡の開発をしているんだよ」

「顕微鏡って……以前作ったものですよね？」

「うん、それよりもっと倍率を上げられないか試行錯誤中なんだ」

二十五年前、龍聖はリムノス王国の図書館に行って、この世界の文明についての情報を集めた。そして帰ってきた龍聖は、その情報を基にして、様々な物を作り出してきた。顕微鏡はその中のひとつだ。調べた情報によると、この世界では当時すでに単眼の顕微鏡に近いものが発明されていた。

九代目龍聖が残した『龍聖誓詞《りゅうせいせいし》』に則《のっと》って、この世界にない科学文明を持ち込んではならないという意志は守りつつ、この世界の文明基準に則した物を作り出すことにしたのだ。

つまりすでにある物と同じ発想から作れる物を改良して作り出す。そうすれば進化を促進させることにはなるが、この世界にない物ではない。

龍聖が改良発明した顕微鏡によって、細菌を研究して抗生剤を作り出した。七代目龍聖を苦しめた結核も焦熱病《しょうねつびょう》も、もう怖くはないのだ。

「母上のおかげで、この国は豊かになっていきますね」

ホンシュワンに褒められて、誰からのどんな称賛よりも嬉しいと思った。

「さあ、勉強しておいで」

龍聖はホンシュワンの手をギュッと強く握ってから離して、笑顔で送り出した。

ホンシュワンは、一度自室へ戻って、筆記具や紙の束を抱えて図書館に向かった。

図書館ではすでに、何人かの若いシーフォン達が、勉強会を始めていた。個人的に教育係を付けてもらえるホンシュワン達と異なり、シーフォンの子供達は、図書館に来て学士達から勉強を教わるのだ。


ホンシュワンが図書館に現れると、若いシーフォン達が、姿勢を正して挨拶《あいさつ》をする。ホンシュワンはそれに応《こた》えながら、奥のキャレルに筆記具などを置いて、本を探しに向かった。

サーバンから出された課題に合う本を探し出して、キャレルに戻ると調べはじめた。

一刻ほど経《た》った頃、図書館の中の雰囲気が、少しばかり変わったことに気がついた。本から顔を上げて振り返ると、そこにはラオワンが立っていた。

「ホンシュワン、少しばかり私に付き合わないかい？」


ホンシュワンはラオワンの後ろをついていきながら、物珍しそうに辺りをキョロキョロと見ていた。

ここは北の城の中だ。初めて入る北の城の中は、ホンシュワンの知っている城とは、ずいぶん雰囲気が違っていた。

「洞窟みたいだろう？」

「父上、私は洞窟に行ったことがないので分かりません」

「まあ、それもそうか」

ラオワンは笑いながら納得して、さらに先へと進んだ。

「どこまで行くのですか？」

「一番奥だよ」

暗い通路をひたすらに進んでいく。窓のない通路。所々に通気口なのか、明かり取りなのか、小さな穴があって、そこから入ってくる僅《わず》かな光で、かろうじて薄暗い感じを保っている。

とうとう突き当たりまで来てしまった。そこには大きな扉があった。

ラオワンが鍵を取り出してその大きな扉を開けた。

「あっ……」

眩《まぶ》しさに目を細めた。そこは真っ白な部屋だった。

「おいで」

ラオワンに促されて、少しばかり用心しながら中に入っていった。

「ここは竜王の間と言う。竜王のためだけに使う部屋だ。皇太子が眠りにつき、新しい王として目覚め、婚姻を結ぶための場所だ。いずれお前も使うことになる」

部屋の中央にテーブルと椅子が置かれていた。ラオワンはそこまで歩いていき椅子に腰を下ろした。

その隣に座るように促されて、ホンシュワンは大人しく従った。

「誰にも聞かれたくない話をするのでここに来たんだ」

まだ辺りを見回しているホンシュワンにそう言うと、ホンシュワンは驚いてラオワンをみつめた。

「ホンシュワン、実は……君が生まれた時、君は半身の竜を持たずに生まれてきたんだ」

ラオワンが冷静にそう告げた。だがホンシュワンは驚く様子はない。同じように静かにラオワンを見ていた。その真っ直ぐな眼差《まなざ》しを見て、ラオワンは何かを悟った。はっと顔色を変える。

「ホンシュワン、君は知っていたのか？」

「はい」

驚きと衝撃でラオワンは言葉を失った。ここにはそれなりの覚悟をしてきていた。それなのにラオワンの方が驚かされている。

「いつ……知ったんだ？」

「五年前です」

動揺するラオワンに対して、ホンシュワンはとても冷静だった。どうしてこんなに冷静なのかと、ラオワンが戸惑うほどだ。

なぜホンシュワンがこの事実を知っているのか？　という衝撃ももちろんだが、一体誰がホンシュワンに言ったのかというのも酷く気になる。そもそもホンシュワンが半身を持っていないことは、ラオワンしか知らないはずだった。

あの日、卵の保管室でホンシュワンが誕生した時、立ち会ったのはラオワンと龍聖の二人だけだ。他の者は保管室の外で待機していた。卵の護衛責任者だったカイアンは、出入り口のところまで下がっていた。ハデルはそのすぐ外に立っていた。

ラオワンがあの時、半身の竜の卵をさもあるかのように振る舞って、懐《ふところ》にしまう仕草をしたのを、誰も怪しまなかった。隣にいた龍聖も気づいていない。そしてホンシュワンに半身の卵がなかったことを、龍聖にも未だに伝えていなかった。

「だ……誰に聞いたんだ」

平静を装って尋ねたつもりだったが、口が渇いて少しどもってしまった。

「シンシンから聞きました」

「シンシン？」

初めて聞く名前に、ラオワンは首を傾げた。何者だ？　そう聞くより先に、ホンシュワンが答えていた。

「シンシンは私の半身の竜の名前です」

「え？」

ラオワンは完全に動きを止めてしまった。思考が追いつかない。

「父上、私の話を聞いていただけますか？」

それからホンシュワンは、五年前のシンシンとの出会いと、シンシンから聞かされた話をすべて語って聞かせた。それはラオワンが想像もしなかった話だった。それと同時に納得出来るものでもあった。

「それ以来、シンシンはいつも私と共にいます。そして私を守り続けてくれています」

「今も……いるのか？」

「はい」

とても信じがたい話だが、信じるしかなかった。ホンシュワンが半身を持たずに生まれてきたことを知る者は、ラオワンの他にいない。ホンシュワンが一人で妄想するということも考えられない。

「それでその……シンシンが魔力を引き受けてくれるというのは、どういうことなんだい？」

「シンシンは実体のない存在です。シンシン曰《いわ》く、私の体が成長するように、シンシンも成長しているそうです。そして強くなっているというのです。シンシンには『器』という概念がないので、私の中で生成され続けている余剰の魔力を、シンシンが取り込んでくれているそうです」

それは想像を超えた話だ。言っている理屈は分かるが、不可解すぎてよく分からない。

「シンシンは君の中にいるんだろう？　ならばシンシンが魔力を取り込んでも、君の中の魔力量は変わらないいんじゃないのか？」

「私とシンシンは別の存在だ……と、シンシンが言ってます」

「今もそこにいるのかい？」

「はい」

ラオワンは目を閉じてしばらく考えた。この事実を受け入れるしかない。実際のところここ数年、ホンシュワンは魔力を溢《あふ》れさせなくなったので、魔道具を使っていないと龍聖から聞いている。それは魔力が安定したからだろうと、ラオワンは思っていた。

七十五歳のホンシュワンに、真実を告げるのは少し早いかとも思ったが、眠りにつくまであと二十五年しかない。間もなく王としての教育を始めようという時に、ホンシュワンは自分の真実を知っておく必要がある。

だから話したのだが、ラオワンの方が逆に驚かされてしまった。

「君に半身がいないことを、誰にも話していないんだ。リューセーにも……だ。でもこのままずっと隠し続けることは出来ない。少なくとも君が眠りから目覚めて、新しき竜王になった時に、皆が真実を知ることになるだろう。相応の混乱が起こるかもしれない。それは大丈夫かい？」

「はい、大丈夫です」

ホンシュワンは、いつもとまったく変わりのない穏やかな表情で返事をした。ラオワンの方が不安そうな顔をしていたのだろう。ホンシュワンは、静かな笑みを湛《たた》えて、真っ直ぐにラオワンをみつめた。

「私は一人ではありません。シンシンはいつも私と共にあります。大丈夫です」

「そうか」

ラオワンは、思わず大きな溜息をついた。

「ホンシュワン、実は大事な話がもうひとつあるんだ。これも君の未来にとって大事なことだから心して聞いてほしい。リューセーの故郷である大和《やまと》の国が滅びてしまったんだ」

「え？」

さすがにホンシュワンも驚いている。

「大和の国だけではない。リューセーのいた世界のほとんどが滅びかけているんだ」

ラオワンは、リューセーから聞いていた『彗星』のこと、地球という星のこと、異世界人が、早くからその未曾有《みぞう》の危機を察知していたこと、生き延びるためにしてきたこと、そしてリューセー達守《もり》屋《や》家の人々が、守屋家存続のため、エルマーン王国存続のため、次のリューセーを守るため、様々な手を尽くしてきたことなどを話した。

そしてラオワンが、異世界の扉を開く大魔法を使って、すでに四回も異世界渡りをしてきたこと、そこで見た事実のすべても語った。

最初は驚き、困惑の色を見せていたホンシュワンだったが、次第に真剣な顔つきになって、何度も頷きながら聞いている。

「私は諦めずに、また異世界渡りをして、守屋家の人々を探し続けるつもりだ。君が眠りについている間も、色々な策を講じるつもりだ。だがその一方で、最悪の事態も覚悟しておく必要がある。次のリューセーが来なかった場合のことだ」

「それは竜族が滅びるということですね」

ホンシュワンは、過去の歴史を学んだ上で、竜王の存在意義と、竜王が世継ぎを残さずに死んだ場合のことも教わっている。だからこの場合の結果も、ラオワンが説明するまでもなく容易に想像が出来ていた。

ラオワンが沈痛な面持ちで頷く。

「リューセーが、シーフォンについても、研究を進めてくれている。一時期たくさん生まれていた半身の卵を持たないシーフォン達のことを、研究しているらしい。半身を持たないシーフォンには、色々と他のシーフォンとは違う特徴があった。シーフォンが生き残るための鍵があるかもしれないと言っていた」

ホンシュワンは頷いて、考え込んでいる。沈黙が流れた。

「父上も母上も、私達のために、必死になって模索してくださっているのですね」

落ち着きを取り戻したのか、先ほどまでの少し張り詰めた表情が消えていた。いつもの冷静で穏やかなホンシュワンの顔だった。

「未来がどうなるかなんて、まだ何も決まっていません。竜族が滅びようとしていた時、ホンロンワン様はなんとか生き残る道を模索して、神にその身を捧げて竜族を守られた。父上も私もホンロンワン様の血を引く者です。竜王として諦めずに抗《あらが》いましょう」

そう話すホンシュワンは、穏やかな口調とは裏腹に、とても挑戦的な眼差しをしていた。本当に諦めていないのだと、ラオワンは目を見張った。そして我が子を励ますつもりが、逆に励まされていることに気づかされる。

「ホンシュワン……君は私よりももっと良き王になるだろう」

竜王の間で、二人の竜王が誓いを新たにした。

柔らかな下草の生える緑の草原で、ホンシュワンとシンシンが並んで座っていた。

夢の中で会うのは、いつものことなので、もう慣れてしまっているせいか、いつ頃からか白い世界ではなく、ホンシュワンの好きな心象風景で二人は会うことが多くなった。

草原を渡る風が心地好い。

「父上が驚いていたね」

シンシンが楽しそうに笑いながらそう言って、長い尻尾を振っている。尻尾の先の房が、ピコンッと時々跳ねていた。

「ああ、まったく信じてもらえないんじゃないかと思ったけど、上辺だけじゃなくて、ちゃんと私の言葉をよく聞いて信じてくれたのが嬉しかったよ」

ホンシュワンは、その時のことを思い出しながら嬉しそうに笑った。シンシンはちらりとホンシュワンの顔を見て、ニヤッと口角を上げる。

「ホンシュワンは素直じゃないところがあるよね」

「私が素直じゃない？」

「そう、今みたいに満面の笑顔を父上に向けたら、きっともっと喜んでくれると思うぞ？」

シンシンがからかうように、言葉尻を少し強調して言うたびに尻尾の先がピコンッと跳ねる。ホンシュワンは両手で自分の頬を覆いながら、困った顔で眉根を寄せた。

「私は普段どんな顔をしているんだろう？」

「僕は君の顔は見えないけど、そんなに満面の笑顔はしていないと思うよ。こ～う、なんというか～、ちょっと微笑むみたいな？　そんな笑顔が多いと思う」

シンシンはグッグッと笑った。ホンシュワンは頬を両手で覆ったまま、チラリとそんなシンシンを見る。

「自分では分からないな……ちゃんと笑っているつもりだけど……ダメかな？」

「ダメなことはないと思うよ。ごめん、ごめん、からかっただけだよ。何度も言うけど、僕は君の中にいるから君の姿はこうして夢の中じゃないと、会って顔を合わせて姿を見ることが出来ない。ここでの君はとてもよく笑うし、表情もよく変わるけど、君の中にいて、君と話をする人達の表情とか、言葉とかをずっと見たり聞いたりしてきた印象だと、君はとても落ち着いていて、達観していると思われている。大人達はとても褒めているよ。だから悪いことじゃない。でも父上や母上は、もっと君に笑ったり、はしゃいだり、子供らしいところも見せてほしいんじゃないかな？」

ホンシュワンは視線を落として考える。思い浮かぶのは、喜怒哀楽の表情が豊かな弟のカリエンだ。末の弟のシュウリンは、とても大人しくてのんびりとした性格なので、それほど喜怒哀楽は激しくない。父と母の態度を思い浮かべると、幼い兄弟に対して、その年相応に甘やかしてはいるが、特別に誰かを贔屓《ひいき》しているとは感じない。ホンシュワン自身、弟や妹に父や母を取られて寂しいと感じたこともない。

むしろ母から魂精を貰うために、毎日触れ合う時間があり、その時に色々な話をするので、カリエンが魂精離れをした頃は、ずるいと言って駄々をこねられた覚えが何度もある。

「私の性格は今さら変えられないし、カリエンやシュウリンと比べて、それぞれが違う個性で良いと思う。父上や母上が、私に対して可愛くないなんて思っているとは思えないし……それにもっと小さな頃ならともかく、今さら変えても変に思われるよ」

自分の中の考えを整理するように話しながら、ふと視線を上げるとシンシンが尻尾を振りながら、ニコニコと笑っていた。

「僕はね、そんな風に考えるのが子供らしいと思うんだ。今のホンシュワンはとても子供らしいと思うよ。ホンシュワンはもっと自分のことを考えた方が良い。自分が周りからどう見られているかとか、どう評価されているかとか、自分について色々となおざりにしすぎじゃないかな？　そういうところが達観していると思われるんだと思うよ。君は竜王になるんだから、王様は他国とのつき合いもあるでしょう？　今は子供同士の小さな世界での社交だけど、そのうち王様としての社交も教わることになるんだし、少しは自分について意識した方がいいと思うよ」

ホンシュワンは目を丸くして聞いていた。目の前の小さな竜が、ものすごく的確な指摘をしている。そういえば初めて会った時よりも、体も大きくなっている気がする。本当に成長しているのだなと思った。

「シンシンはすごいね。成長したって言っていたけど、本当にすごく大人みたいなことを言うし、体も大きくなったよね。シンシンとは兄弟みたいだと思っていたけど、なんだか最近は、私の兄のようだ。こんな話を誰ともしたことがないから、とても新鮮だよ」

ホンシュワンはなんだか気持ちが高揚《こうよう》して、楽しくなっていた。思わず笑顔になる。シンシンも楽しそうだ。

「友達を作るところから始めないといけないんじゃない？　ホンシュワンは友達がいないでしょう？」

シンシンがニッと笑って言った。言われたホンシュワンは、少しばかり考える。そんなことはない……と言おうとしたが、友達など誰も思い浮かばなくて、少しばかり血の気が引いた。

「友達……え？　もしかしていない？」

「いないでしょ？」

「シンシンが……」

「僕は君で、君は僕なんだから……今自分で言ったじゃないか！　僕のことは兄みたいだって」

シンシンが羽を広げてパタパタと振りながら、思わず笑いだした。だがホンシュワンは、呆然として顔色を失っている。こんな顔は初めて見せるかもしれない。

「バイレンとか、友達になったら面白いんじゃない？」

そんなホンシュワンに提案をしてみた。ホンシュワンはその瞬間パァッと表情が明るくなった。

「そうだ！　バイレンが友達だよ」

しかしシンシンは、肩を竦ませて溜息をひとつつきながら、首を横に振った。

「バイレンは友達じゃないよ。だって君、彼とは剣術の稽古の時以外、全然会わないじゃないか。稽古の時だって、試合をするか、一緒に素振りをするだけで、会話もあまりしないし……そんなのは友達じゃない」

完全否定されて、ホンシュワンは再び顔色をなくしてしまった。一生懸命に、他につき合いがないか思い出そうとする。そんな焦っている様子のホンシュワンを、シンシンは目をすがめてみつめていた。

他に誰かいないかと考えて、たくさんいる従兄弟《いとこ》達の顔が脳裏に浮かぶのだが、ほとんどが皆すでに大人で、自分が子供の頃に、時々会って話しかけられたという程度だ。もっと回数多く会っていて話もしている相手は……。

「あ！　アーミルとカラージュ！　彼らとは時々図書館で会って話もしているよ。もちろん挨拶だけとかではなく……本の話をしたり、勉強で分からないところを聞かれたり……」

ホンシュワンは、数少ない歳の近い従兄弟を思い出した。アーミルは、ラオワンの末の妹シィファの娘で、ホンシュワンより一歳下だ。薄紫の少し癖のある髪を、いつも綺麗に結《ゆ》ってお洒落《しゃれ》をしている。カラージュは、ラオワンの下から二番目の弟イースンの長男で、ホンシュワンより三歳年下だ。濃紺のおかっぱ頭で、鼻の辺りに濃いめのそばかすがあるのが特徴的だ。ホンシュワンと話をする時、いつもなぜか頬を染めて話す。恥ずかしがり屋なのかもしれない。そんな二人の顔を思い浮かべながら、自信を持って言ったのだが、シンシンからペシリと軽く尻尾で足をはたかれた。

「だから……それは友達じゃないってば……歳の近い従兄弟だから、挨拶以外に話すことがあるだけで、それも勉強の話だけでしょ？　図書館以外で会ったことがないじゃないか」

シンシンは呆れ顔で再び指摘をした。ホンシュワンはとても凹んでいる。

「ホンシュワンが一番たくさん色々な話をする相手は僕で、一番遊ぶ相手は弟のカリエンだなんて……君は剣の腕も一番だし、勉強もすごく出来るのに、友達がいないなんて、とても残念な子だよ」

現実を指摘されて、ぐうの音《ね》も出なかった。

「残念な子……」

「バイレンやアーミルやカラージュと、もっと親しくなればいいじゃないか。友達になるんだよ。剣術の稽古や、図書館以外の場所で、会って話をしたり、遊んだりするんだよ」

「他の場所って……」

「剣術の稽古以外で、中庭に行って遊んでも良いし、相手の家に行くとか、ホンシュワンの部屋に招くとか、色々あるだろう？　ああ、まあ、まだ家に行ったり、部屋に招いたりはしない方がいいね。だってまだ友達じゃないから！　そういうことは、もっと親しくなってからするもんだよ。いきなり部屋に招いたりしたら、緊張されて遊ぶなんて出来なくなっちゃうよ？」

「じゃあ、どうすれば……」

シンシンは、まったく困ったなぁ！　と呟きながら盛大に溜息をついた。

「まずはバイレンと、休憩時間に話をしてみたら？　剣技についてのアドバイスでもいいし、バイレンが好きなものを聞き出したり、剣以外で興味があることを聞いたり、色々話すことはあるでしょう？　アーミルやカラージュとも同じ！　図書館で雑談をしてみなよ」

ホンシュワンは、呆然とした顔で視線をうろうろとさ迷わせている。何からどうすればいいか、情報を整理しつつ少し混乱しているようだ。

「シンシンはどうしてそんなに色々とくわしいんだい？」

「僕はいつも周りを気にしているからね。実体がなくて動けない分、君の中から情報を集めているんだ。剣術の稽古の休憩時間、図書館で君が勉強をしている時間、周囲の人達の会話を聞いてるよ。ホンシュワン！　社交だよ！　ちゃんと社交をしてね」

「はい、分かりました」

すっかり凹んでしまったホンシュワンの様子に、シンシンが大笑いを始めた。ひっくり返って脚をバタバタさせながら笑っている。ホンシュワンは、俯いてぼんやりしていたが、あまりにもシンシンが爆笑しているので、顔を上げてシンシンを眺めた。

「なんでそんなにおかしいの？」

「だって、なんでも出来るホンシュワンを打ち負かしたんだぜ！　たぶん僕が初めてじゃない？　ホンシュワン、今まで何に関しても誰かに負けたことないだろう？」

「……そうだね」

ホンシュワンは目が覚めたかのように、大きく目を見開いて「そうかぁ」と呟いた。そして楽しそうに大笑いをしているシンシンを眺めながら、次第に笑顔に変わっていく。

「シンシンは本当に面白いね」

「ホンシュワンほどじゃないよ！」

「え？　私が面白い？」

「面白い、面白い！　ホンシュワンは色々と足りない部分があって、でも自分のことがまったく分かってなくて、だけど周りからはなんでも出来るすごい子って思われてて、そういうのが色々と面白い！」

「面白いか〜」

「面白い」

二人はワハハハと声を上げて笑い合った。

「シンシンもすごく面白いよ！」

「ありがとう！」

シンシンがピョンッと飛び上がって喜んだ。

「シンシン、大好きだよ！」

満面の笑顔でホンシュワンが言うと、シンシンがピタリと笑うのをやめた。

「？　シンシン、どうかした？」

「初めて大好きって言われた」

シンシンが驚きと喜びで、目を丸くして呟いたので、ホンシュワンは首を傾げた。

「そうだっけ？　ごめん、シンシン大好きだよ！　初めて会った時からずっと大好きだよ！」

「嬉しい！　僕もホンシュワンが大好き！」

二人はワーイと両手を上げて喜び合った。

今、もしも誰かがホンシュワンの寝顔を見ていたら、きっと釣られて幸せそうに笑ったことだろう。


「よし、そこまで！　しばらく休憩に入ろう」

未成年組の指導をしているジェンダが号令をかけた。それまで素振りに精を出していた集団が、一斉にやめてばらばらと散らばっていく。

ホンシュワンが、皆と少し離れたところで、侍従が持ってきたタオルを受け取り、汗を拭きながらチラチラとバイレンの様子を気にしている。

バイレンは地面に放置していたタオルを拾って、汗を拭いている。近くにいる数人と、時々何か会話を交わしては笑っていた。

『バイレンは、友達がいるんだ』

バイレンは、何気ない言葉を投げ合っているだけなのだが、ホンシュワンの目には、友達と雑談をして楽しんでいるように見えた。話しかけても邪魔にならないだろうか？　そんなことを考えてしばらく眺めていたが、『行かないの？』と、ボソリとシンシンが呟いたので、ビクリと驚いて我に返った。

「い、行くよ」

ホンシュワンは小さな声で返事をして、ぎゅっとタオルを握り締めた。侍従が差し出すコップの水を一気に飲んで、タオルとコップをまとめて渡す。ふう……と、深呼吸をして、バイレンの下へ歩いていった。

「バイレン」

思いきって声をかけた。

「おお！　殿下！　試合しますか？」

バイレンがくるりと振り向くなり、満面の笑顔でそう言った。ホンシュワンは一瞬戸惑ったが、気を取り直して首を振る。

「いや、今日は良い。それより少し話をしないか？」

「話……ですか？」

「ああ、えっと……バイレンは、ここでの稽古以外でも、剣術の稽古をしているのか？　何か他に特訓とか……」

軽い調子で話しかけたつもりだったが、話をしないか？　という誘いに対して、バイレンが少し緊張した面持ちになってしまったので、ホンシュワンは慌てて思いつく限りのどうでもいい会話をしてみた。別にバイレンの特訓に興味があるわけではないが、なんとなくバイレンと出来る雑談など、剣術についての話しか思いつかなかった。

「そうですね……週に一回お願いして、メイジャン伯父上に稽古をつけてもらうくらいで……あと朝と寝る前にそれぞれ素振り二百回をするのが、毎日の日課です」

「素振り二百……」

ホンシュワンは驚いて目を丸くした。

「そうか……だからバイレンは、腕の筋肉が逞《たくま》しいんだね」

「お？　そうですか？　逞しいと思われますか？」

バイレンは嬉しそうに、右腕の袖を捲り上げて二の腕を露《あらわ》にする。太い腕が現れて、力を入れなくともはっきりと筋肉の形が分かる。ホンシュワンは思わずそっと自分の右の二の腕を服の上から触っていた。

「うん、とても逞しいと思うよ。そうか、素振りをたくさんするとそうなるのか」

「いえいえ、殿下、これは素振りだけではありません。殿下が剣術の稽古以外に何か特訓をしているのか？　とお尋ねになったので、剣に限ったものをお答えしたのですが、体を鍛《きた》えるという意味で言えば、腹筋や腕立て伏せ、懸垂もそれぞれ毎日二百回やっております」

バイレンは、ニッと笑って答えた。ホンシュワンはポカンと口を開けて聞いていた。

「それはすごいな」

「お褒めにあずかり恐縮です。殿下は細いので、もう少し筋肉を付けられた方がよろしいと思いますよ？」

「むっ……そ、そうだな」

細いと言われて、さすがのホンシュワンも、少しばかり自尊心が傷ついた。ホンシュワン自身は、別に剣術を極めたいわけでも、最強の男になりたいわけでもない。だからバイレンほど強さに執着はないし、筋肉を付けたいという気持ちもない。しかし『細い』と言われてしまうと、なぜだか分からないが、無性に腹立たしく思ってしまう。負けたくないという感情が少しだけ湧き上がった。

「しかし……これだけ鍛えても、殿下にはまったく敵《かな》わないのですから、私が殿下に助言するなど笑《しょう》止千万《しせんばん》……実を言うとここまで頑張って体を鍛えるのは無駄なのではないかと、最近は少しばかり自信をなくしていたのです」

「え……」

バイレンは、苦笑いをしながら頭をかいた。笑ってはいるが、酷く落ち込んでいるのを感じる。いつも元気で、どんなに負けてもまったく挫《くじ》ける様子もなく、しつこく試合を申し込んでくるバイレンは、図々しくて鋼《はがね》の心臓なのだと思っていた。それが思わずホンシュワンを相手に弱音を吐くなんて、これは本当に自信をなくしているのだと、ホンシュワンもショックを受ける。

「それは……私がいつも言っているじゃないか、もっと魔力操作を練習しろと……」

「一応これでも練習しております。最近では拳を魔力で強化することで、これくらいの岩なら砕くことが出来るようになりました」

バイレンは、頭くらいの大きさを両手で表してみせて、得意気な顔で言った。それにはギョッとしつつも、いや、そうじゃないとホンシュワンは頭を振る。

「バイレン、私が言っている魔力操作はそういうことじゃなくて……いや、えっと、そうだな……そもそもバイレンと私では戦い方が違うんだ。だからバイレンが私に勝てるわけがない。私に勝つことを目標にするのではなくて、私以外の者達の中で一番を目指す方が良いのではないかな？」

ホンシュワンは、上手く説明が出来なくて、魔力操作についての説明を一旦放り出して、違う説得を試みようとした。だがバイレンが急に黙り込んでしまったので、ホンシュワンは首を傾げてバイレンの様子を窺《うかが》った。

「バイレン？」

「殿下は……殿下は、私が絶対に殿下に勝てないと思っていらっしゃるのですね。どんなに鍛えても絶対に勝てないと……」

バイレンは怒っているような、傷ついているような、複雑な表情で睨《にら》みつけるようにホンシュワンを見た。

「え？　あ、いや、別にそういう意味で言ったわけじゃないんだ。ただ魔力操作を……」

「分かりました。失礼します」

バイレンはペコリと頭を下げると、下に置いていた木剣を掴んで、その場を離れた。

「え？　あ、バイレン！」

ホンシュワンが呼び止めたが、バイレンは振り返りもせずに歩き続けて、そのまま帰ってしまった。

途中、遠巻きに見ていた大人のシーフォンがバイレンに「今の態度は、殿下に不敬だぞ」と忠告していたが、聞く耳を持たなかった。

残されたホンシュワンは、何が起きたのか分からなくて、呆然と立ち尽くすしかなかった。自然とホンシュワンの周りから、若いシーフォン達が離れていった。事の経緯はともかく、明らかにバイレンの態度は不敬だったので、もしもホンシュワンから今のバイレンの態度について聞かれても、上手く答えられそうにないと思ったからだ。不敬な態度はいけないが、バイレンはみんなに人気がある。庇《かば》えないけれど、悪くも言いたくないというのが、若いシーフォン達の本音だった。

「殿下」

少し離れたところで、やりとりを見ていたジェンダが、ホンシュワンの側に来て声をかけた。

「バイレンを怒らせてしまったようです。私の言い方が悪かったのですね」

ホンシュワンは困ったように呟いた。本心を言えば、なぜバイレンがあんなに怒ったのかが分からなかった。確かに『勝てない』などと言われたら気に障《さわ》るだろう。しかし実際のところ今まで一度も、バイレンは勝てていない。勝てない原因は、魔力差なのだから『どんなに鍛えても勝てない』という

のは、バイレン自身が言った通りに事実だ。（バイレンは言ったけど、自分ではそんなことはないと思っているようだが）

バイレンが得意気に言った岩石割りも、やってみる気はないけれど、たぶんホンシュワンにも割ることが出来る。割るだけならば……だ。拳に一点集中で魔力強化して、魔力を叩き込むようにしてやれば、筋肉のないホンシュワンの拳でも、一撃で割れるはずだ。

そう……筋肉の問題ではないのだ。

ホンシュワンの戦い方は、魔力操作を巧みに使って、全身を強化しつつ、剣技を尽くして戦うやり方だ。それに対して、バイレンの戦い方は、筋肉による腕力と脚力で、力押しで戦う。その拳や腕に魔力をまとわせて強化し、攻撃力を上げるやり方だ。

ホンシュワンの戦い方と、バイレンの戦い方は、本質的に相反するもので、エルマーン王国流剣術（相手の力を利用していなしたり、払ったりして武器を奪い、相手を傷つけずに勝つ剣術）の剣技を、巧みに使いこなすホンシュワンを相手に、どんなにバイレンが力押しで行ったところで、すべての攻撃をいなされてしまうのだから、勝てるはずがない。

バイレンが戦い方を改めて、ホンシュワンと同じように、魔力操作を身につけて、エルマーン王国流剣術で戦うというのならば、話が変わるのだ。元々パワーがあるのだから、ホンシュワンに勝てる見込みは十分にある。

しかしそれをやるつもりはなさそうだ。それならそれでホンシュワンに勝つということに拘《こだわ》らなくても、エルマーン王国一の強者になることは、十分可能だ。今の強さでも、かなり上位になれるはずで、このまま成人するまで鍛え続ければ、きっと王国一になれるだろう。

ホンシュワンは、そんな話をバイレンとしたかった。だがバイレンは、話をさっさと切り上げて、怒って去ってしまった。

『どう言えば良かったんだろう……』

ホンシュワンがしょんぼりとしているので、ジェンダは困ったように頭をかいた。

「殿下のおっしゃりたかったことは分かります。殿下の言い分は間違っていない。正論です。魔力操作をもっと練習しろと、私からも何年も言い続けていますが、上手く扱えないせいもあって、バイレンは魔力操作の本当の有益性を理解していないのです。もうあそこまでいくとガチガチに思い込んでいますから、何を言っても無駄です。ただバイレンは、国内警備長官になって、貴方を守る護衛隊長になりたいと純粋に願っています。そしてあいつも言っていましたが、護衛する相手よりも強くなければ、貴方を守る資格がないと本気で思っています。そんな貴方から『絶対に勝てない』と言われることは、護衛隊長にはなれないと言われたようなものなのです。もちろん殿下にそんなつもりがないことは、私達は分かっていますが……」

「私は……」

ジェンダの話を聞きながら、ホンシュワンはきつく眉根を寄せた。言いたかったことはそんなことじゃないと、思わずジェンダの話を遮ってしまったが、言いかけた言葉を一瞬飲み込んだ。

「殿下？」

ジェンダは、珍しくホンシュワンが感情的になっていると思って、その今にも泣きそうな顔をみつめた。

「私はただ……私はただ、バイレンと友達になりたかっただけなんだ」

最後の方は消え入るように小さな声になっていた。だが側にいたジェンダにはちゃんと聞こえていた。息を呑むジェンダの反応を待たずに「失礼します」と言って、ホンシュワンも城の中へ戻っていった。

「友達……かぁ」

去っていくホンシュワンと、その後を慌てて追いかける侍従や兵士達の姿を見送りながら、ジェンダはなんとも言えない気持ちで、その言葉を口にしていた。ホンシュワンには申し訳ないが、思わず口元が緩んでしまうのは仕方がないだろう。


ホンシュワンは、重い足取りで廊下を歩いていた。気分は最悪で、肩を落としてとぼとぼと歩きたいところだが、周りの目があるので、皇太子であるホンシュワンが、そんなことが出来るはずがない。後ろからは侍従と兵士も付いてきている。

このまま部屋には戻りたくなかった。部屋に戻れば、一応侍従からハデルに在室の連絡が行く。一人になりたいと言えば、侍従達は退室してくれるし、弟達が行かないようにハデルが上手くやってくれるはずだ。だけど侍従や兵士は離れたところからだが、あの場を見ていた。詳しい事情が分からなくても、バイレンと喧嘩をしたようだと察するだろう。きっとそのことがハデルに伝わって、ハデルから龍聖に話が行ってしまう。

それは本当に嫌だな……と、心から思った。

今は一人になりたい。周りを気にせず、一人になれる場所はないのだろうか？　みんなはこんな時、どうしているのだろう？　怒っていたバイレンは、あの後どうしたんだろう？　それとも友達がいれば、一人にならなくてもこんな状況を解決してくれるのだろうか？　と、ぼんやり考えながら歩いていた。

「ホンシュワン！」

少し離れたところから名前を呼ばれた。ホンシュワンは一瞬聞こえなかったことにしたいと思ったが、そんなことが出来るはずはないので、軽く深呼吸をして表情を作りながら振り返った。ラオワンが手を振っている。

「父上」

ホンシュワンは、ラオワンの方へ歩みを向けた。

「なんだ？　もう剣術の稽古は終わったのか？」

「え……あ、いえ」

ラオワンが窓の外へ視線を向けたので、ホンシュワンは『もう終わった』とは言えなくなり、どう言い訳をしようかと戸惑ってしまった。嘘をつくのが下手なので、こういう時の上手い返しが分からない。

ラオワンは、中庭ではまだ稽古をしていることが分かったが、それならばなぜまだ早いこんな時間に、ホンシュワンが帰ろうとしていたのかが気になった。ホンシュワンは、とても困った顔で視線をさ迷わせている。

その動揺具合を見れば、一生懸命に言い訳を考えているとすぐに分かる。怪我ではないのならば、サボりでも別に構わないのだが……と、ラオワンは、どうしたものかと考える。

「あの、父上はなぜここに？」

「接見が予定よりも早く終わったから、確か今日は午前中に中庭で、君が剣術の稽古をしていると思ってね。見学ついでに終わったら一緒に私室へ戻って昼食を……と思ったんだ」

「そうですか……」

ホンシュワンは、内心ガッカリしていた。これは事情を聞かれるか、一緒に私室へ戻らされるか、どちらにしても逃げ場がなかった。一人になりたいという希望は叶いそうにない。ここは正直にバイレンとのことを打ち明けるしかないかな？　と観念した。

どういう風に言おうかと、ホンシュワンが気落ちしつつも考えていると、ラオワンが無言で、自分の後ろに連れている兵士達と、ホンシュワンの後ろに控えている侍従と兵士達に、手を振るような仕草で、少し離れるように指示を出した。

何をするのだろう？

不思議そうな顔で、ラオワンを見上げると、ラオワンがホンシュワンの肩を抱き寄せるようにして、耳元に顔を寄せた。

「ホンシュワン、サボりたい時に良いとっておきの秘密の場所を教えてやろう」

そう耳元で囁かれた。

「え？」

ホンシュワンは驚いて、少し顔を動かしてラオワンの顔を覗き見た。ラオワンはいたずらっこのような顔をしてニヤリと笑う。

「私がお前くらいの頃に、サボりたくなると使っていた秘密の場所がある。私も父に教わった場所だ。お前に伝授しよう」

ラオワンはそう言うと、耳に口を近づけて、コソコソとその場所を教えた。ホンシュワンは目を丸くして、思わずまたラオワンの顔を見返した。ラオワンは少し顔を離して、さらにニヤリと笑う。

「行く時は、あそこに護衛は必要ないから、部屋の外で待機するように兵士に言っておくといい」

ラオワンはそう言って、ホンシュワンから離れると、手を振りながら来た道を戻っていった。ホンシュワンは、ポカンと呆気にとられながら、しばらくその場で見送っていた。

「すみません……父上から聞いて来たのですが……その上の……天井の……窓のところへ行きたいのですけど、よろしいでしょうか？」

ホンシュワンは、ラオワンから聞いた秘密の場所にやってきていた。中央塔の最上階、竜王ヤマトの居室だ。

しかしこの部屋が、該当の秘密の場所ではない。そこへ行くためには、この部屋の主であるヤマトの許可を取る必要があった。なぜなら、天井からしか行けないからだ。

ヤマトは寝転んでいたが、ホンシュワンが訪ねてきたので、顔だけを上げてグググッと喉を鳴らした。

『ラオワンから聞いている。私の頭の上に乗ると良い』

「は、はい……あの……失礼します」

ヤマトが、ホンシュワンの目の前に頭を置いたので、一礼してから頭の上によじ登った。

『頭を上げるぞ？』

「はい、よろしくお願いします」

ヤマトはゆっくりと頭を上げた。次に前足を踏ん張って体を起こす。ホンシュワンを乗せたヤマトの頭はどんどん上へと上がっていった。最後に完全に立ち上がると、天井近くにある通路に鼻先を近づけた。ホンシュワンは、頭から鼻先の方へ移動して、天井近くに造られた通路の手すりに手をかけて飛び移った。

その通路は、半円ドーム型の天井付近の壁に、ぐるりと一周取りつけられていて、人が一人ならばわりと余裕で通れるくらいの幅があった。天井には、六ケ所に円《まる》い窓が付いている。それを開閉するための通路のようだが、ここに来るための梯子《はしご》や階段がないので、今のようにこの部屋の主である竜王の手を借りなければならない。

竜王にそんな頼みが出来る者など限られていると思うので、窓の開閉のためだけに、この通路が造られたとは考えにくいのだが、本当の用途は誰も知らない。

それもあって、ここに来る者はほとんどいないため『秘密の場所』なのだろう。

ホンシュワンはすぐ側にある円い窓に手をかけた。金具の取っ手を回すと鍵が開き、カチャリと窓が少し開いた。円い窓はそれほど大きくない。成人男性が一人難なくすり抜けられるくらいの大きさだ。内開きの窓を開けると、風が吹き込んできた。頭だけ外に出してみると、そこには素晴らしい景色が広がっていた。

「わあ……」

ホンシュワンは、頬を上気させて、瞳を輝かせながら、感嘆の声を漏らした。何も言葉が出てこない。エルマーン王国の全景が見えるようだ。

下を覗き込むと、円形の屋根に軒のようなでっぱりが付いていた。足二歩分くらいの幅のあるでっぱりなので、そこに余裕で立てそうだ。いや、ラオワンはいつもそこに腰かけていたと言っていたので、乗っても大丈夫なのだろう。

少しばかり躊躇《ちゅうちょ》したが、好奇心には勝てなかった。ホンシュワンは窓の縁に手をかけて、ひょいっと上半身を乗り出してみる。

すると後方から、ヤマトがグルルッと鳴いて声をかけた。

『落ちないように気をつけるのだぞ』

「はい、大丈夫です。無茶なことはしません」

ホンシュワンは笑顔で答えて、窓の縁に足をかけると、外へ身を乗り出した。慎重に足から滑り降りて、軒に足を置いた。重心を移動させて、真っ直ぐに立ち上がる。

「わあ～……気持ちいい～……」

ホンシュワンは、両手を広げて解放感を味わった。まるで空を飛んでいるようだ。この国で今、一番高いところに立っている。ホンシュワンに気づいた竜達が、グルグルと鳴きながら近づいてきた。

「みんな、危ないからあまり近づいてはダメだよ！」

大きな声でそう呼びかけると、竜達は大人しくそれに従うように、少し離れていく。こんな風に飛んでいる竜達と話をするのも初めてだ。王の私室のテラスに出ると、上空を飛ぶ竜の姿はよく見えたが、今は同じくらいの目線になっている。辺りの景色が城のテラスとはまったく違っていた。

エルマーン王国の周囲を取り囲む赤い岩山の頂上と、ほぼ同じ高さにいるのだ。山の向こうの景色まで見える。赤い荒野が地平線まで広がっていた。風は少し強いが煽《あお》られるほどではない。

ホンシュワンは、しばらくの間立って辺りの景色を眺めていたが、軒に腰かけて足を投げ出して寛ぐことにした。

『すっかり立ち直ったみたいだね』

シンシンが話しかけてきた。ホンシュワンは、少し驚いたが、小さく溜息をつく。

「なぜずっと黙っていたんだい？」

『何が？』

「だって一緒にあの場で見て、聞いていたんだろう？　バイレンとのこと……私の言い方が悪かったのに、なぜ注意してくれなかったんだい？」

『ホンシュワン、君が君の友達を作りに行くんだよ？　僕が口を出すことじゃない』

正論を言われて何も言い返せなかった。だが不満そうに唇を嚙む。

「だけど……大失敗だよ。怒らせてしまったんだ」

『それも経験だよ。なんでも一度で成功するとは限らない。僕はこれで良かったと思うよ。友達を作ることが簡単なことじゃないって分かっただろう？』

「他人事だね」

『他人事だよ。言っただろう？　これは君の問題だ』

「……シンシンはこうなるって分かっていたのかい？　友達を作るのが難しいことだって知っていたのかい？」

『まさか！　そんなこと知るわけがないだろう？　僕は実体のない竜なんだよ？　友達を作ったことなんてないんだからさ』

シンシンが『何言ってるの？』と呆れたように言うので、ホンシュワンは目を丸くしてしまった。

「何を言ってるの？」と言いたいのはこちらの方だ。いかにもすべてを知っている風で、シンシンが言うものだから、その言葉を信じていたのに……と思ったが、冷静に考えればシンシンの言う通りだ。ホンシュワンが勝手に誤解していただけだ。がっくり肩を落としていると、シンシンの溜息が聞こえる。

『一度失敗しただけで諦めるつもりかい？』

「え？　だけど……」

『仲直りしたいと思わないの？』

「それはもちろんしたいよ。だけど私はバイレンを傷つけてしまったんだ。言い方を間違えた。いくら正論でも、言っていい時とダメな時を、ちゃんと考えないといけなかった」

後悔していた。やり直せるものならやり直したい。苦い気持ちで胸がいっぱいになる。ホンシュワンは、悔しそうに顔を顰《しか》めた。

『君がそれだけ分かっているのならば、仲直り出来るんじゃない？　それにきっと向こうも今頃後悔していると思うよ』

「バイレンが？　後悔？」

それは思ってもみなかったことなので、ホンシュワンは不思議そうに首を傾げる。バイレンが何を後悔するというのだろう？　傷つけたのはこっちなのに……そう思うと理由が分からない。

『まず、すっごく叱られると思うんだよね。それで自分の過《あやま》ちに気づくはずだし、君に謝ろうと思うかもしれない。そこはまあ……どうか分からないけど、彼が賢いならば謝ると思うよ』

「叱られるって誰から？　ジェンダ先生じゃないよね？」

『叱られるとしたら、お兄さんか、お父さんだろうね。今回のことは、隠してても絶対に耳に入ると思うし、バイレンが、あの様子で家に帰ったのなら、絶対に何かあったのかと聞かれるだろうし……子供の喧嘩では済まされないよ。君は皇太子なんだから、バイレンの態度は不敬だった。君達がすでに友達で、私的な場所で口論したのならば、誰も咎めないと思うけど、剣術の稽古中のことだ。たくさんの人達が見ていたし、あそこには、大人の……武官の人達も稽古でいたからね』

それを聞いて、ホンシュワンは眉間に深くしわを寄せた。こんな時、自分の立場が嫌になってしまう。これではますます友達なんて作れそうにない。

「バイレンが謝るのは、私が皇太子で、彼が不敬を働いたから？」

『まあ、表向きはそうなるよね』

「表向きは？　それってどういう意味だい？」

『ジェンダ先生も言っていただろう？　バイレンは純粋に、君の護衛隊長になりたいと思っていたんだ。つまり君のことを、主君として認めているってことだよ。だから彼が賢い子ならば……君が彼を諫《いさ》めようとしていたことに気づくはずだ。主君と仰ぐ相手の言葉を、きちんと聞けなかったことに後悔するだろうし、謝罪するだろうって思ったんだ。賢くない場合は、叱られたから嫌々謝りに来るってパターンかな』

それを聞いてホンシュワンは、げんなりとした顔をする。嫌々謝りに来られた場合、どんな顔をしてそれを受ければいいというのだろうか？　そこから本当に仲直りが出来るのだろうか？

思わず大きな溜息が出る。

「友達を作るって難しいんだね」

『知らない者同士が、お互いを知ることによって友達になるんだ。性格も考え方も違うだろうし、それをお互いに認め合って、相手のことを好きにならないと、友達になれないんだから、難しいと思うよ。時には嫌なことも我慢しなければならない。お互い様だけど。特に君は皇太子という立場があるから、とても難しいと思うよ。だけど君は友達が欲しいんだろう？』

「ああ、友達が欲しい」

心からそう思った。初めての友達作りは、とても難しかった。だけど誰かとこんな風に喧嘩をしたのは初めてだ。シンシンが言うように、自分は皇太子だから、誰も本気で喧嘩を仕掛けてくることはない。だからむしろ本気でホンシュワンに怒ったバイレンは、とても貴重な存在なのではないかと思った。

とても落ち込んでいるけれど、今は以前よりもバイレンと友達になりたいと思う。

『じゃあさ、バイレンのことは、一旦保留ってことで、先にアーミルとカラージュと友達になってみないかい？』

「え？」

シンシンは、ホンシュワンが前向きな気持ちになったのを感じたので、新たな提案をしてみた。斜め上からの提案に、ホンシュワンは驚いてしまった。

「保留って……先にって……え？」

『バイレンとのことは明日以降になるでしょ？　だから今日は午後から図書館に行って、アーミルとカラージュと仲良くなってみたらどうだい？　脳筋じゃないから、少しは楽かもしれないよ？』

「それって、バイレンと友達になるより、アーミルとカラージュとの方が簡単ってこと？　それならそう言ってくれたら、最初からアーミルとカラージュと先に友達になったのに……」

『そういう意味じゃないよ。試合とかするわけじゃないから、穏便に話が出来そうだろう？　いつも分からないところを教えてあげたりしているし……ただアーミルは女の子だから、友達になれるかどうかわからないし、カラージュはちょっと恥ずかしがり屋だろう？　こっちも友達になってくれるか分からない。ただね、もしも上手くいったら、バイレンのことを相談出来るだろう？　友達っていうのは、そういう話をするためにいるんだからさ。僕とも君とも違う視点から、何か仲直りの良い発想が生まれるかもしれないよ？』

どう？　という雰囲気でシンシンが、いい案だろうとばかりに言ってきた。それは確かにそうかもしれないと、ホンシュワンも明るい気持ちになる。

「そうだね……二人となら、本の話とか、何が好きかとか、とても話しやすそうな気がする。まさかそこから喧嘩になんてならないと思うし……」

俄然《がぜん》やる気が出てきた。二人と仲良くなれたら、バイレンのことで相談出来るかも？　というのも、なかなかに良い提案だ。

「昼食を食べてから行こうか」

本当は、ホンシュワンには昼食は必要ないのだけれど、ラオワンが昼食の席にいるかもしれない。この秘密の場所を教えてもらえたことの礼を言いたいと思った。

「よし！　戻ろうか」

ホンシュワンは明るくそう言って、勢い良く立ち上がった。軒に座って足を投げ出していたので、両手でしっかり軒の縁を摑んで、少しお尻を後ろにずらしてから、足を上げて慎重に、だが勢いをつけて立ち上がる。

そのまま体を反転させようとした時、ビリッと布が裂ける音がした。それと同時に、ガクンと体が後ろに倒れる。服の裾が軒のどこかに引っかかってしまったらしい。勢いよく引っ張った反動で、引き戻されるような形になった。それは本当に僅かな力だ。普通ならば少しよろめいて、尻もちをつきそうになるくらいのことだが、ここは普通の場所ではない。足場が少ししかないのだ。僅かなよろめきは、取り返しのつかない事態を招く。

まるで時間がゆっくりと動いているように感じられた。

ホンシュワンが「あっ」と思った時には、宙に体が投げ出されていた。青い空が見えて、体がふわりと宙に浮く。だがそのまま浮いていてはくれない。ひゅんっと心臓が縮むような感覚がして、体がすごい勢いで落下するのが分かる。落ちる……そう思った瞬間、悲鳴を上げていた。

『ホンシュワン！』

シンシンの叫びが聞こえて、異常を察した竜達が、ギャウッと鳴くのが聞こえる。

ホンシュワンは、ぎゅっと強く目を閉じた。さすがにもうダメだと思った。落ちたら死ぬだろう。地面に激突したら痛いだろうか？ それとも痛いと思う間もなく死んでしまうのだろうか？ だがそんなことを考えられるくらいに時間が経過していることに気がついた。

「え？」

ホンシュワンは、何かがおかしいと思って目を開けた。そこにはさっき最後に見た青い空が広がっている。竜達も騒がしい。

背中で何かが動いていると思って振り返ると、そこには金色に輝く一対の羽が、パタパタと羽ばたいていた。

「と、飛んでる⁉」

思わず変な声が出ていた。飛んでいるのだ。

ホンシュワンの背中に、羽が生えているのだ。それは鳥のような羽ではない。竜の羽だ。

「これって……シンシン!?」

『ホンシュワン……良かった……』

シンシンが震える声で答えた。心から安堵しているらしい。ホンシュワンは自分に何が起きているのか分からなくて、完全に混乱していた。ふわふわと宙に浮かんでいるのは夢ではなさそうだ。

ガラガラと大きな音を立てて、塔の壁の一部が開いていく。その音に驚きつつも、ホンシュワンはスーッと壁が開いた方へ飛んでいった。

『ホンシュワン！　何があっ……た？』

ヤマトは今にも飛び出そうという勢いだったが、目の前に羽の生えたホンシュワンが、ひらりと飛んできたので、大きな口を開けたまま固まってしまった。大きく目を見開いて、目の前でパタパタと金色の羽を動かしているのは、まぎれもないホンシュワンだ。羽の生えたホンシュワン？　ホンシュワンの姿をした羽虫？

『なっ……あっ……ホン……ホンシュワン……なのか？』

「はい、私はホンシュワンです。ヤマト様、今、私を見て羽虫って言いました？」

ホンシュワンは少しばかり不機嫌そうに、眉根を寄せて頬を膨らませている。ヤマトは心の中で思ったつもりだったが、口に出してしまっていたようだ。少し焦ったが今はそれどころではない。

『それよりその姿はなんだ！　一体どうしたというのだ！』

ヤマトに指摘されて、ホンシュワンは困ったように後ろを見て、パタパタと動いている金色の羽を見た。大きさはホンシュワンの体に比例しているが、どう見ても竜の羽だ。なぜ自分の背中に竜の羽が生えているのか分からない。

「屋根から落ちそうになったんです……いえ、まあ、落ちました。もうダメだって思ったら、こうなっていたんです。私にも何がなんだか……」

ホンシュワンは当惑していた。

「シンシンがやったんだと思うんですけど……シンシンもなんか興奮状態で、自分がどうなっているか分からないみたいです」

ホンシュワンはさっきから何度も、シンシンにどういうことなのか尋ねているのだが、酷く混乱しているようで明確な返事は貰えていない。

「あ、でもこのことは父上には、黙っていてもらえま……せんよね？」

ホンシュワンが、ヤマトにお願いしようとしたのだが、言っている途中でヤマトの表情から無理そうだなと気づいた。とても怖い顔をしている。愛想笑いをして誤魔化《ごまか》したが、誤魔化しきれそうにない。

『とにかく中に入ってきなさい』

「はい」

叱られると思って、ホンシュワンはしょんぼりとしながら、パタパタと飛んで部屋の中に入った。

「ホンシュワンは無事か！」

そこへラオワンが駆け込んできた。

「父上！」

「ホンシュ……はぁっ!?」

飛び込んできたラオワンの目に、背中から羽の生えたホンシュワンが、宙を飛んでいる姿が映る。一体どういうことだ!?　と思考が付いていかない。混乱して口をパクパクとさせながら、ホンシュワンを指さしていたが、背後で兵士達がバタバタと駆けてくる足音が聞こえたので、咄嗟に振り返って階段を覗き込むと「そなたらはそこで待機だ！」と叫んで、扉をバタンと勢いよく閉めた。

ラオワンは、ホンシュワンと別れた後、一旦執務室へ戻っていた。ホンシュワンに何があったのかを聞き出すために、ジェンダを呼び出した。ジェンダから事情を聞いて、なんとも微笑ましい話だと、二人で談笑して特に問題ないと判断した。

子供の喧嘩だ。いちいち大人が口を出すことではない。この件に関して、弟のカイアンに、バイレンに余計なことを言わないように、釘を刺した方が良いだろうか？　昼食をホンシュワンと一緒に食べて、立ち直ったかどうかの様子を見て考えようと思った。

王の私室へ向かっている途中で、ヤマトが酷く慌てた様子で『ホンシュワンが大変だ！』と叫んだ声が頭に響いた。屋根から落ちたか!?　と咄嗟に思ったラオワンは、反射的に中央塔に向かって全速力で走りだした。身体強化をして走るラオワンは、凄まじく早い。護衛の兵士達は追いつけるはずもなく、引き離されてしまった。

そして今、塔の最上階で、ラオワンは混乱して立ち尽くしている。

ホンシュワンは、いたたまれない顔をして、ゆっくりと下へ降りてきた。足が床に着いたと同時に、背中の羽が光の粒子になって、パアッと光りながら霧散するように消えてしまった。その様子を言葉もなくみつめていたヤマトとラオワンは、目を剝《む》いてさらに驚いている。

ホンシュワンは後ろを見たり、手で背中の辺りを探ったりして、羽の有無を確認していた。

ラオワンは喉を鳴らして、勢いよく息を吸い込んだ。驚きのあまり息をするのを忘れていたのだ。

何度か目を瞬いて、右手で目を擦って、頬をペチリと叩いて、自分が夢を見ていないことを確認する。

『今のは何だ』

思念でヤマトに問いかけた。

ヤマトも驚いているようで、声に焦りを感じる。

『私にも分からん』

「父上……あの……驚かせて申し訳ありませんでした。うっかり体勢を崩して、屋根から落ちてしまったんです。でもこの通り無事ですのでご安心ください」

ホンシュワンのいつもと変わらぬ穏やかな口ぶりに、ラオワンはどこから突っ込んでいいのか分からなくて、感情がおかしくなっていた。

屋根から落ちた？　あの羽は何だ？　全然安心なんて出来ない！　声にならなくて、ただ口をパクパクさせてしまっていることに途中で気がついて、一度落ち着こうと大きく深呼吸をした。吐き出す息と共に、魂までが出てしまいそうな気分だ。酷く脱力してしまい、その場にどさりと座り込んでしまった。

「ち、父上!?　大丈夫ですか!?」

ラオワンは胡坐《あぐら》をかきながら、大きな溜息をついた。無言でホンシュワンを手招きする。ホンシュワンは、少し躊躇したが、ちらりと見たヤマトが怖い顔で、行くように目配せをするので、のろのろと歩いてラオワンの下へ向かった。正面に立つと、座るように手で示されたので、ホンシュワンもその場に腰を下ろして胡坐をかいた。

怒られるのだろうと覚悟して、姿勢を正した。

「ホンシュワン……とりあえずひとつずつ解決していこう……君は屋根から落ちたと言ったが、どうしてそうなった?」

「中に入ろうと立ち上がった時に、服の裾が屋根のどこかに引っかかったらしくて、気づかずに勢いよく立ち上がったら、引っ張られる形で体勢を崩しました。後ろ向きに体勢を崩したので、自分ではどうすることも出来ないまま、宙に投げ出されて落下しました。落下したのはたぶん本当に一瞬だったと思います。気がついたら宙に浮いていて、背中に羽が生えていて……」

「待て、そこはまだいい……じゃあ、屋根から落ちたのは事故だと……だが君の注意不足もあった。そうだな?」

「はい、もっと慎重になるべきでした」

ホンシュワンが深く反省をして項垂《うなだ》れる。命の危険にさらされたのだ。不注意で済まされる問題ではない。

「まあ、あの場所を教えた私の責任もある。もうあの場所へ行くのは禁止にしないといけないな」

厳しい表情でラオワンに叱られて、ホンシュワンは一瞬「ええ!?」と抗議しかけたが、声に出す前にすぐに反省した。ラオワンはまた溜息をついた。

「次に……その……背中に生えていた羽の件だが……あれは君の半身の羽だと思っていいんだね?」

「そうです」

「背中を見せてごらん」

言われるままに、ホンシュワンは背中をラオワンの方に向けた。当然ながら羽はないのだが、服が破れているわけでもない。消える時に光の粒子に変わって霧散して見えたので。物理的に生えたわけではないのか? 首を傾げる。元の体勢に戻るように促して、再びホンシュワンはラオワンと向き合った。

「以前から飛んでいたのか?」

「まさか……今回が初めてです。私もなぜ羽が生えたのか分からなくて……シンシンも分からないようです」

「分からない? 君の半身がしたことだろう?」

「えっと……とっさに魔力で私を覆って、なんとか守ろうと考えたらしくて、守りたい、助けたい、の一心で魔力を放出したら、あんなことになった……と言っています」

ホンシュワンは心の中でシンシンに事情聴取をして、聞いた言葉を通訳した。ラオワンは額を押さえて、苦悩の表情で考え込んでいる。あまりにも規格外で、考えが追いつかない。

「もう一度出来るか？　今ここで」

額を押さえて俯いたままラオワンが尋ねると、ホンシュワンはシンシンに呼びかけた。

『父上があぁ言っているけど出来る？』

『……今……やってみているけど……無理みたいだ』

「今は無理のようです」

ホンシュワンの返事で、その場が静かになった。誰も口を開かないので、なんとも重い空気の中、沈黙が流れた。ラオワンはずっと額を押さえて俯いたままだ。一生懸命に頭の中で事態を整理しているのだろう。ヤマトは静観している。ホンシュワンは、ラオワンの次の言動を気にしながら、姿勢を正して待っていた。

ラオワンは何度目か分からない溜息をついて、やれやれと首を振りながら顔を上げた。

「ホンシュワン、君の半身は実体のないまま君の中にいると言った。そして会話が出来て意思の疎通が図れる。夢の中では会えるとも言ったね。そして君と共に、半身も君の中で成長していると……今回、半身自身が意図してやったことではないにしても、実際に君の背中から『実体』としての羽が現れた。これはつまり君の半身が実体として姿を現すことが出来る可能性があると……その証明になったのではないかな？」

ラオワンは落ち着きを取り戻して、静かな口調で語った。それは決してホンシュワンを責めるような声音ではなく、優しく語りかけるものだった。

ホンシュワンが目を見開いて固まっている。ホンシュワンもまたその言葉の意味をきちんと受け止めて、心の中でシンシンと共有しているようだ。シンシンが喜びに震え、それに共感するようにホンシュワンの表情もみるみる明るくなっていく。頬が上気して、見開いた目がキラキラと輝きだしていた。

「いつかシンシンも、ヤマト様のようにここに……この世界に実体として姿を現すことが出来るのですね!?」

「いや、これはあくまでも推論だ。だけど羽を出せたんだ。他も出せるだろう……たぶん……それは今後の課題だな。どういう条件で羽を出せるのかが分からなければ、他のこともまだ難しいだろう。シンシンとよく話し合いなさい……ただし、無茶をして無理矢理なんとかしようなどと思うな。二度と危険なことはしないと誓いなさい。ホンシュワン、君がどういう立場なのかは分かっているね？次の竜王として、この国を守らなければならない。竜族の存亡は君に懸かっているんだからね？」

ラオワンは再び厳しい口調で説教をした。ホンシュワンは身を小さくして神妙な面持ちで聞いている。

「分かりました。二度とこのようなことはしません。絶対に……絶対に無茶はしません。本当に申し訳ありませんでした」

「本当に分かっているよね？」

「はい、あの瞬間、私は『死』を感じました。本当に怖かった。二度としません」

心から反省しているようなので、ラオワンは今回一番の盛大な溜息をついた。

「それで……君が落ち込んでいた件はもういいのかい？」

「あ、はい……もう一度きちんと向き合いたいと思います」

「そうか……さて、昼食が遅くなってしまったな……私室に戻ろう。あ、今回のことはリューセーには秘密だ」

「え？　秘密にしてくださるのですか？」

ホンシュワンは少しだけ嬉しそうな顔をした。この上母からまで叱られてはたまらないと思っていたからだ。そんなホンシュワンを見て、ラオワンは顔を顰めて苦笑した。

「お前が屋根から落ちて死にかけたなんて言えるわけがないだろう……羽の件はもう少し色々なことが分かってから、リューセーにも教えるつもりだけど……」

ラオワンは立ち上がりながら説明をして、同じように立ち上がったホンシュワンの背中をバンッと強く叩いた。

「しっかりしてくれよ！　私の世継ぎなんだから」

「はい、父上」

「ヤマト、心配をかけてすまなかったな」

ラオワンがヤマトに向かって手を振りながら声をかける。ホンシュワンも深々と頭を下げた。ヤマトは溜息をつきながらグルルッと鳴いた。

『無茶をしがちなのは、遺伝か？　まったくよく似た親子だ』

ヤマトの呆れたような呟きに、ラオワンとホンシュワンは顔を見合わせて、ようやく笑顔に戻った。


余談だが、その日の夜にカイアンがバイレンを引きずって、王の私室へ面会を求めに来た。バイレンは右頬を赤く腫《は》らしていたが、その表情や態度には、いじけた様子はなく、真剣な表情でホンシュワンに深く謝罪をした。謝罪の内容は、不敬な態度を取ったことへのものだけではなく、ホンシュワンの話を聞こうとしなかったことへの謝罪でもあり、ホンシュワンはその謝罪を喜んで受け入れて仲直りをした。

改めて後日二人だけで話をすると約束をして、その夜は良い雰囲気で別れた。友達になれそうだとホンシュワンは喜んだ。

ちなみにバイレンの右頬は、父のカイアンがやったものではなく、叔父のメイジャンの仕業《しわざ》だった。剣術の個人稽古をしてもらっているメイジャンに、バイレンが不貞腐れながら事情を語ったため、怒ったメイジャンがバイレンをボコボコにしようとしたのだ。駆けつけたカイアンとジェンダが必死に止めたので、大事には至らなかった。だが腫れているのは右頬だけではなく、見えない場所もあちこち痣《あざ》が出来ているらしい。


ラオワンは、ヤマトに乗って西の大渓谷を越えていた。目指す先には、頂《いただき》に雪をかぶった険しい山脈が連なっている。

エルマーン王国から北西に位置する魔導師の里ヴァルネリを目指していた。ヴァルネリは隠れ里なので、場所を知る者は少ない。入口も分かりにくいのだが、ラオワンもヤマトも一度行ったことがあるので、迷うことなく辿り着くことが出来た。

前回と同じように、鉄の門の前でヤマトを降りてしばらく待つことにした。

「以前来た時から百年以上経っているから、長のサリファル様はいらっしゃらないかもしれないね」

ラオワンは独り言のように呟いた。魔導師達は人間よりも長命らしいが、それでも二百年から三百年程度だという。あれからヴァルネリにもまた変化はあったのだろうか？　人口は増えているのだろうか？　などと考えている間に、鉄の門がゆっくりと開いて、黒いフード付きのローブを着た男性が、ランプを片手に現れた。

彼は丁寧にお辞儀をして「どうぞ中にお入りください」と、ラオワンを招き入れた。

ヤマトを残してラオワンは中に入っていく。中は何も変わっていなかった。以前と同じように奥まで案内されて、広間で待つように言われた。高い天井のある円形の広間には、一段高いところに玉座がある。

以前来た時には、そこに長のサリファルが座っていて、ラオワンを出迎えてくれた。しかし今日は誰もいない。

ラオワンは、辺りをぐるりと見回して、本当に綺麗な部屋だなと、天井画などを眺めていた。それほど待つこともなく奥の扉が開いて、二人の人物が現れた。杖を突いた老人と三十代くらいの男性だ。

老人の顔を見てラオワンはハッとした。茶色だった髪は真っ白に変わり、顔はしわが深く刻まれて風貌が変わってはいるが、サリファルに他ならなかった。

「サリファル様……ご健在でなによりです。お久しぶりでございます。エルマーン王国のラオワンです」

ラオワンは頭を下げながら挨拶の言葉を述べた。

「ラオワン王、ようこそおいでくださった。再会出来ましたことを嬉しく思います」

サリファルは、弱々しい声で挨拶に応えた。

「ラオワン王、ご挨拶をさせていただきます。私はヴァルネリの長ナブ・エスタシオと申します。ラオワン王のことは、こちらの前長サリファルより伺っております。どうぞよろしくお願いいたします」

若い方の男性は、サリファルの付き人かと思ったら、現在の長だったので少しばかり驚いた。だが表情には出さずに微笑みを返して頷いた。

「代替わりされていたとは存じ上げず失礼をいたしました。こちらこそよろしくお願いいたします」

二人の挨拶を見守っていたサリファルは安心したように何度も頷いている。

「実はもう隠居して、奥で静かに余生を送っておりましたが、ラオワン王が再びいらしたと聞き、どうしてもご挨拶を申し上げたく、このように見苦しい姿をお見せしてしまい申し訳ない限りです」

「そうでしたか。私もサリファル様がまだ長としていらっしゃるかどうか、気にしていたところでした。お変わりないご様子で安堵いたしました」

ラオワンの言葉を聞いて、サリファルは思わず笑った。

「お変わりないとは、少し世辞が過ぎますよ。この通りすっかり老いぼれてしまいました。いつ死んでも悔いはありませんが、こうして懐かしい方に再会いたしますと、長く生きるのも悪くないと思えます」

ラオワンは同意するように頷き返した。

「それでは私はこれで失礼いたします。あとは長とお話しください」

「はい、ありがとうございます。サリファル様、どうぞお元気で長生きなさってください」

満足したように別れの言葉を述べて、去ろうとするサリファルに、ラオワンは今一度声をかけた。

そのかけられた言葉に、サリファルは無言で微笑んで会釈をすると、ゆっくりとした足取りで、杖を突きながら広間を後にした。

「さて、ラオワン王、来訪された用件について改めてお話をお聞きしたいと思いますが、少しばかり込み入ったお話のようですから、場所を変えてゆっくり伺いたいと思います。いかがですか？」

「はい、そうしていただけるとありがたいです」

「では参りましょう。こちらへ」

エスタシオは、和《なご》やかな表情でラオワンを案内するように歩き出した。サリファルが去った方とは別の扉に向かって歩く。

「失礼ですが、サリファル様とは血縁関係でいらっしゃいますか？」

歩きながらラオワンが話しかけたので、エスタシオは歩みはそのままで問いかけに答える。

「いいえ、私共は血縁での長の継承はしておりません。長にふさわしい実力のある者が継承いたします」

「それではエスタシオ様が、一番実力があるのですね。お若いのに素晴らしいです」

ラオワンが褒め称えると、エスタシオは微笑み返して扉を開いた。先にラオワンを通してから後に続く。扉を閉めるとそこから続く長い廊下を歩きはじめた。

「自分で実力があるなどと言うのは、おこがましい限りですが……試験に合格して勝ち取った地位なので、堂々と口に出しております」

エスタシオはそう言って笑いながら、一室へラオワンを通した。そこはソファとテーブルのある客間だった。六人ほどが座れる一対のソファ以外に椅子はなく、他には家具もないとてもシンプルな部屋だ。

だが奥の壁には一面に、絵画のような風景が見事に織り込まれた大きな絨毯《じゅうたん》が飾られており、床に敷かれた絨毯もとても上質なもので、その部屋が賓客を迎えるための客間だと分かる。

ソファを勧められたので腰を下ろすと、エスタシオも向かいのソファに座った。そのタイミングで、白いローブを着た男性がお茶を運んでくる。

テーブルの上にお茶と菓子が並んで、男性が去ったところでようやく落ち着いて話が出来るという雰囲気になった。

「試験ですか？　長になるための試験があるのですか？」

ラオワンは先ほどからの驚きのままにその話に食いついた。エスタシオは先に菓子をひとつ摘《つま》み、お茶も飲んで、毒がないことを示してから、笑顔で頷いた。

「私は特に長になりたかったわけではないのですが、魔導師としては魔法の腕を磨き極めたいという願望があります。より魔法の高みを目指していくと、結果的に長になってしまうのです」

「なるほど……実力主義なのですね。それならばなおさらに、その若さで長になるほど、魔法に長《た》けていらっしゃるとは素晴らしいです」

エスタシオは微笑みながら、遠い記憶を思い出すように静かに語りはじめた。

「……私は北東の小さな漁村に生まれました。四人兄弟の末っ子で、生まれつき体が弱くて、いつも熱を出しては死にかけていました。父は漁師で貧しかったので、医者にかかることも出来ずこのまま大人になれずに死ぬのだろうと、私も家族も思っていたのですが……ある日、黒いローブを着た『魔導師』と名乗る男達が現れて、私の病を瞬時に治してくれたのです。そして『この子はとてもたくさんの魔力を持っている。普通の人間として生きるならば、魔力に体を食われて死んでしまうだろう。我々と共に魔導師になれば長く生きられる』と言って、私をヴァルネリに連れてきてくれたのです。おかげでこうして大人になることが出来ました」

その話にラオワンは少しばかり驚いたが、以前サリファルから聞いていた話を思い出した。世界中にいる魔導師の素質のある者を探して、勧誘していると。引き継ぐべきは血筋ではなく魔法であることに気づき、滅びかけていたヴァルネリは、新しい人々を迎え入れることで、再び民を増やしていると言っていた。

「以前来た時は、二百人ほどの民がいると伺いましたが、あれから増えているのですか？」

「はい、現在は五百人ほどに増えています」

「増えましたね！」

「はい、増えました」

ラオワンは純粋に驚き、エスタシオは自信に満ちた顔で頷いた。そして一度頭を下げる。

「すべてはシィンワン王のおかげだと伺っております。滅びの道を甘受《かんじゅ》していた我々が、こうして再び繁栄の道へ一歩ずつですが、進んでいるのですから、感謝しかありません」

「祖父がこちらに初めて来た頃は六十人くらいしかいらっしゃらなかったと聞いています。そこからこれだけ人数を増やすのは、大変な努力が必要だったのでしょう」

同じく滅びかけた過去のある竜族としては、他人事ではない。エスタシオは微笑みながら首を振った。

「六十人しかいなかったからこそ、大きく変わることが出来たのです。きっかけさえあれば……新しく変わりたいと本気で望む者さえいれば、反対する者など僅かな数です。そして古い考えに凝《こ》り固まっているのは、年老いて死を待つばかりの者たちですから……。私のように他所《よそ》から勧誘されてきた者以外にも、今ではここで結婚し、子供も生まれています。かつては生まれつき魔力が少ない者は、落ちこぼれと言われて肩身の狭い思いをしていました。ですが今は、魔力の少ない者にも重要な役割を与えています。それでも魔導師として役立てないことで、肩身の狭い思いをする者達には、外の世界で普通の人間として生きる道も用意しています。外から来た者が多いので、外で暮らす生き方を教えることが出来るのです」

「それはずいぶん前向きな考え方になっているのですね」

「はい、エルマーン王国を見習っております」

二人は顔を見合わせて笑い合った。

「ここを訪れる客など滅多《めった》にいませんから、こうして会話を楽しみたいところですが、貴方も急用があって参られたのでしょう。あまりお時間を取らせるわけにはまいりませんね。本題に入りましょう。私に手助け出来ることでしたら何なりとおっしゃってください」

すっと空気が変わった。穏やかな笑みを湛えつつ、真面目な眼差しを向けてくるエスタシオに、ラオワンは姿勢を正して会釈をした。

「ありがとうございます。実はお知恵をお借りしたいと思って参りました」

ラオワンはそう言いながら懐から一枚の羊皮紙を取り出した。丸めている羊皮紙を縛っている革ひもを解いて広げると、茶器を横にどけてから空いた場所に広げてみせた。

「魔法陣ですね……これは美しい……」

エスタシオは、羊皮紙に描かれている美しい幾何学模様の円陣をみつめて呟いた。

「これは初代竜王ホンロンワンが描いた魔法陣です。ある場所に設置していたのですが、訳あってその場所が崩壊し、魔法陣も壊れてしまいました。私がそれを暗記して紙に写して修復を試みたのですが、どうしても分からない部分が何ヶ所かありまして……」

ラオワンは、魔法陣を指しながら、壊れて欠損していた部分を教えて、自分が書き直した場所と分からないままの場所を説明した。

エスタシオは真剣な顔で話を聞き、どのような機能を求めているかなどについての質問をしてきた。そして懐から小さな紙の束を取り出し、そこに数字や記号をサラサラと書き込んでいく。

二人は意見を交わし合い、欠損した部分を少しずつ構築していった。

「で……出来た！　すごい……むしろ前よりも改良されてる！」

「いくつか省略出来る部分がありましたので、それを減らした分、強化出来る部分もありましたから……ですが元の魔法陣がかなり洗練されて美しいものでした。さすが神に愛されたという伝説の竜ホンロンワン様ですね」

エスタシオが、ほうっと感嘆の息を吐きながら、完成した魔法陣をみつめて称賛した。

「エスタシオ様のおかげで、未来を繋ぐことが出来るかもしれません。ありがとうございます」

ラオワンは深々と頭を下げた。

「いいえ、私も久しぶりに心が躍りました。このような頼み事ならばいつでも歓迎いたします」

ラオワンは、本当に嬉しそうなエスタシオを見ながら、既視感を覚えるのはなぜだろうと考えた。

すると脳裏に瞳を輝かせて研究にいそしむ龍聖の姿が浮かんできた。

ラオワンは礼を述べて、エルマーン王国に帰っていった。

# 第4章

エルマーン王国王城の最上階にある王の私室は、とても静かで寂しいものだった。ホンシュワンが、成人を迎えて、北の城で眠りについてしまったからだ。寂しい理由はそれだけではない。第二王子のカリエンも、成人を機にリムノス王国の学園都市に二年間の留学に行ってしまった。

ラオワンと龍聖の四人いた子供達のうち二人がいなくなってしまい。大人しい下の二人が残ったので、寂しく感じるのも仕方のないことだった。

第三王子のシュウリンは六十八歳（外見年齢十四歳）、末の姫のファイファは五十六歳（外見年齢十一歳）になる。

シュウリンは社交が許されるようになり、剣術の稽古が始まったのだが、剣術は苦手だと言ってさぼってばかりいる。いつも図書館に通っていて、龍聖の影響もあってか研究がしたいと言い出した。

それに対して龍聖は、毎日剣術の稽古に出るか、剣術が嫌なら中庭を十周走るように命じた。それが出来なければ、研究の見学にも来てはいけないと、厳しく言われたので、今は仕方なく毎日走っていた。

「研究には体力が必須！　体力がない者には、良い研究なんて出来ないよ！」と、龍聖がシュウリンを厳しく鍛えているのを見た若い医師や学士が、同じように中庭を走りはじめたのは意外な成果だった。

その甲斐《かい》もあってか、医局で龍聖が共に進めていた研究の成果が上がったのだ。ずいぶん長い時間を要した研究だった。その資料を握り締めて、龍聖が意気揚々と報告のために王の執務室を訪れた。

「ラオワン、今少しだけ時間を貰ってもいいですか？」

執務室にはションシアと、ションシアの息子で、宰相見習いのカーミルがいた。ションシアとカーミルが顔を見合わせて頷き合う。

「陛下、それでは私達はヨウレンとの打ち合わせに行ってまいります」

「ああ、頼むよ」

二人が龍聖を気遣って退室しようとするので、龍聖は少しばかり申し訳なさそうに二人を見た。

「少し仕事の話をするだけだから、別に二人ともここにいても良いんですけど……」

「いえ、元々打ち合わせの予定があったので、ほんの少しだけ早めに行くだけです。資料の準備もありますから、早くて困ることもありません。リューセー様はお気になさらずに、陛下とお話をなさってください」

「ラオワンはその打ち合わせには行かなくて良いの？」

「ああ、私はこの山のような書簡をひたすら片付けるだけだ。話の後にリューセーが手伝ってくれるというのならば、とても嬉しいのだけどね」

「ああ、もちろん手伝うよ！」

龍聖が笑顔で承諾したので、ラオワンはとても嬉しそうに安堵の息を漏らした。ションシアとカーミルが笑っている。

「陛下良かったですね」

「ああ、救世主だよ」

ラオワンはそう言って大きく背伸びをした。二人が執務室を退室するのを見送って、龍聖は応接セットのソファに腰を下ろすと、テーブルの上に抱えていた資料を置いた。

ラオワンも移動してきて、テーブルの上に置かれた資料をチラリと見た後、龍聖の嬉しそうな顔を見て、何か研究成果が出たのかな？　と見当を付けた。これからいつものように、ちょっと早口になってしまう龍聖の説明を聞かなければならない。

『またかわいい顔が見れるな』

ラオワンは、どんなに話が長くなっても、まったく面倒などとは思うことがない。今日も龍聖の話を楽しみに、向かい側に座った。

侍従がお茶の用意をして持ってくる。龍聖が菓子はいらないと言ったので、茶器だけを置いて下がっていった。

「さて、何が分かったんだい？」

ラオワンが話を促した。すると龍聖が、とても嬉しそうにニッコリと笑う。

「以前から言ってた【卵を持たずに生まれたシーフォン】についての研究だよ。結論が出たんだ。推論ではなく、ちゃんとした実験を基にした結果が出たんだ」

自信を持って言った龍聖に対して、ラオワンは想像以上に驚いていた。以前からその件について、龍聖が調べていることは、その都度《つど》聞いていたので知っていた。だが明確な結果は出ないだろうと思っていた。

「待ってくれ……なぜ推論ではなく、実験を基にした結果が出るんだい？　実験って何をしたんだ？」

「もちろん被験者を募ったんだよ」

「被験者!?」

龍聖は頷きながら、テーブルの上に該当の資料を広げていく。そこには膨大な量のデータが書き込まれているのだが、ラオワンにはその数字を見ただけでは、何のことだか分からない。

「これは？」

「被験者達のデータ……つまり被験者のあらゆる情報や観察、事実を数値化したものなどをまとめた資料だよ。これを基に【証明】を突き詰めていったんだ。私がこの研究を始めたきっかけは、ホンシュワンのために、もっとシーフォンの生態を分析したいと思ったことなんだ。私が個人的に興味があるというのも確かにあるんだけど……不思議じゃない？　シーフォンという種族って……竜の体はともかく、人間の体の方は生物学的にどういうものなんだろうって……」

龍聖から『不思議』と言われて、ラオワンは頷くことは出来なかったが、この世界の人間達からもそう思われていることは承知しているので、やはりそういうものなのだろうか？　と思った。

「それで調べたら、医局の方でも実はかなり前から調べていたみたいなんだ」

「医局が？」

「うん、これだけの資料を揃えることが出来たのも、すべては過去の医局の人達のおかげでもある」

そう言われてラオワンは置かれている資料を手に取ってみた。細かいところはよく分からないのだが、よくよく目を通すと、被験者は、七代目竜王ジュンワンの時代からいることに気づいた。

「これは……どういう……」

ラオワンが困惑しているので、龍聖は丁寧に説明を始めた。

「シーフォンの男性で、アルピンとの間に生まれたわけではなく、両親共にシーフォンであるにもかかわらず、卵を持たずに生まれてきた最初の一人は、七代目竜王ジュンワンの時代にいた。ジュンワン王の時代に三人生まれて、ランワン王の時代に二人、フェイワン王の時代が最も多くて四十六人、シィンワン王の時代が三十二人、レイワン王の時代が六人という感じ。ランワン王の時に少なくて、フェイワン王の時に多いのは、ランワン王の治世が僅か九十三年と短く、また暗黒期と呼ばれるほど荒れていて、出生数がそもそもかなり少ないんだ。フェイワン王の時代はその反動もあってか、繁栄に伴い全体の出生数が多いので、卵を持たない人も多く生まれてる。シィンワン王の時代も同じで……、そしてレイワン王の時代に突然数が減少して、私達の治世では、一人も生まれてないんだ」

説明を聞きながら資料を見ていたラオワンは、驚きのあまり目を見張った。顔を上げて龍聖と目が合うと、龍聖はコクリと頷いた。

「結論から言うと、両親の魔力量が関係している。つまり両親が下位のシーフォンで、さらに魔力量が一定数よりも低いと、卵を持たない子が生まれる確率が格段に上がる。これは卵を持っているかどうかだけで判断しがちだけど、女性も同じなんだ。女性は最初から卵を持たないので、表立って目立たないけど、同じような因子を持つ女性シーフォンもいるんだよね」

「卵を持たない男性シーフォンと同じという意味かい？」

「うん」

「そんなことが……」

「それはレイワン王の時代に数が減り、私達の時代で生まれていないことからも、証明することが出来るんだ。先代のリューセーが行った【恋愛大革命】によって、本人達の気持ちを重視した自由恋愛を推奨し、それまで長いこと続けられてきた『血の力が同等の家同士で結婚相手を決める』という許婚制度をやめたことで、魔力の弱い者同士の婚姻という悪手がなくなったのが、改善の原因だと思うんだ」

ラオワンはしばらく固まっていたが、額に手を当てて溜息をついた。

「母上の【恋愛大革命】は、そもそも出生率を上げるために、夫婦の相性を考え直した方が良いと言って始めた改革だったはずだ。それが結果的にそんなことになるなんて……それはつまり、魔力の平均値が上がっているということだよね？」

手元の資料を改めて見ながら、視線が魔力量の欄を追っていた。過去の情報では、具体的な魔力量は不明となっているが、血筋による格の上下が代わりに記されている。

「医局ではヨンワン王の時代に、暫定的《ざんてい》なものではあるけど、魔力の大きさを測る装置が発明されているんだ。宝玉を使った装置で、ある一定の魔力を注ぐことで、魔力量を大まかに測るものなんだ。大中小みたいな、本当に大まかな物なんだけど、ロンワン、上位、中位、下位と分けてあって、たとえば上位用の装置に、上位のシーフォンが魔力を流して、規定の量に達すると色が変わるんだけど、その色が変わるまでの時間とかで、大まかな魔力量が分かるという仕組みなんだ。だからその資料の魔力量の欄に格の上下が記されているのは、それで測った結果なんだ。上位の人達にはそれほど変化はないんだけど、中位の人達はかなり結果が違っていたみたいだね。中位の血筋なのに下位の魔力しかないとか……」

「そうだったのか……」

当時の竜王達が、医局でそのような研究がされていたことを、知っていたかどうかは不明だった。だがラオワンの母である十一代目龍聖が、まさかそんな貢献をしていたなんて、驚いてしまった。

「母上は、知らずにすごいことをしていたんだね」

「うん、でも理屈は分からなくても、やろうと思ったひらめきは、かなり的を射《い》ていると思うよ。下位のシーフォンが結婚出来ない問題にしても、魔力を底上げしてあげたら良いって言って、ラオワンの兄弟達に率先して、下位の女性と結婚するように勧めていたんでしょ？」

ラオワンは資料をテーブルの上に置いた。そして「う〜ん」と言いながら考える。確かに弟達の妻は、ほとんどが下位から中位の者ばかりだ。でも仲良くやっているようなので、血筋の格と相性は別なのだろうと思った。

「私は眠っていたから、弟達の結婚事情は分からないけど……以前ちょっと聞いた話では、母上は別に下位のシーフォンと結婚しなさいと、無理に勧めたわけではなくて、結婚相手は相性で選びなさい。血の力は関係ないから、とにかく会って、話をして、もしも一目惚れとかをしたら、相手が下位とか関係なく求婚しなさいとか……そんなことを言われたと言っていたな」

龍聖はその話を聞きながら、納得したように頷いている。

「その結果、他の上位のシーフォン達も、ロンワンがやっているから……と、血の力がどうこうっていう先入観がなくなって、血の力に関係なく婚姻を結んでいった。そして今や卵を持たないシーフォンは生まれなくなり、全体的に魔力量が上がっている！　すごい！　という結論なんだ」

卵を持たないシーフォンが、生まれなくなったことの原因が判明したことによって、今後同じことが起こらなくなる。それはシーフォンにとって、とても良い話ではないかと、ラオワンは感心してしまった。

自分の母が、そこに一役を買ったことは、なんとも嬉しい限りだ。

「ラオワン、話はこれで終わりじゃないんだ」

「え？」

それまで明るい雰囲気だったのだが、急に龍聖が真面目な顔に変わった。なんだかあまりよくない話のような気がして、ラオワンまで表情が硬くなる。

「これで終わりじゃないって……何か他に発見でもあったのかい？　なんか聞くのが怖いのだけど……」

ラオワンが探るように、少しだけ冗談めかして言ったのだが、龍聖の硬い表情は変わらなかった。

ラオワンはそのまま黙って龍聖の話を聞くことにした。

龍聖は、どこか迷っているようにも見えた。話すべきかどうか、言葉を選んでいるようにも見える。

「今回の件を研究するにあたり、さっきも言ったように、推測ではなく確実な事実として証明するために、これだけたくさんの人達の情報をひとつひとつ探って、統計を出したり、くわしく調べ直したりしたんだ。そして現在まだ存命中の卵を持っていない人達については、本人の了承を得て、身体的な部分についても細かく検査させてもらった。過去の資料にある卵を持たない人達についても、資料を色々な角度から調べ直した。それで分かったことなんだけど……まず魔力量がかなり少ないんだ。どれくらい少ないかと言うと、同じ下位の魔力の少ないシーフォンと比較しても、半身を持つ人の半分か、半分より僅かに多いくらい……おそらく卵を持ってない人は、魔力が少なすぎて半身を作ることが出来なかったシーフォンではないかと思うんだ」

「魔力が少なすぎるせいで、半身がいないと言うのか？」

ラオワンは、眉根を寄せて信じられないというように聞き返した。龍聖は強く頷く。

「そして卵を持たないシーフォンは、ジンシェを食べなくても良いんだ。体が弱まることはない。一生、食べなくても平気なんだよ」

「一生？　え……だってシーフォンはジンシェを食べないと衰弱してしまうんじゃないのか？」

「ラオワン、そもそもジンシェって何だと思う？」

「え？」

それは考えてもみなかったことだった。ジンシェが何なのか……神から天罰でこの体にされた時に、一緒に与えられた果実だ。一日一個を食べなければならない。食べないと衰弱していくのだ。人と竜に体を分けられて、竜の体の方は食べ物を摂取出来なくなってしまった。人間の体の方でしか、食べ物を摂取出来なくなったため、それではふたつの体を維持することが出来ない。竜の体を維持するための補助食だと言われてきた。

「ジンシェは……魔力の実じゃないのか？」

ラオワンが不思議そうな顔で答えたが、龍聖は首を振った。

「大きな意味ではそうだけど、正しくは違うんだ」

違うと言われてラオワンは目を丸くした。ラオワン自身はジンシェを食べないので、体感的に食べるとどうなるのかは知らない。聞いたところによると、ジンシェを食べたら活力が湧くような感覚があるというので、みんなそれが『魔力の実』だと思っていた。

「ジンシェの実は、体内の魔力生成能力を活性化させるものなんだ」

「魔力生成能力？」

「そう、シーフォンは体内に魔力の核を持っているでしょ？　そこで魔力が生成されているんだけど、その生成能力を活性化させることによって、竜の体を維持するだけの魔力が作られるというわけなんだよ。ちなみにたくさん食べても、一個と効果は変わらないからね」

ラオワンは腕組みをして考え込んだ。龍聖がなぜわざわざジンシェの話をしたのか？　卵を持たないシーフォンに、ジンシェが必要ないのはなぜか？　そして気づいてハッと視線を向けた。

「半身の竜がいないからジンシェも必要ない。魔力が少ないと、その者の子供もまた魔力が少ないことになるので、たぶん……魔力が少ない者同士が結婚すれば、卵を持たない子が生まれる？」

「そうだよ。それともうひとつ重要な記録があるんだけど、フェイワン王が若体化して、シーフォン達が狂いかけていた頃、卵を持たない者は、なんの影響も受けなかったという記録が残っているんだ」

「なんだって!?」

それは衝撃の事実だった。もしもそれが本当だというのであれば……。ラオワンは顔色を変えた。

「ねえ、気づいた？　それってもう普通の人間と変わらないってことだよ。もちろん外見は、シーフォン特有の姿のままだし、長寿もそのままだ。だけどそれ以外は、普通の人間と変わらないんだよ。人間を殺せないとか肉を食べられないとかという罰はあると思うけど……」

二人はそのまま無言になった。ラオワンが深刻な表情で考え込んでいるので、龍聖も何も言えずに黙っていた。龍聖の中では、ひとつの結論が出ていた。それを言うべきかどうか迷っているのだ。

「リューセー……それが事実だとしたら、竜王が世継ぎもなく死んだとしても、卵を持たないシーフォンだけは、狂わずに生き残れるということじゃないのか？」

やはり説明しなくても、ここまでの情報があればラオワンも気づくか……と龍聖は思って眉根を寄せた。

「そうだよ。シーフォンの進化だ。神の試練をひとつ越えたことになると思う。だからもしもホンシュワンの下に龍聖が来なかったとしたら……卵を持たないシーフォンならば、竜王亡き後も生き永らえて、竜族が滅びることはなくなると思うんだ」

それはあまりにも悲劇的な話ではないかと思った。たった今、卵を持たないシーフォンが生まれなくなったと喜んだばかりだ。原因も明確になったから、今後はもう卵を持たないシーフォンが生まれることがないように出来ると話したばかりだ。それなのに、卵を持たないシーフォンは、神の試練を乗り越えた進化の形で、竜王がいなくなっても生き永らえることが出来るという。これ以上の悲劇があるだろうか？

だが今、ラオワンと龍聖にとっての最大の問題は、次の龍聖が来ないかもしれないというものだ。もしもそうなった時、ただ滅びを待つのではなく、何か少しでもシーフォンが存続するための方法はないか、二人で必死に模索している。

龍聖の研究は、これで実を結んだことになる。生きる道が見えたのだ。だがそれで本当に良いのか？　という疑問が湧いてしまう。これから下位のシーフォン達に、少しでも魔力の少ない者同士で婚姻して、卵を持たない子が生まれるようにしてくれと命じるのか？

「……生き残るためなら……絶滅を回避するためなら、なんでもすると思っていた。だが……これが本当に正しい道なのか……私には分からない」

ラオワンは苦悩の表情で呟いた。

「うん、私も……分からないよ」

龍聖も沈痛な面持ちで項垂れるのだった。

長い沈黙が続いた。どれほどの時間が過ぎたのかは分からない。だが吹っ切るように、ラオワンが大きく深呼吸をした。

「リューセー、ありがとう。これはとても良い研究成果だったと思う。結果はどうであれ、我々が知るべきものであることには変りない。医局の者達は、このことを知っているんだよね？」

「うん、でも口止めをしてある。皆もさすがに、誰にも話す気はないみたいだけど……」

「分かった。私からも箝口令《かんこうれい》を出すことにするよ」

ラオワンはそう言って、すっかり冷めてしまったお茶をひと口飲んだ。

「ところで……実は私からもリューセーに話すことがあったんだ」

「なに？」

「近いうちに異世界渡りをする。そしてこれが最後の異世界渡りだ」

龍聖は、一瞬眉根を寄せたが、すぐに気持ちを切り替えるように落ち着いた表情を取り戻すと「分かった」と言って頷いた。

ラオワンとヤマトは、日が暮れたばかりの薄闇の中にいた。地平線が朱と紫に混ざり合い、空には星が瞬きはじめている。月は三日月で、それほど地上を明るく照らしていなかった。

眼下を見ると真っ暗だ。そこに人々が暮らす明かりは見当たらない。

地球に未曾有の災厄が降りかかったあの日から、エルマーン王国では百二十年ほどの月日が流れていた。この世界では三十年か、四十年か、詳しくは分からないが、それなりの月日が流れたはずだ。

隕石衝突による氷河期の到来で、一時は星の半分近くが雪と氷で閉ざされ、一部の海が干上がるほどの事態に陥った。今ではほとんど元に戻っている。

大和の国は、滅亡してしまったのかと思うほどに酷いありさまだった。中央にふたつの大きな穴が空き、国の全土が焦土化した。いや、焦土といえるような次元ではない。塵《ちり》ひとつ残らないほどに、地上のすべてが破壊され焼き尽くされた。人間がそこで生きていた痕跡が、跡形もなく消えてしまったのだ。

エルマーン王国の世界も、かつて世界が滅亡しかけたことがあった。竜と人間の戦争。怒り狂った竜が、人間を、世界のすべてを、破壊し焼き尽くそうとした。しかしその一歩手前で、神が竜に天罰を下して、世界の滅亡を食い止めたのだ。

ラオワンは、初めて隕石衝突後の、この世界に来た時、この世界に神はいないのか？　と思った。

竜の所業よりも酷いのではないかと思ったからだ。だが隕石というのは、星屑のようなものだと龍聖から聞いて、これはむしろ神の裁きによって起こったことなのか？　とも思った。

この世界の神が天罰を与えたのは一体誰なのか？　人間なのか？　それは分からない。

ラオワンが母から聞いた話では、母の世界では一時期人間が自然破壊をしたため、人類滅亡の危機に直面したことがあったという。それは天罰だと言っていた。人類は反省して、壊してしまった自然を元に戻そうと努力した。

あの話が真実ならば、人間はすでに天罰を受けている。それでもなお許されなかったのだろうか？

『ラオワン、降りるのか？』

「ああ、本当はカナザワのあった場所が良いのだろうけれど、もう少し衝突の穴から離れた方が良いよね」

『そうだな』

ラオワン達は、金沢《かなざわ》市から西に三十キロメートルほど離れた場所に降りることにした。海岸線より少し内陸の山に近い場所だ。小松《こまつ》市のあったところにあたる。

日が暮れた頃合いにわざわざ来たのは、人の目を避けるためだ。この辺り一帯には、まったく人間の気配はないのだが、上空を飛んでいる時に、別の場所にいる人間に見つかることを避けたかった。

鳥の姿すらないこの世界で、空を飛ぶ……それも日の光を浴びて金色に光る竜は目立ってしまう。

竜族であるラオワン達の目は、暗闇でもよく見えるので、夜でも特に問題はなかった。

「以前の龍神池《りゅうじんいけ》も、山の中腹にあったから、今回もそのようにしよう。傾斜がある方が、水が流れて川を作るだろう。人間は川沿いに畑を作って生活をする。水は大事だからな」

ラオワンは、ヤマトに説明をしながら、ちょうどいい場所を探した。

それほど高くない山の中腹辺りに、少し平らになっている場所があった。以前の場所に似ていると思ったラオワンは、そこに場所を決めた。

「ここにしよう」

懐から羊皮紙を取り出した。ヴァルネリで、エスタシオと共に完成させた魔法陣が描かれている。

ラオワンは羊皮紙を広げると、そこに魔力を注ぎ込んだ。紙に描かれた魔法陣が青白い光の線となって浮かび上がる。ラオワンが紙から手を離しても、宙に浮かんだままだ。

ラオワンは慎重に魔力を注ぎ込み続けて、魔法陣を大きくしていく。やがて直径四メートルほどの大きさになった魔法陣は、さらに輝きを増していった。

ラオワンがゆっくり両手を下ろすと、魔法陣も下へ下がっていった。そして地面に触れた瞬間、カッと眩しい光の柱が空に向かって立ち上る。

光の柱は一瞬のことで、すぐに光は消えてなくなり、夜の闇と静寂が訪れた。

『出来たのか？』

「ああ、上手くいった」

ヤマトの問いかけに、ラオワンは安堵の息を漏らしながら、目の前に出来た大きな穴をみつめる。

光の柱が立った後には、大きな穴がポッカリと空いていた。まだ魔法陣の残滓《ざんし》が残っていて、穴の縁がぼんやりと光を帯びている。真黒い口を開けた穴に、しばらくして下から水が上がってきた。その水はみるみる縁までいっぱいになったかと思うと、溢れ出て流れはじめた。

渾々《こんこん》と絶え間なく湧き出る水が、新しい龍神池を作り、そこから溢れる水が、何もない乾いた大地を潤すように流れていく。

「守屋家の無事を祈ろう」

ラオワンは、龍神池をみつめながら呟いた。これがラオワンに出来る精いっぱいだった。

ホンシュワンが眠りにつく前に、五度目の異世界渡りをした。だがやはり守屋家の人々を見つけることが出来なかった。眠りにつくホンシュワンに、そのことを告げて、目覚めるまでに必ず見つけると約束をした。

だが今回の六度目が、最後の異世界渡りだ。ホンシュワンに約束しておきながら、本当はあと一回しか来ることが出来ないと分かっていた。そして、その一回で、約束を果たすことは難しいということも分かっていた。

宇宙から戻ってきてくれていれば……僅かな期待はあったが、残念ながら戻ってきている気配はない。

今回が最後であるからと、大和の国だけではなく、他の大陸まで飛んで探した。時間の許す限り、魔力の許す限り……それでも見つけることは出来なかったのだ。

『ラオワン、戻ろう』

ヤマトが声をかける。諦めろと言っている。

「ああ、そうだな。もう私に出来ることはない。でも……ホンシュワンは、何ひとつ諦めていなかった。だからあの子にすべてを託そう」

『ああ、ホンシュワンなら大丈夫だ』

ヤマトの言葉に後押しされて、ラオワンは元の世界に戻る決断をした。

出来たばかりの龍神池に魔力を通して扉を開く。ラオワンとヤマトの姿は、光の中に消えていった。

# 第5章

カリエンは、執務室で書類の山の処理に忙殺されていた。

同じ部屋で、従兄弟のカラージュが手伝いをしてくれている。カラージュは外務大臣だ。恥ずかしがり屋だったカラージュが、外交をするなど誰が想像しただろうか？

同じく弟のシュウリンも、書類仕事の手伝いをしている。シュウリンは内務大臣をしていたが、早々に引退して研究がしたいというのが、目下の目標だった。

「兄上が即位して、国政が安定したら引退する」と口癖のように言っていた。

誰も話すことなく、黙々と書類にサインを記入して、処理をしている。ペンを走らせる音だけが、部屋の中で聞こえていた。

「ああ……ちょっと休憩しよう」

堪らずカリエンが、そう宣言した。それと同時に二人も「ああ……」とうめくような声を上げて、机に突っ伏してしまった。

なぜこんなに忙しいのかと、皆がぼやきたい衝動に駆られていた。

彼らの父、ラオワン王は、とても社交に長けていた。外交も精力的に自ら進んでこなしていた。友好国も多い。おそらく歴代で一番国交締結国が多く、最も貿易が盛んで、最も栄えた治世ではなかったかと思われる。その要因のひとつに、王妃である龍聖も、大いに手伝っていたこともあった。

そのため、ラオワン崩御の報《しら》せが、世界を駆け巡ると大量の弔辞が届いた。一年間喪に服するため、すべての外交を中断すると宣言したこともあって、様子伺いの書簡も大量に届いている。

カリエン達は、その書簡の処理や、各国との契約の見直しなど、世代交代に向けての処理に忙殺されていたのだ。

三人は、ふらふらとした様子で席を立ち、中央に置かれた応接セットに移動した。崩れるようにソファに座り、体を背もたれに預ける。

「兄上のお目覚めはいつになるのだろう？」

「もう一年半が過ぎたんだ……そろそろではないのだろうか？」

「二年経っても目覚めない時は、母上が作った魔道具を持って、起こしに行かないといけないんだよな？」

三人それぞれが、誰に問うでもなく、うわ言のような言葉を口にしていた。

「だけど……目覚めの兆《きざ》しをどうやって測ればいいんだ？」

カリエンがぼんやりと呟いた。通例であれば、半身が卵から孵《かえ》るのが、目覚めの兆しとなる。遅くとも半年以内には目覚めるため、それが合図となって、北の城に様子を見に行くのだ。

「カリエン兄上、とりあえず見に行ってみたらどうです？」

シュウリンが、呑気《のんき》な口調で言った。

「いや、私もそれはこの前から考えていたんだが……行っても良いだろうか？」

「良いと思うよ」

カラージュも同意する。

カリエンはしばらく考え込んだ。

「明日、行ってみよう」

「今日じゃないんだな」

「準備があるだろう……色々と……」

三人は頷き合った。

要職に就く彼らは、ラオワンからホンシュワンの半身について真実を聞いていた。だが「何も問題ない。大丈夫だ」と明るく言われたので、そういうものなのかと納得するしかなかった。

黄金竜のいない竜王……半身の巨大な黄金竜は、竜王の象徴でもある。だがホンシュワンには、その半身がいなかった……いや、正確には『いる』らしい。精神体のような形で、ホンシュワンと一体になっていると聞かされた。

実態はないが、竜達を統《す》べるのに問題はないと、ラオワンが断言した。

カリエン達は、とても驚いて、少しばかり不安になった。だが兄であるホンシュワンが、膨大な魔力量を持ち、学問も剣術も、すべてにおいてずば抜けて優れていることを皆が知っている。

父の言葉ではないが、ホンシュワンには、なんとなく『大丈夫だ』と思わされるところがあるのだ。

三人がぐったりとしたまま、それぞれにホンシュワンのことを考えていたのだが、そこに勢いよく扉を開けて、空気も読まずに大きな声を上げる人物が入ってきた。

「おい！　みんないるか！」

そんなに大きな声を出さなくても聞こえる……と、三人が同時に思いながら、面倒くさそうに体を起こして入口の方を見た。

そこにはオレンジ色の髪の大男が仁王立ちしている。国内警備長官のバイレンだ。

「竜達の様子がおかしい！　自分の半身と通じるか？」

バイレンの言葉に、思わず三人は顔を見合わせた。そして言われた通りに自分の半身に呼びかけてみた。

「返事がない」

「なんか酷く興奮しているみたいだ」

それぞれが、自分の半身と上手く会話が出来ずに動揺している。

「外に出てみるぞ！」

三人は慌てて立ち上がり、バイレンと共に走りだした。

「塔の上より、中庭の方が近い！」

バイレンがそう言いながら、階段へと向かい下へ降りていく。執務室は二階にあるため確かに塔よりも中庭に近かった。

一階に下りた時点で、すでに何かがおかしいと分かった。一階の廊下の片面は、窓が続いており、中庭に面している。そのため外の音がよく聞こえるのだ。

竜達の激しく騒ぐ声が聞こえてくる。

「一体……何事だ……」

敵の強襲か？　と、全員が顔を強張らせる。急いで中庭に飛び出した。

すでに中庭には、何人ものシーフォン達が出ていて、空を眺めている。自分の半身を呼ぼうと叫んでいる者もいた。

「バイレン様！」

バイレン達が現れたことに気づいて、皆が寄ってきた。

「一体、何があったというんだ」

こんなに竜達が一斉に騒いでいるのを見るのは初めてだ。その場にいる者達は、どうすることも出来ずに、不安そうな顔で空を見上げている。おそらく城下町の方はもっと混乱していることだろう。

その時だった。

オオオオオォォォォォォ！！！

空に咆哮《ほうこう》が轟《とどろ》いた。すると嘘のように、竜達がピタリと鳴くのを止めた。咆哮の余韻を残しつつ、空が静かになっていった。

「カリエン兄上！　あれを！」

シュウリンが北の空を指さした。カリエンだけでなく、その場にいた者達が一斉に北の空を見た。

「あれは……」

そこには巨大な金色の竜が、悠然と舞っていた。黄金の竜は、エルマーン王国の上空をゆっくりと旋回した。

皆が啞然《あぜん》とした顔で空をみつめている。誰一人声を上げる者はいなかった。

空を覆い尽くすほどのたくさんの竜達が、大人しく黄金の竜の周りを付き従うように飛んでいる。

バラバラに散らばって騒いでいた竜達が、整然として静かに舞っていた。

三回上空を旋回した後、黄金竜は、ゆっくりと高度を下げながら城へ向かってくる。

「こ……こっちに来る……」

カリエンが、ゴクリと唾を飲み込んで呟いた。

中庭には、黄金竜が降りるのに十分な広さはある。だが木々はなぎ倒されそうだ。中庭にいた者達が、自然と移動を始めた。城の中へ逃げ込む者もいる。とりあえずは黄金竜の着地に、邪魔にならないように端に寄るしかない。

カリエン達も後ずさりをして、城側の壁に退避する。

近くまで来た黄金竜の羽ばたきで起きた風が、突風となって吹きつける。中庭の周囲を囲うように植えられた木々が、大きく枝を揺らした。

降りる態勢に入った黄金竜の体が光りはじめた。その光は大きくなり、竜の体を包み込む。

カリエン達は、眩しさに目を細めた。

大きな光の塊《かたまり》となった黄金竜だったが、その光はどんどん小さく萎《しぼ》んでいく。やがて小さくなった光は、ゆっくりと中庭に向かって降りてきながら、形を変えていく。光の中に人の姿があるように見えた。光の粒子がうねるように動きながら、人の形を作っていた。顔の輪郭《りんかく》が現れて、体や手足を形作る。やがて流れるように長い髪が現れて、体を覆うように服の形もはっきりと浮き出てきた。

光が地面に到達した時、光の粒子が霧散するように消えて、風になびく深紅の髪が、誰の目にもはっきりと映った。

「あ……兄上……」

「ホンシュワン殿下……」

その場にいた者達が、信じられないものを見るように、驚愕の表情のままで、その人物を呼んでいた。

「みんな、久しぶりだな」

よく通る声が、爽やかな風と共に皆に届いた。

中庭の真ん中に、ホンシュワンが微笑みを浮かべて立っていた。

ホンシュワンが目覚めたのは、ひと月ほど前のことだった。ゆっくりと少しずつ覚醒をして、ハッキリと意識が戻った時には、目覚めから十五日が過ぎていた。

『やっと起きた？』

聞き慣れた声がする。

「シンシン？」

名前を呼んでみたが、酷く掠《かす》れた声が出たので、自分でも驚いた。手を喉に当てて、何度か咳払いをする。

『長いこと眠っていたんだ。声もすぐには出ないでしょ』

シンシンが少し愉快そうに言う。それはホンシュワンをからかっているわけではなく、目が覚めたことを喜んでいるのだ。

『私は眠りから覚めたのかな？』

声を出すのはやめて心で話しかけた。

『そうだよ。長い長い眠りから覚めたんだ』

『では父上達はもう……』

『そうだね』

二人は口を噤《つぐ》んだ。お互いに言わなくても言いたいことは分かる。そしてその事実は、ホンシュワンだけではなく、半身であるシンシンにとっても、とても悲しいことだった。

静寂の中、ホンシュワンは部屋の中を見回した。赤く仄暗い光が狭い部屋の中を照らしている。光源はベッドの側にある宝玉だ。

ホンロンワンの宝玉は、二千年以上が経った今でも強い魔力を放ち続けて、この部屋に魔力を満たして長い眠りにつく世継ぎを守り続けている。

『シンシンはいつから目覚めていたんだい？』

『僕はたぶんひと月位前からかな？　先に目覚めたから、ホンシュワンの固まっていた魔力を、全身に行き渡らせるように頑張ったんだよ？』

シンシンが偉いだろうとばかりに言うので、ホンシュワンは『ありがとう』と礼を言った。

『じゃあ、私の体はもう動かすことが出来るのかな』

『出来るはずだよ？　僕が魔力を満遍なく行き渡らせていたんだから、君の体は元通りになっているはずだ』

ホンシュワンは、試しに腕を動かしてみた。最初は少し重く感じたが、問題なく上に上げることが出来る。次に腕を使って上体を起こしてみることにした。

「んっ……」

力を入れる塩梅《あんばい》が、まだ上手くいかなくて少しばかり苦戦したが、何度か試みることで上体を起こすことに成功した。

『ふう……たったこれだけのことなのに、酷く疲れたな……』

『それは仕方ないよ。百年以上は眠っていたわけだからね』

『百年以上……そうか……』

ホンシュワンの記憶の中では、父や母と別れたのはつい先ほどのような気がする。夢も見ずに寝ていたので、眠っていたという感覚も薄く、気持ちの整理がつかない。

父と交わした握手も、母の抱擁《ほうよう》も、まだ体が覚えている。ホンシュワンは、じっと右手をみつめながら、ぼんやりと考え込んだ。

『ホンシュワン、気持ちは分かるけど早く動きまわれるようになって、城に戻ろう。弟達は君が目覚めたことに気づいていないから、こっちから帰らないと迎えには来てくれないよ』

『どうしてだい？　カリエンが父上から王の指輪を預かっているはずだ。それを使って竜王の間に来て、私の着替えなどを持ってきてくれるんじゃないのかい？』

ホンシュワンはそう言いながら、自分の着ている寝着に近い簡易な衣装を眺める。さすがに寝着ではないが、眠るのに邪魔にならないようにマントや装飾はもちろん、腰帯や上衣も羽織っていない。

それに体も拭きたいし、髭《ひげ》も……髭はほとんど生えていないが、気持ち程度にうっすらと生えている。城に帰る前に身支度は整えたかった。

『通例ならば、半身が卵から孵るのが、新しい王の目覚めの合図になるはずなんだ。僕の実体がないからね、弟達には分からないと思うよ。一年以上経てば様子を見に来てくれると思うから、そろそろだとは思うけど、いつ頃来てくれるのかは分からない。君がここで迎えに来てくれるまで、ずっと大人しく待つつもりならばそれでも良いけど……』

その選択はないだろう？　とシンシンが言いたいのは、みなまで言わなくてもわかる。

ホンシュワンは溜息をついた。

『じゃあ……もしかしてアレをやってみるつもりかい？』

ホンシュワンが探りを入れるように尋ねたが、シンシンは至極《しごく》当然のように同意する。

『もちろんさ、この日のために練習してきたんだからさ！　眠りにつく前は、父上の半身ヤマト様がいたから、最終形態まで挑戦することが出来なかったけど、もう出来そうな気がするんだ……君は成人したし、眠っている間に魔力は十分に溜まっているし、練習でもあと一歩という手ごたえがあったし……』

シンシンがやる気に満ちている雰囲気が伝わってきて、ホンシュワンは少しばかり躊躇する。話をしている間も両手を動かしたり、足首を動かしたり、機能回復の準備運動を続けていた。

『まあ……その前に私の体が自由に動かせるようになることが先だ。魔力操作の感覚も取り戻さなければならないし……』

『ホンシュワンは、乗り気じゃないの？』

シンシンが不満そうに言うので、ホンシュワンは慌てて否定するように首を振る。まだあまり早くは振れないのだが、それも少しずつ動かせるようになっていた。

『そういうことじゃないよ。ただ今はまだ色々と戸惑っていて、自分の気持ちが整理出来ていないんだ。眠りから覚めて、今の状況を知識としては理解していても、父上や母上がもういないのだってことや、すでに百年以上も月日が経っているということ……それはつまり私が眠る前とは、何もかもが変わっているということだろう？　弟達だって私よりもずっと年上になっているだろうし、バイレン達従兄弟ももちろん年をとってるはずだ……叔父上達がご健在とは思えないし……そういうことを考えると、一刻も早く外に出たいという気持ちと、出たくない気持ち……まったく言うことを聞かない体……私は目覚めてまだ一刻も経っていないんだ。その辺りも理解してほしい』

ホンシュワンは、自分の思いを包み隠さず訴えた。いくらシンシンと心が繋がっているとは言っても、きちんとした言葉で伝えなければいけないと思っている。感情の機微や心に浮かぶ様々な思いのすべてが、シンシンに通じているわけではない。頭の中で考えることや思いは、ホンシュワンもシンシンも、それぞれが独立している。互いに言いたくないことは隠せるし、意識的に伝えなければ相手には分からないようになっている。無断で相手の心を覗くことは出来ない。

『ホンシュワン、ごめんよ。早くから目が覚めていたせいで、ちょっと焦っていたんだ。君の気持ちを優先するよ』

シンシンはそう言って静かになってしまった。話しかければ答えてくれると思うが、反省しているようだし、ホンシュワンはしばらくそっとしておくことにした。今は自分のことで精いっぱいだ。

無言で黙々と、手足を動かしたり、揉んだりしていたが、疲労を感じて横になった。

赤い光の中、天井をみつめる。綺麗に平らな天井だが、岩山そのままの赤茶色をしている。ベッドには天蓋《てんがい》がないので、そのままの天井を眺めるという景色も、城の自室で長年見慣れていたベッドからの景色とは違っていて、なんとも不思議な気持ちだ。

疲労感はあるが、まだ眠る気になれなかった。なんとなく眠るのが怖かった。またそのまま百年寝てしまうのではないかという不安がある。

眠りにつく前のことを思い出していた。

竜王の間に、ラオワンと龍聖が見送りに来てくれた。龍聖は名残惜しそうに、何度もホンシュワンを抱きしめた。

「君のリューセーのことは、私達が手を尽くすから心配しないでいいよ」

少し泣きそうな顔をしつつも、一生懸命に笑顔でそう言った母の顔を忘れることが出来ない。優しくて、明るくて、なんでも知っている母。分からないことがあれば、すぐに調べて研究する。

「ホンシュワンも分からないことがあれば、なんでも聞いて良いけど、まずは自分で調べることを忘れないでね。自分で考えることをやめてしまったら、それ以上の成長はないよ」

子供の頃からそう教えられてきた。

母がホンシュワンのために、色々な研究をしてきてくれたことは知っている。幼い頃、魔力が溢れて暴走した時、苦しむホンシュワンのために魔道具を作ってくれた。その後も、よりよくするために改良を重ねてくれた。

兄弟達に平等に愛情を注いでくれたが、ホンシュワンには特別だったと思う。

父はホンシュワンに色々な体験をさせてくれた。魔力操作のコツを丁寧に指導してくれて、それを溢れる魔力を抑えるためだけではなく、身体強化や能力向上に役立てる術もすべて教えてくれた。

「ホンシュワンは、私やホンロンワン様も超える竜王になることが出来る。誰よりも強く、誰よりも賢く、誰よりも強大な魔力で、最強の竜王になるんだ。だが最強の竜王だけでは、国を栄えさせることは出来ない。国民と同族を大切にし、人間達との関係を大切にしなさい」

いつも明るく前向きで、すべてを包み込む寛容さで、多くのものを軽々と抱えてきた偉大な父を思い出す時、自信に満ちた笑顔しか思い浮かばない。

二人の存在は、ホンシュワンにとって、とても大きい。それは親としてだけではない。師としての部分も大きい。

それを失ったという喪失感は、想像以上のものだった。

『本当に私は竜王として、やっていけるのだろうか?』

そんなことを考えている間に、いつしか眠りに落ちていた。


次にホンシュワンが目覚めると、先ほどよりもずいぶん頭が冴え渡っているような気がした。先ほどは少し頭が重いというか、ぼんやりとした感じで、一種の寝ぼけているような感覚に近かったのだが、今はとても頭が冴えていて、本当に目覚めたという気分だ。

肘と腹に力を入れて、上体を起こすと楽に体が動いて起き上がることが出来た。両手を胸の前に掲げて、手のひらを閉じたり開いたりを繰り返す。その動作も違和感なくすんなり行うことが出来た。なんとなくこれならば立ち上がれそうな気分になり、ベッドの端まで体を移動させて足を下ろし、足の裏にしっかりと床の感覚を覚えると、下半身に力を入れて立ち上がった。

すっと難なく立ち上がることが出来て、ふらつきも感じられなかった。不思議に思いつつ、未だに静かなままのシンシンに語りかけた。

「ありがとう。あれから私が眠っている間に、また魔力を体全体に馴染《なじ》ませてくれたんだね」

自然と声も出ていた。シンシンからすぐに返事がなかった。ホンシュワンは無理に呼びかけようとはせず、ゆっくりと歩いて扉を開けた。

明るい光に目が眩《くら》む。目を細めて何度か瞬きをする。次第に目が明るさに慣れてきて、竜王の間の全景を見ることが出来るようになった。部屋を出て両手を広げて深呼吸をする。

素足に床のひんやりとした冷たさが心地いい。足取りもしっかりとして、散歩でもするように歩きだした。水路を流れる水の音が心地よくて癒される。木々の香りも心地いい。

「シンシン、さっき起きた時はあえて言わなかったけど、君の口調が昔に戻っていたよ？」

さっきは返事をしなかったシンシンに向けて、ホンシュワンはさりげなく話しかけた。

『ええ！　ぼ、僕……いや、オレはちゃんと話していたよ？　話していたぞ？』

シンシンが酷く慌てているのが分かる。

ホンシュワンが、眠りにつく少し前のことだった。シンシンが突然『これからは自分のことをオレと言う』と宣言した。口調も少し男らしくしたいと言った。

成人したバイレンの男らしい口調に感化されたようだ。成人した者達が、誰も『僕』とは言わないことにも気づいたらしい。

ホンシュワンはずっと自分を『私』と言っていたし、口調も特に意識していなかったので、そんなことを言いだしたシンシンのことを、面白いなぁと思っていたのだが、シンシンは意識しないとついつい口調や一人称が元に戻ってしまう。

そんなシンシンの様子に、ホンシュワンは楽しそうに笑った。笑うのが久しぶりで、肺に空気がたくさん入るのを感じる。

『もう大丈夫かい？』

気を取り直してシンシンが尋ねる。キリッとした顔で（見えないけど）言っているのが分かる。ホンシュワンは笑いを堪《こら》えながら「大丈夫」と返事をした。

「なんか眠ったら気持ちも落ち着いたよ。それにシンシンが、その間も魔力が全身を巡るようにしてくれただろう？　体がさっきよりもとても楽になったんだ。ありがとう」

『別に……大したことじゃない。気にするな』

シンシンが照れているのを感じる。ホンシュワンは嬉しくなりながら、足取りも軽く広間を一周した。


「少しずつ試してみようか？」

『良いのか？』

「だってそうしないとここから出ることが出来ないし」

『分かった。じゃあ、まずは羽からやるよ』

シンシンの返事を聞いて、ホンシュワンは立ち止まり、目を閉じて神経を体の中心に向けて集中させた。胸の奥が熱くなるのを感じる。圧縮していた魔力が魔力器官からぶわりと溢れ出る。背中に少しチリリッと焼けるような感覚がして、光と共に大きな羽が現れる。

『まだいけそう？』

「まだ大丈夫」

『じゃあ、手からいく？』

「いや、一気にやってみよう。なんかいけそうな気がする」

『ふふっ……ホンシュワンはやる時は思いきりがいいよね』

シンシンが楽しそうに笑うので、ホンシュワンは目を閉じたまま口の端だけを上げた。笑うと集中が途切れてしまいそうだからだ。

『じゃあ、いくよ？』

「ああ、いいよ」

ホンシュワンは頷いて、思考を止めて魔力の流れに神経のすべてを集中させる。魔力器官から魔力が溢れ出し、体の中を駆け巡っていく。体全体が魔力に包まれて、魔力に溶けていくような感覚がする。

実際のところ、ホンシュワンの体は、金色に輝く光に包まれていた。光は次第に大きくなっていく。ホンシュワンの姿は光の中に消えて見えなくなってしまった。なおも光は膨らみ続けていく。

広々とした広間いっぱいになるかと思うほど膨らんだ光は、少しずつ何かの形に変化していった。長い首、大きな体、長い尾、一対の羽……光が収束するように竜の形にまとまると、光は消えてそこには巨大な金色の竜の姿が残った。

グルルルッと竜が一声鳴いた。

『成功した！』

シンシンが嬉しそうに言ったのだ。黄金竜は、頭を動かして自分の体を確認する。

『シンシン、尻尾に気をつけて！　物を壊したらダメだよ。羽も広げたらダメだ』

今までとは逆に、黄金竜の体の中からホンシュワンが呼びかける。

『わ、分かっているよ』

竜は、ググッと唸《うな》って、収まりが悪そうに身を縮こまらせている。

竜王の間は、天井が高く、広さも十分にあるが、巨大な黄金竜の体は、なんとかギリギリ収まっているという感じだ。首を上に伸ばせば、頭が天井に付きそうで、尻尾を動かせば椅子やテーブルを薙ぎ倒しかねない。羽を広げたら壁に当たりそうだ。

『やっぱりここで練習するのは、無理があったんじゃないか？』

ホンシュワンが、呆れたように言うので、シンシンは少しばかり不満げにググッと喉を鳴らした。

『君だってやろうと賛成したくせに』

『ごめん、ごめん、君の体が想像以上に大きかったから……シンシンも立派な大人に成長していたんだね』

ホンシュワンが宥《なだ》めるように言ったので、シンシンは少しばかり機嫌を直した。頭を左右から後ろに向けて、体全体を見ようと試みている。

『そうだよね。ぼ、オ、オレの体はかなり大きくなっているよね？』

少し興奮気味に尋ねられるが、ホンシュワンは、その全体像を見られるわけではない。以前、シンシンがホンシュワンの姿を夢の中でしか見られないと言っていたことを思い出した。今は実体が逆転してしまっているので、シンシンの中で精神体になってしまっているホンシュワンには、シンシンを外から見ることが出来ない。

『大きいと思うよ……じゃあ、シンシン、元に戻ってくれるかい？』

ホンシュワンの頼みを聞いて、シンシンはひどく驚いた。

『ええ？　もう？』

焦りを滲《にじ》ませた声に、ホンシュワンは苦笑する。

『シンシン、練習だって言ったじゃないか。これで終わりにするんじゃなくて、元に戻せるかというのも、やってみないとダメだろう？　両方を問題なく出来るようにならないといけないんだ。それこそ咄嗟の時でも、すぐに変われるくらいにね』

宥めるように優しく説明をすると、シンシンは安堵と共に、明るい声で『あっ、そうか』と言ってグルルッと喉を鳴らした。

『じゃあやるよ』

元気よくシンシンが号令をかけて、ホンシュワンはやれやれと思いながら目を閉じた。さっきと同じように神経を研ぎ澄ませるように集中させる。

解放した魔力を元に戻すように、体の中に圧縮していくイメージだ。

黄金竜の巨大な体が光に包まれて形をなくしていく。やがて光が萎むように収束していき、人の形を作っていく。顔の輪郭が浮き上がり、目鼻立ちがぼんやりと形作られていく。手足と体も出来ていき、長い深紅の髪が、ふわりと広がると金色の光が消えて色が戻っていく。

ホンシュワンの姿が戻った。目を開けて体を確かめる。

「シンシン！」

思わずホンシュワンが叫んでいた。

『え？　どうかしたのかい？』

「私の服を返してよ!」

ホンシュワンが文句を言ったのも無理はない。ホンシュワンは一糸纏わぬ姿で立っていたのだ。

『え? あれ?』

「私が着ている服も一緒に、魔力の粒子に変えたのならば、元に戻してくれないと困るよ。これだと私は城に戻った時、弟たちの前に裸で登場しないといけなくなるじゃないか」

ホンシュワンは、少しばかり怒りながら抗議した。

『ごめん、やっぱり練習が必要だね』

シンシンは反省して、それから何度も練習することにした。その日は二回やって、ホンシュワンが疲れたと言ったので終わりにした。

翌日も、そのまた翌日も、繰り返し練習をして、五日目に難なく変わることが出来るようになった。

「城へ帰ろう」

ホンシュワンは竜王の間を出て外へ向かった。

北の城の玄関から外に出て、足場の悪い岩場を登り、シンシンの巨体が現れても大丈夫な場所を探した。するとホンシュワンが姿を現しただけで、竜達が騒ぎはじめた。

ホンシュワンは、岩場の頂上に立つと、そこから望む景色に感慨深い思いで、大きく息を吐いた。

何も変わっていない。城も、街も、森も、湖も、空を舞う竜達も、見慣れた景色だ。

「シンシン、君が竜達を統率するんだ」

『分かった』

ホンシュワンは目を閉じた。ぶわりと魔力が放出されて、大きな光の塊の中にその姿が消えてなくなる。そして光の塊は、みる間に、巨大な黄金竜へと姿を変えた。

バサリと音を立てて羽を広げると、首を伸ばして空に向けて、オオオオオォォォォッと咆哮を上げた。

それは新しき竜王誕生の瞬間だった。


カリエンは、色々と聞きたいことだらけだった。再会も喜び合いたかったし、話したいこともたくさんあった。だが宰相として今は優先的にやらなければならないことがある。

混乱する人々を鎮《しず》めることだ。皆が黄金竜をその目で目撃して、さらにホンシュワンの姿に変わるところまで見ている。新しき竜王の目覚めを、皆に周知させることは出来たが、影響が大きすぎた。カリエン自身も混乱しているのだ。他の者達はもっと混乱していることだろう。いや、実際この中庭は大混乱だ。

「バイレン、この場にいる者達をすぐに解散させてくれ、シュウリンはカラージュと、城の中にいる者達に、竜王が目覚めたことを知らせると共に、詳細については後日通達するので、それまで騒がぬように箝口令を敷いてくれ、私は兄上を部屋へお連れする」

カリエンは素早く指示を出し終えると、ホンシュワンの下へ駆け寄った。

「兄上、お目覚めをお待ちしていました。まずはお部屋へご案内します」

「そうだね……そうしよう」

ホンシュワンは頷いて、カリエンの言葉に従った。


王の私室に到着したホンシュワンは、驚いたように入口に立ち尽くしていた。自分の知っている部屋ではなくなっていたからだ。

絨毯も壁紙も家具も、すべて新しい物に変わっていた。そこは生まれた頃から家族と過ごした部屋ではなくなっていたのだ。

「兄上、ここはこれから兄上と兄上の家族が、暮らすための部屋になります。改装して以前あったものはすべてなくしています。ただ書斎には、兄上が皇太子時代に使っていらした机や本棚を入れています。使い慣れた物があった方が良いかと思いまして……」

カリエンの説明を聞きながら、ホンシュワンはただじっと、変わってしまった部屋の中をみつめていた。

「そうだね、ありがとう」

落ち着いた様子で、ただ一言そう告げて、部屋の中に入っていく。それでも視線は、部屋に置かれた家具のひとつひとつに向けられているのを見て、記憶の中のものと比べているのだろうと、カリエンは思っていた。

父達の死後、王の私室を改装して、一変させるというのは父の命令だった。家族との思い出をすべて捨て去るのはあまりにも酷いのではないかとカリエンは思ったのだが、長い眠りについていたホンシュワンにとって、目覚めた時はまだ眠りから一日しか経っていないようなものだという。

長い年月が経ってしまっていることを理解させるには、王の私室を一変させる必要があるのだと父に言われた。

それはホンシュワンにとって、とても辛いことかもしれないが、カリエン達兄弟にとっても、とても辛いことでもある。両親の死から一年以内に、家族との思い出の家を壊してしまうようなものだからだ。

だがこの作業をすることで、カリエン達残された家族も、気持ちを切り替えることが出来た。新しい竜王として目覚めるホンシュワンを、兄ではなく新しい君主として迎えることが出来るのだ。

「兄上、本来ならば私が竜王の間に赴き、兄上が目覚める前に、身支度を整えたりしなければならなかったのに、何も出来ずに申し訳ありませんでした」

カリエンが謝罪の言葉を述べたが、ホンシュワンは背中を向けたまま、部屋の中を見回し続けていて、何も返事がなかった。カリエンは、ホンシュワンの返事を待つように、それ以上は何も言わずに、ただ見守り続けた。

しばらくして気が済んだのか、ホンシュワンが振り返って、カリエンをみつめた。

「カリエン、立派になったな」

微笑んでそう言われて、カリエンはグッと胸が詰まった。涙が込み上げそうになるのを必死で堪える。兄上と叫びながら抱きついて、再会を喜びたい衝動を抑えた。もう幼い子供ではないのだ。大人としての喜び方がある。

「兄上を宰相として支えるため、これでもかなり頑張ったのですよ？　兄上、この日を心待ちにしていました。とても……とても会いたかった」

カリエンが、一生懸命に笑顔を作って答えると、ホンシュワンが両手を広げた。カリエンはギョッとしたが、ホンシュワンは笑顔で頷く。

『我慢していたのに……』

内心悔しそうに舌打ちをして、ホンシュワンの下まで歩み寄ると、抱きしめ合って再会を喜んだ。

その日は、ホンシュワンにゆっくり休んでもらうことになり、翌日改めて王の私室に、カリエン、シュウリン、ファイファの兄弟達が集まって、再会を喜び合った。

ホンシュワンが眠っている間のことは、家族に関わることだけ大まかに伝えられて、ラオワン達の最期についても語られた。

「二人とも最後まで仲良しで、母上が身罷《みまか》られるのを父上が見送って、二日後に父上も後を追っていかれました」

妹のファイファが、涙を拭きながらそう語ると、ホンシュワンも「父上達らしい」と微笑んで頷いた。

「それで、父上から兄上に渡すように預かっている物があります」

カリエンがそう言って、事前に従者に運ばせてきた箱を、ホンシュワンに渡した。それは不思議な箱だった。見たこともないような作りで、材質も金属のようだが鉄ではない不思議な素材で出来ている。

かつてラオワンが、大和国に行き龍神池のあった穴から掬い上げてきた箱だった。

「それについてくわしいことは私も聞かされていません。あとでゆっくりご覧になってください」

そう言って、カリエンは少し厚みのある封書を手渡した。


カリエン達が帰った後、ホンシュワンは早速渡された封書を開けた。そこにはラオワンからの手紙と龍聖からの手紙の二通が入っていた。

ラオワンからの手紙には、大和国で守屋家の人々を見つけることが出来なかったという謝罪と、それまで調査してきた異世界や大和国の状態について、くわしく綴《つづ》られていた。それと共に、異世界の扉を開ける方法についても記されていた。

龍聖からの手紙には、龍聖がいた頃の大和の国の事情や、彗星から避難するためにどのようなことをしたのか、それから龍聖が医局と行った研究によって解明されたシーフォンの生態の謎について記されていて、詳細は医局に資料を預けてあることが書かれていた。それは万が一の時、竜族の存続のために、選ばなければならない道についての大事な資料だと書かれていた。

最後に箱の中身についても記されており、箱の開け方が書いてあった。

ホンシュワンは、預けられた箱を開けてみた。中には説明の通り、漆塗りの箱に入った儀式の道具が入っていた。それとは別に、手のひらに乗るほどの小さな箱もあり、開けてみると何かの魔道具のようなものと、『誰にも見られないように、壁の近くに置いて魔力を注ぎなさい』とだけ龍聖の筆跡で書かれたメモがあった。

ホンシュワンは、それを持って寝室へ行き、侍女達に下がるように告げた。

何も置かれていない壁の側の床に、その魔道具を置いて魔力を込める。すると僅かな魔力で、魔道具が作動を始めた。小石程度の大きさの魔石が、表に埋め込まれている。その魔石がキラリと光ったかと思うと、壁に向かって光を照射しはじめた。

ホンシュワンは何が起きるのかと、驚きながら身構える。壁を照らす光は、一瞬暗くなり次の瞬間、ラオワンと龍聖の姿を映し出した。

「ち、父上！　母上！」

思わず壁に映し出された二人に向かって呼びかけていた。二人の姿は、ホンシュワンの記憶よりも少しばかり老けて見える。それでも母は変わらずとても美しかった。

『ホンシュワン、これを見ているということは、もう長い眠りから目覚めたんだね。おはよう。そしておかえり』

ラオワンが、いつもと変わらぬ明るい表情で呼びかけてきた。声までがラオワンのものそのままだ。

『ホンシュワン、おはよう、そしておかえりなさい。無事に目覚めたのかな？　もしも二年経っても目覚めなかったら、叩き起こす魔道具を発明したから、それをカリエンに預けていたんだけど、自分で起きていることを願うよ』

龍聖が笑顔で語りかけてくる。ホンシュワンは食い入るようにみつめていた。

『私達竜王は竜族の存亡をかけて、神の天罰に抗い、三千年近い長い時を必死で生きてきた。次の竜王にすべてを託して、生き続けてほしいと願いを込めて十三代も続いてきた。私の代になって、思わぬ事態により、我々にとって最大の危機が訪れようとしている。だけどリューセーは、ただ龍神様にお仕《つか》えするためだけに来るのではなく、守屋家とエルマーン王国のために、出来る限りの努力を尽くしてくれていた。だから私もそれに応えたいと、出来る限りのことをしてきた。だけどホンシュワン、私達が必死に守ろうとしてきたのは、竜族でもエルマーン王国でもないんだ。君を守りたかった。愛する私達の息子よ』

ラオワンが優しく語りかけ、隣で龍聖も微笑みながら頷いている。

『だから君の好きなようにしていいんだよ？　君がどの道を選んだとしても、誰も文句なんか言わないと思う。私達が望むのは、君の幸せだ。竜王がすべてを背負う必要はない。きっと弟達も君の幸せを願っている。だから君は君が幸せになる道を選ぶんだよ』

龍聖が慈愛に満ちた顔で、本当に目の前にホンシュワンがいるかのように語りかけてくる。手を伸ばせば触れられるのではないかと、ホンシュワンは伸ばしかけた手を、躊躇しながら引っ込めた。

『君に手紙と共に色々なものを託したけれど、私達が本当に伝えたかったことは、こうして私達の口で言いたくて、龍聖がこの魔道具を作ったんだ』

二人は顔を見合わせて笑い合っている。

『愛するホンシュワン』

『私のホンシュワン』

『どうか幸せに……』

二人が同時にそう言って笑顔と共に映像が止まって消えた。まるで夢でも見ているかのようで、ホンシュワンは思わずもう一度魔道具に魔力を注ぎ込んだ。するとまた光って、同じ映像が流れる。

ホンシュワンは切ない表情でそれを眺めていたが、三度目はしなかった。箱に戻して、大切にしまった。

その夜、ホンシュワンは一睡もせずに、一人でずっと考え込んでいた。


翌日、ホンシュワンはカリエンを呼んで、今後の政務について話し合いをした。

まず、明日、シーフォン達を集めて、目覚めたことを報告し、新しき竜王であることを宣言する。

三日後に戴冠式を行い、国民の前で新しき竜王であることを宣言する。また諸外国に対しても新王即位を通達する。

外交の再開はひと月後とし、それまでにカリエンとカラージュと共に、現状の外交政策についての引き継ぎを行う。一年ほどは、かなり多忙になりそうだった。

「カリエン……君はどこまで知っているんだ？」

一通りの話し合いが済んだところで、ホンシュワンがそう切り出した。カリエンは、急にそんなことを聞かれて、意味が分からないというように首を傾げた。

「どこまでというと……何か他国との問題でもありますか？」

政務についての話をしていたせいで、カリエンはその延長線上の質問なのかと思ったようだ。確かにちょっと唐突だったなと、ホンシュワンは我ながら焦りすぎだと苦笑する。

昨夜ずっと考えていたせいで、自分の頭の中の問題と、カリエンから引き継がれた先代王から続く政務の問題を、ごっちゃにしてしまっていたようだ。

「すまない。君が父上のやっていた色々な政策について、私に引き継ぎをしてくれたものだから、つい他の問題についても父上から聞いているのではないかと思ってしまったんだ。つまり……大和の国についてのことだ」

ホンシュワンの言葉に、カリエンが少し顔色を変えた。だがあからさまに狼狽《うろた》えるようなことはなく、落ち着いた様子で知っていると肯定するように小さく頷いた。

「あちらの世界で、未曾有《みぞう》の災害が起こり、国が滅びかけていると伺っています。詳細についてまでは聞いていませんが、次のリューセー様が見つからないかもしれないと……何かあった時は、兄上の支えになれるように、覚悟をしておきなさいと言われています」

神妙な顔で淡々とカリエンが語るのを聞きながら、ホンシュワンは別のことを考えていた。

「では、卵を持たないシーフォンについては、何か聞いたかい？」

試しにひとつ探りを入れてみた。するとカリエンは、怪訝《けげん》そうに眉根を寄せた。

「以前生まれていたという卵を持たないシーフォンのことですか？　何かあったのですか？」

「いや、聞いていないのなら良いんだ。母上が研究していて、今はもう生まれないだろうと言っていた」

ホンシュワンは、適当に話を誤魔化した。そして考える。昨夜、父と母が残した映像の意味を考えていた。遺書のように、二人はホンシュワン宛に手紙を残していた。手紙にはとても詳細に書いてあり、書き忘れたことなどないのではないかと思った。二人ともそれぞれ何度も推敲《すいこう》したはずだ。それなのに、なぜあの映像を残したのだろう？　と考えていた。

二人が映像で語ったことは、それほど重要なことではなかった。ただ愛していると言いたかっただけとも思わない。そしてカリエン達は、あの映像自体を知らないはずだ。

今、カリエンに探りを入れた感じだと、重要なことでも話していることと、話していないことがある。

たとえばホンシュワンが、竜から人の体に変わってみせたことをとても驚いていた。しかし半身の竜王が卵から孵らないので、兄上がいつ目覚めるか分からなかったと言っていたので、半身についてついては聞いていたようだ。

それならば、あの映像の中で言っていた『だから君の好きなようにしていいんだよ？　君がどの道を選んだとしても、誰も文句なんか言わないと思う。私達が望むのは、君の幸せだ。竜王がすべてを背負う必要はない。きっと弟達も君の幸せを願っている。だから君は君が幸せになる道を選ぶんだよ』という言葉……カリエン達が事実を知らないまま、ホンシュワンがすべてを諦めて、破滅の道を選んでも良いということなのだろうか？

わざわざ二人が、手紙ではなく自身の言葉でホンシュワンに伝えたかったことは何だったのか？　ひと晩考えても、その答えは出ないままだ。

「兄上？　どうかなさいましたか？」

難しい顔で考え込むホンシュワンを見て、カリエンが心配そうに声をかける。そんなカリエンの顔を見て、ホンシュワンの眉間のしわが思わず解れてしまった。

ふっと微《かす》かに笑ったホンシュワンの態度に、カリエンはさらに首を傾げる。

「ああ、すまない。実を言うと、父親くらいの歳の男から『兄上』と呼ばれることに、少しばかり居心地の悪さを感じていたんだ。私にとっては眠りについたのは、つい数日前のことで、私の中では弟のカリエンは、まだ七十四歳（外見年齢十五歳）の少年で……頭では分かっていても、なかなか慣れるものではないんだ。だけど今のようにふと君が子供の頃と変わらない表情を見せることがあって、そうすると、ああ、紛れもなく君は弟のカリエンなのだなと、少し気持ちが解れるんだ」

訳が分からないという表情のカリエンに、ホンシュワンが説明をして思わず微笑んだので、カリエンは目を丸くした後、酷く焦った様子で、自分の顔を両手で触っている。

「ど、どんな顔をしたんですかね？」

カリエンは少し赤くなってホンシュワンに尋ねたが、ホンシュワンは静かに微笑むだけで、何も答えなかった。

「話が逸《そ》れてしまったみたいですまない。今後の流れについては、今の話の通りで問題なさそうだね。戴冠式まで日がないから、色々とみんなも大変だと思うけど、他にもやらなければならないことがたくさんあるから、君達の助力が必要だ。何分こちらは経験の浅い若造だ。手練《てだ》れの君達を当てにしているよ」

ホンシュワンからそんな風に言われて、カリエンは頑張らないわけにはいかなかった。

「もちろん、そのために父上達から扱《しご》かれてきたのですから、お任せください」

きりっとした顔で答えながら『これはシュウリン達にも発破《はっぱ》をかけて、兄上に頼りになると思ってもらわなければならないな！』とかなりやる気になっていた。

だがカリエンがそう思っていたのもほんの数日のことだった。ホンシュワンも、眠りにつく前に、王の仕事についてラオワンから叩き込まれていたことを、カリエン達はすっかり忘れていた。

知識よりも経験などと言うが、圧倒的な才能を前にすると、経験などそれほど優位性はないのではないか？　と思わされてしまう。

三人がかりでヒーヒー言っていた書簡の山も、ホンシュワンは涼しい顔であっという間に処理してしまう。その上、書簡にサインを書いた端から、どんどん外交優先順位別に仕分けをしていき、さらに内容ごとに綺麗に分類して、的確に指示を出して、家臣達が部署ごとに仕事を進めやすくしてくれている。

定例会議では、いつも揉めていて仲の悪い財務部と医局の話を、双方がすんなり納得する形で、あっという間に取りまとめてしまったり、皆の意見を広く聞いて、懸案事項を持ち帰って、すべてを解決してしまったり、とあまりの敏腕ぶりに、逆に家臣達が『我々の立場は』と頭を抱えるほどだった。

それはカリエン達も同じ気持ちだった。

「兄上が優秀すぎて辛い」

カリエン達が暗い顔で頭を抱えている。

「来月には初めての外遊があるんだけど……私はどうしたらいい？」

カラージュも自信なさげな顔をしている。

「何、みんな暗い顔をしているんだ？」

そんな中、バイレンだけが、ひとり上機嫌で快活に笑っている。

「ご機嫌だな」

「それはそうさ、初めて護衛隊長として、ホンシュワンと外遊に行けるのだ。念願が叶うのだから、嬉しくないわけがない」

晴れ晴れとした顔できっぱりと言ってのけたバイレンを、カリエン達は恨めしそうな顔で睨みつける。

かつてホンシュワンと仲違いをしたバイレンだったが、自分の言動を反省し、ホンシュワンときちんと話をしたおかげで、友人になることが出来た。その時に、ホンシュワンからの助言で、剣を身の丈ほどの大剣に変えて、戦法も魔力操作で巧みにかわすやり方ではなく、力押しを生かして、相手の武器を叩き壊したり、相手をぶん投げたりして戦う独自のやり方を身に着けることが出来た。

おかげでエルマーン王国最強の剣士となったのだ。

「我らの王が優秀すぎて困るなど、贅沢な悩みではないか」

バイレンがそう言って笑い飛ばしたので、それもそうかとカリエン達も苦笑する。

こうしてホンシュワンは、精力的に王としての役割を果たしていった。気がつけば二年の月日が流れていた。

ホンシュワンは、王城の地下に来ていた。ひやりと涼しいその部屋には、聖水の湧く池がある。池は人工的に作られた物だ。

ホンシュワンはその場に屈《かが》むと、石造りの池の縁にそっと右手で触れた。するとスウッと魔力が吸い出されるような感覚を覚えて、慌てて手を離した。見ると、池の底がぼんやりと青白く光っている。

「魔法陣だ」

ホンシュワンは驚いたように呟いた。

ラオワンからの手紙に、異世界への扉を開くためには、複雑な魔法陣をその身に習得する必要があり、そのヒントは地下の聖水の池に残してある、と書かれていた。

「父上は私のためにここに魔法陣を彫ったのか……」

池の底を覗き込むと、とても精密な線が描かれているのが分かる。

『これは結構大変そうだな』

シンシンが驚いたように言うので、ホンシュワンも同意して頷いた。

「父上の話によると、異世界の扉を開くにはかなりの魔力が必要になるそうだ。あの父上が半分近くを消費するほどだと言っていた。だからそんなに頻繁に行けるものではないそうだ。私ならばどれくらい消費するだろう……」

『父上が半分ならば、君は四分の一くらいじゃないのかな？』

ホンシュワンは、両手の手のひらを握ったり開いたりして、魔力の循環を意識した。

「よし、ではやってみよう。シンシン、もしもの時は補助を頼むよ」

『任せろ！』

シンシンが元気よく答えたので、ホンシュワンは大きく深呼吸をして、池の縁に両手をかけた。ゆっくりと魔力を流し込んでいく。すると魔法陣に光の線が走りはじめた。気を抜くと線が飛んで、模様に欠けが出来てしまう。慎重に魔力を操作しながら、細かい模様の部分まで、丁寧に魔力を流して線を書き込んでいった。書き込まれていく線の数が増えると、魔法陣の形が池の底に浮かび上がってくる。

美しい模様ではあるが、ホンシュワンにはそれを眺める余裕はない。額に汗を滲ませながら、慎重に魔力を注ぎ続けた。やがて魔力がピタリと流れ込まなくなると、池全体が青白い光に包まれはじめた。すると池の底から魔法陣が浮かび上がってくる。魔法陣は宙に浮かぶと、くるくるっと数回まわって、ホンシュワンの体の中に吸い込まれていった。

「うわっ！」

『うわっ！』

ホンシュワンとシンシンが同時に驚きの声を上げていた。部屋の中は静寂に包まれている。

「魔法陣は私の中に入ったよな？」

『魔法を習得したということじゃないか？』

「なるほど」

ホンシュワンは立ち上がると、目を閉じて先ほどの魔法陣を思い描きながら、両手を掲げて宙に魔法陣を描いていく。魔法陣が完成すると、大きく光を放ち、その光がホンシュワンの体を包んでいった。一瞬で光は消えて、ホンシュワンの姿もかき消える。後には静かに水を湛える池が残されていた。


「ここは……？」

空気が変わったのを感じて、ホンシュワンが目を開けると、そこには見知らぬ風景が広がっていた。なだらかな傾斜と、たくさんの木々。下生えの草が柔らかい。ここは山の中のようだ。近くで小川のせせらぎが聞こえる。小さな丸い池が水を湧き上がらせて、溢れた水が滔々《とうとう》と流れて小川になっていた。

「これは……父上が手紙に書いていた龍神池かな？　それにしても綺麗なところだね」

辺りを見渡すと、どこも緑に覆われている。山に生えた鬱蒼《うっそう》とした木々が木陰を作り、日差しを和らげている。吹く風も爽やかで、若葉の香りがした。

「父上の話だと、すべてが灰塵《かいじん》と化して、エルマーン王国の周辺の荒野のようになっていると聞いていたけど……」

ホンシュワンは、ゆっくりと斜面を下りながら、見渡す限りの緑に目を奪われていた。小鳥のさえずりが聞こえる。

『だけど人の気配はまったく感じられないな』

「そうだね……少し上から探索してみようか」

『ああ』

ホンシュワンは光に包まれて、黄金竜に姿を変えた。バサリと大きく羽を羽ばたかせて、空に舞い上がる。高く上がるうちに、周囲の景色が変わっていった。

『こ、これは……』

そこには異様な景色が広がっていた。

先ほどの龍神池があった山と、池から流れ出る水で出来た小川の周辺だけが緑に包まれていた。それ以外は、荒涼とした大地が広がっている。

ラオワンからはエルマーン王国周辺の荒野に似ていると聞いていたが、あちらの方がよほどマシに思えた。エルマーン王国周辺の荒野には、赤い大地が広がり、緑はなかったが、乾地特有の植物が、点々と生えていて、生物の姿も見られた。

だが眼下に広がる大地には、瓦礫《がれき》ひとつない。山らしき起伏がある以外何もない、焼けただれたような大地が広がっていた。その中で、龍神池とそこから流れる川の周囲にだけ、青々とした緑が広がっているのだ。

川沿いに緑が続き、やがて川は海に流れ込んでいた。

『龍神の加護と言われるものか』

ホンシュワンは呆然としながら呟いた。

『あの大きな穴は、隕石とかいう星屑が衝突した跡か？』

シンシンが驚きの声を上げたので、ホンシュワンがシンシンの視界を通して見ると、離れたところにとても大きな穴が空いているのを見つけた。近くまで飛んでいくと、その大きさにさらに驚く。

『父上が母上から説明された話によると、隕石がぶつかったその衝撃で、周囲は瞬間的にすべてが溶けてしまうほどの高熱にさらされてしまうそうだ。人や動物どころか、頑丈な建物でさえ一瞬で消えてしまうそうだよ』

シンシンが驚愕しているのを感じながら、ホンシュワンは辺りに魔力を広げて探索を始めた。しかし周囲には、人間どころか生き物の反応すらない。

『もっと高く上がって、広範囲を調べよう』

シンシンがどんどん上空に上がっていく。するとようやくあちらこちらに、人間の反応があった。

だが守屋家の人々の気配は見当たらない。

『たぶん隕石の衝突から百年は経っているはずだけど、まだ全然復興が進んでいないんだな』

シンシンは辺りに目を凝らしながら呟いた。

『父上の話では、四十年くらい氷に閉ざされていたらしいから、このように海が戻って、気候も穏やかになったのは、せいぜいここ五十年くらいじゃないかな？　いくつか街が出来ているようだし、これからだろう。そもそもこれほど破壊されて、人々が生きていただけでもすごいよ』

『そうだな』

二人は想像以上に荒れ果てた風景に、かなりのショックを受けていた。本当に守屋家の人々は生き残っているのだろうか？

『どうする？　人間のいるところに行ってみる？』

シンシンが、大和の国のあった場所の北の方に街があるのを見つけて、ホンシュワンに尋ねた。ホンシュワンは少し考えたが首を振った。

『あそこにはリューセーはいない。何も感じない』

『じゃあどうする？　父上もかなり探したんだよね？』

『ああ、地下深くまで魔力で探知したと言ってた。でも見つからなかったんだ』

『あとは空のずっと上って言っていたっけ？』

『宇宙というところらしい。この世界は、地球という星にある世界なんだ。星は夜空に見えるだろう？　ここもあの星のひとつなんだそうだ。つまり星の外に出たら、宇宙という夜空みたいに暗い空間が広がっているということだよ』

『そこにリューセーがいるのかい？』

『守屋家の人達は、大地の地下深くの都市と、宇宙のふたつに分かれて逃げたそうだ。地下都市はあの大きな穴の下だったから、たぶん全滅しているだろうって父上が言っていた。残りは宇宙に逃げた人達だけど、地球の環境が元に戻ったら、宇宙に行った人たちも帰ってくる手はずらしい。でも地上に守屋家の人達を見つけられないってことは、まだ帰ってきていないのだと思う』

シンシンは空を見上げた。

『じゃあ、行ってみるか』

『シンシン、だけど宇宙には空気がないそうだよ。空気がないと死んでしまうんじゃないか？　それに空気がないだけじゃなくて、放射線とかいうのを浴びると体によくないみたいだけど……人間だと一瞬で死んでしまうらしいよ』

ホンシュワンが心配して説明したが、シンシンはまったく気にしないという様子だ。

『オレの体は、魔力で包まれているから、溶岩の中も平気だし、海の底でも平気だから大丈夫だと思うよ。空気がなくてもたぶん大丈夫』

『たぶんって……』

『実体のない状態で飛べば影響はないはずだよ』

『……なるほど』

『とりあえず行けるところまで行ってみようか』

『分かった。任せるよ。でもヤバいと思ったらすぐに引き返すんだよ？』

ホンシュワンに釘を刺されたが、聞いていないのかシンシンは、すでに体を光の粒子に変えはじめていた。光の玉になって空高く飛んでいく。

『わあ……ここって星の外じゃないか？』

ホンシュワンが呟いた。下を見ると空があり、上を見ると真っ暗な空間が広がっていた。いや、上だけじゃない、周囲はすべて真っ暗だ。遠くに星が瞬いている。

『ホンシュワン、あっちに何か感じないか？』

『え？』

シンシンが示す方向に意識を向けた。確かに何かを感じる。人の気配がする。それだけではない。今までとは違う何かを感じるのだ。胸が高鳴るような何かだ。

『リューセーの気配じゃない？』

ホンシュワンが密かに思い浮かべた言葉を、シンシンがワクワクした様子で呟いた。

『これが……リューセーの気配……』

『とても遠いけど……行ってみよう！』

シンシンはそう言うと、ホンシュワンの返事も待たずに、『何か』の方向へ向かって飛んでいった。どんどん加速していく。今まで経験したことのないような速さで飛んでいた。

『星があるよ』

『星？　私には小さな光が見えるよ』

『小さな光？』

互いに見える物が違っているようだ。だが目指す先は同じだ。どんどん加速していくうちに、前方に星が現れた。

『ね？　星でしょ？　だけどさっきの荒野よりひどい星だよ……空気も空もなさそうだ』

シンシンががっかりした口調で呟いた。

『いや、光が見える。とても強い光だ。きっとあれがリューセーだ』

ホンシュワンは、無意識にそう呟いていた。確信は何もない。だが本能がそうだと言っていた。体の奥で、その光を求めているのを感じる。

『じゃあ、あれが、母上の言っていた火星かな？』

『分からない、でも確かにリューセーがいる』

シンシンはどんどん星に近づいていった。近づくにつれて速度を落としていく。

『そのまま真っ直ぐ行ってくれ、星に建築物がある。その中にリューセーを感じるんだ』

ホンシュワンの言われるままに、シンシンは星に近づいていった。近づくほどにその星の表面があまりにも、何もないことに驚く。生物の存在が感じられないような星だった。だがホンシュワンの言うように、近づくと、たくさんの建物が建っていることに気づく。すべてが金属で出来ているようだ。

その中にガラス玉のような建物があった。そのガラス玉の中に、こちらをみつめる一人の青年の姿があった。美しい黒髪、黒い瞳、どこか母の面影のあるその顔に、ホンシュワンは目を奪われる。

『見つけた』

シンシンは、黄金竜の姿に戻っていた。


青い光の中で、野菜の世話をする一人の人物がいた。背中まである長い黒髪をゴムでひとつにまとめている。作業着を着て、手袋とマスクをして、葉や根の状態をチェックしている。

そこへ扉が開いて別の人物が入ってきた。

「龍聖、交代の時間よ」

「あ、はーい」

龍聖と呼ばれた人物は、元気に返事をして入れ替わりに入ってきた女性の下へ向かった。

「AからGブロックまで異常なしです。ただCブロックの溶液チューブの調子が悪いような気がします。Eブロックの水を毎分二ミリリットルに変更しました」

龍聖は引き継ぎ報告をして、持っていたタブレットを渡した。

「了解……今日はゆっくり休んでね。ご苦労様」

引き継ぎが済んだ龍聖は、農業プラントを出た。殺菌ルームで全身除菌をした後、廊下に出るとマスクと手袋を外した。大きく背伸びをしてスタッフルームに向かう。

「おう、龍聖、仕事終わりか？　お疲れ様」

「俊也《としや》さんは今からですか？」

龍聖がスタッフルームに入ると、男性が一人作業着に着替えているところだった。他には誰もいない。

「ああ、ちょっと遅刻した」

俊也はそう言って苦笑する。部屋に誰もいないのは、すでに他の人達が着替え終わって、職場に向かった後だからだ。俊也は急いで手首のボタンを留めると、手袋とマスクを掴んで、慌てた様子で部屋を出ていった。

龍聖は笑いながら手を振って見送り、自分のロッカーを開けて着替えはじめる。もう少ししたら、入れ替わりで龍聖と同じように終業となった人々が、一気に帰ってきて、ここも混雑するだろう。龍聖の働いているプラントは、スタッフルームに一番近いので、一番乗りで帰ることが出来るのだ。交代要員が早めに来てくれたこともありがたい。

手早く着替えて、ロッカーを閉めた。部屋の隅に置かれた給水機から、コップに半分ほど水を注いで喉を潤す。空になったコップを洗浄機の中に突っ込んで、さっさと退散しようと扉に向かって歩きだした。するとそのタイミングで扉が開いて、五人の男女がぞろぞろと入ってきた。

「お疲れ様です」

「お疲れ様です」

お互いに挨拶をする。その中に見知った顔があった。近所に住む三歳年上の亜矢《あや》さんだ。

「あら、龍聖も今帰り？　私達ご飯を食べて帰るけど、一緒にどう？」

「ん〜……ごめんなさい。今日はドームに行こうと思ってて」

「またドーム？　龍聖はドームが好きね」

亜矢はそれ以上引き止めることはなく、手を振って別れを告げると、仲間達と話しながらロッカーの方へ歩いていった。

龍聖も手を振ってスタッフルームを出ていく。ちょうど出たところで、次の一団が帰ってくるのが見えた。その一団にも手を振って「お疲れ様」と言いながら、龍聖は小走りに廊下を進んでいった。

エリア間の移動トラムを乗り継いで、ドームを目指した。ドームとは西地区の文化エリア内にある博物館のことだ。博物館と言ってもそれほど充実した施設ではない。地球のことを忘れないようにと、地球の歴史が分かる資料が展示されている施設だ。恐竜の化石とかエジプトのミイラなんて派手な展示物はない。だからそれほど人気のない施設だ。いつ行っても空いている。

龍聖の目的はドームと呼ばれる博物館の屋上だ。半円形の天井部分が地上に頭を出している。特殊ガラスを四層にして作られた透明の円い天井からは、外の景色を見ることが出来るのだ。磁気嵐でも来ない限り、普段はシャッターが開いていて展望可能になっている。

「この時間なら地球が見えるよね」

腕時計で時間を確認して、ドームに向かって駆けていった。

博物館に到着すると、館内設備をすべて無視して、屋上に向かう。エレベーターのドアが開いて、屋上フロアに一歩足を踏み入れると、頭上に青い地球の姿が見えた。

「わあ……」

もう見慣れているはずなのに、龍聖はここで一度足を止めて、感嘆の息を漏らすのだ。

改めてフロア内を見回すと、年配の夫婦が四組いるだけだ。ベンチはたくさん空いている。龍聖は他の人の邪魔にならないように、静かに歩いていつものベンチに腰掛けた。

ここは月面基地だ。かつてこの月面基地は、月面で鉱石やレアメタルを採掘したり、火星基地への補給船・作業船の中継基地として使われていたりして、作業に従事する人と家族が一万人ほど住んでいた。

だが彗星の接近により、採掘場や工場などの施設はすべて閉鎖されて、住んでいた人達も全員退去し、無人基地になっていた。

彗星が発見され、地球が大規模な被害を受けると予想されると、世界規模で避難プロジェクトが進められた。各国が技術とお金を持ち寄り、地下都市の建設と、火星基地の拡張が急ピッチで進められた。

火星移民計画は十年計画で進められた。火星の軌道は二年二ヶ月周期で、最接近しても地球から半年ほどかかる距離だ。最接近のタイミングに合わせて、移民船が五回世界中から飛び立った。

日本から火星へ避難する人数は三十万人。それ以前にもすでに移民している人達もいたので、火星での日本人の人口は五十万人を超える予定だった。

五回目の最終移民船団五隻が、地球を出発したのは彗星接近の半年前だった。火星に向けて二ヶ月ほど航行した時、一隻の日本の移民船でエンジントラブルが発生した。継続航行は可能だが、減速するため予定の半年では火星に到着出来ない。時間がかかるほど火星は離れていくのでさらに航行距離も伸びる。そうすると今度は燃料がギリギリか、場合によっては足りない恐れもあった。

無理して火星を目指すか、地球に戻るかの選択を迫られた。しかし地球に戻った場合、トラブルを抱えるエンジンでは、大気圏に上手く突入出来るか怪しい。彗星も迫っている。議論の結果、月基地へ避難することになった。

移民船には七千人の乗客がいた。かつて一万人が住んでいた月基地の施設なら、十分に生活することが出来る。大気圏もないので着陸も容易だ。避難のため緊急閉鎖された月基地には、食料や資材の備蓄が十分に残されていた。

問題は地球に接触予定の彗星の尻尾は、地球の衛星である月にも漏れなく降り注ぐということだ。被害がないことを祈るしかなかった。

幸運なことに、彗星接触時、月は彗星の軌道に対して、地球の裏側に位置していた。その上月基地もその時、地球の反対側に位置していた。地球の陰に隠れて被害を免《まぬか》れたのだ。

だが地球の被害は想像以上のものだった。当時の人々は、姿を変えていく地球を、月面から絶望しながら眺めていたという。

その未曾有の災害から、約百年が経った。

龍聖は、月で生きる日本人の第五世代になる。

青い地球に戻ったのを見た人々は、地球へ帰りたいと言いはじめている。それは龍聖も同じだった。

地球は憧れの星だ。写真でしか見たことがない青い空、青い海、緑豊かな自然。地球では、外にも空気があるから、宇宙服を着ないで外を歩けるらしいとか、海の水はしょっぱいとか、地中からお湯が湧いて温泉に入れるらしいとか、とにかくたくさんの未知で溢れている。

龍聖はドームで地球を眺めながら、どんなところなのだろうと想像するのが大好きだった。それに龍聖が、地球に焦《こ》がれる理由はそれだけではない。

龍聖の家系である守屋家は、石川県というところで、六百年以上の歴史のある古い家柄の家系だった。遠い先祖が龍神様と契約をして、龍神様の証《あかし》を持つ『龍聖』を差し出す代わりに、加護の力で多大なる繁栄をしてきた家柄なのだ。

移民船や地下都市にも、多額の支援をしていたらしい。だからこの月基地の代表も、守屋家の当主が務めている。龍聖の祖父だ。

龍聖は龍神様の証を身に付けて生まれてきた。だから龍神様の下へ行かなければならないのだが、龍神様の下へ行くには地球に降りなければならない。

守屋家がこうして月に避難が出来て、被害にも遭わずに生き延びてこられたのは、龍神様の加護のおかげだと、祖父は信じている。だから龍聖が生まれた時に、なんとしても地球に帰らなければ！

と奮起して、色々と頑張ってきたようなのだが、未だに地球に帰ることは出来ていない。

当初は七千人いた避難民も、現在は三千人にまで減っている。月ではなぜかみんな短命で、長生きしても六十代までしか生きられない。

食料は豊富ではないが、食べることには困っていない。水や空気は、上手く循環が出来ている。生きていくために必要なものはすべて揃っている。だが自由に動けるのは基地の中だけだ。一歩外に出れば、大気のない月面はとても過酷だ。その閉塞的な環境の中で、初期の人々の中には精神を病んでしまう者もいた。

人工衛星がなくなってしまったので、地球との交信が出来ない。今地球がどうなっているのか分からない。地下都市の人々がどれくらい生き残っているかも分からない。帰還するための宇宙船は、乗ってきた百年前の古い船だけだ。新しい宇宙船（三千人が乗れるような大型船）を造るための人材も技術も資源もない。骨董品のような船を修理したとしても、地球に戻れるだけの燃料が残っていない。

現在月基地を稼働させているエネルギーは、大半が太陽光なのだが、移民当初はあらゆる施設を稼働するための動力や、基地内の乗り物の燃料として、宇宙船の燃料を使っていた。今は半分も残っていない。それらが、なかなか地球に戻れない理由だった。

「地球かぁ……行ってみたいな……龍神様が待っているかな？　龍神様にも会ってみたいな」

龍聖はベンチに足を乗せて体育座りをしながら、頬杖をついて地球を飽きることなくみつめていた。

「あれ？」

地球をみつめる龍聖の目に、一瞬何かキラリと光るものが映った。

「気のせいかな?」

そう思った時に、また何かがキラリと光った。

「いや、今光ったよね?」

龍聖は体育座りをやめて姿勢を正した。首を伸ばしてじっと地球をみつめる。最初は時々キラリと光っていたものが、次第に小さな点になり、やがて点が少しずつ大きくなってくる。

ドームにいた他の人達も気づいたようで、地球を指さしながらざわつきはじめた。

「あれって……何かがすごい速さで近づいているんじゃないかな?」

龍聖はゴクリと唾を飲み込んだ。乗ってきた昔の宇宙船でも、地球から月まで三日はかかると聞いていた。あの光がこんな短時間で、はっきりとした点として見えるほどになるのは、よほどのスピードでこちらに向かってきていることになる。

光の点はどんどん大きくなっている。そしてあきらかにこちらに向かって飛んできていた。

「来る……来るよ……何?　レーザービームとかじゃないよね?　なんだろう?」

龍聖はドキドキしながら、でもその光から目を逸らせずにみつめ続けていた。近くに座っていた老夫婦が「逃げましょう」と囁き合って立ち上がったが、龍聖はそれを無視した。両手をぎゅっと胸の前で握り締めて、頬を上気させながら迫ってくる光を凝視した。

さすがに基地でもその未確認物体の接近に気づいたのか、遠くで警報が鳴りはじめた。ドーム内でも館内アナウンスが流れる。

「緊急警報が発令されました。館内のお客様は直ちに地下への避難経路にお進みください。繰り返します……」

アナウンスを聞いて他の客達も立ち上がって逃げはじめた。

「あなた！　何をしているの？　放送が聞こえなかったの？」

中年の女性が、龍聖に声をかけた。だが龍聖は上空を凝視したまま動かない。女性のつれが、放っておいて行こうと言って、女性を連れて逃げ出した。その時だった。

接近してきた光が、月面基地上空でピタリと止まった。だが止まったそれは光でもビームでもなかった。金色に光り輝く獣の形をしている。

大きく広げた一対の羽、長い首、長い尾、四つ足で、長い首の先についた頭には、たくさんの角のような棘《とげ》が生えていて、まるで王冠のように見える。

地球を背に、黒い宇宙空間に現れたのは、金色に光り輝くドラゴンだった。

キャー！　という悲鳴がどこかで上がった。さっきの女性だろう。

「竜？　龍神様？」

龍聖は思わず立ち上がっていた。心臓が激しく鼓動を打っている。大きく目を見開いて、驚きの表情でその美しい竜の姿をみつめていると、金色の目と目が合った気がした。

『見つけた』

龍聖の耳に、そんな声が聞こえた気がした。

龍聖の腕時計が点滅して、電子音を鳴らす。ディスプレイに表示された発信者の名前を見て、龍聖は慌ててタッチし、通話を繋げた。

「お父さん！　竜だよ！　金色の竜だよ！　龍神様が来たんだ！」

龍聖は叫んでいた。目は金色の竜から離すことが出来ない。

『龍聖！　今どこにいるんだ！』

「ドームだよ！　お父さん！　僕の目の前に龍神様がいらっしゃるんだ！　きっと僕を迎えに来たんだよ！　絶対に攻撃しないように言って！　それから宇宙港のゲートを開けて、龍神様を中にお迎えしなきゃ！　お父さん早く！　僕も港に行く！」

龍聖は一方的に捲し立てると通信を切った。その時ドームのシャッターが閉まりはじめた。

「龍神様！　あっちに入口があります！　港へ行ってください！　あっちです！」

龍聖は金色の竜に向かって、一生懸命に窓の外の宇宙港を指さして叫んだ。金色の竜はじっと龍聖を見ていたが、指をさす仕草に気づいたのか、そちらの方向へ顔を向ける。

「あっちで会いましょう！」

龍聖はそう叫んで、もう一度宇宙港の方角を指でさしてから、バイバイと手を振って駆けだした。階段を駆け下りながら、龍聖は腕時計をタッチして電話をかける。

「あ、おじいちゃん！　見た？　龍神様がいらっしゃったよ！　金色の竜だよ！　お父さんに言って、宇宙港のゲートを開けるようにお願いしたから、龍神様にはそこへ行くように伝えたんだけど、きっと通じたと思うんだ。僕も今から向かうから！　おじいちゃんも向かってね！」

電話の向こうで「こら！　龍聖！」と、祖父が怒鳴る声が聞こえたが、一方的に話すだけ話して通信を切った。

信じられないと思った。まだ胸がドキドキしている。今までの人生で、こんなに興奮することはなかった。興奮しすぎて頭が爆発してしまいそうだ。

龍神様、龍神様と呟きながら、階段を駆け下りた。地下まで降りると、避難経路への誘導灯が赤く点滅している。龍聖はそちらには行かずに、玄関から外に出る。外にはいつもレンタルバイクが置いてあるはずなので、それで宇宙港へ行こうと思った。

「お客様！　避難口はそちらではありません！」

係員の声も無視して玄関から飛び出して、レンタルバイクが置いてある場所を目指した。すると車寄せにすごいスピードで車が突っ込んできたので驚いた。窓が開き、知っている顔が龍聖を見つけて「龍聖様！」と安堵の表情で名前を呼んだ。父のお抱え運転手の山崎《やまざき》さんだ。ドアが開いたので滑り込むように乗り込んだら、父親も乗っていた。

「勝手に通話を切るんじゃない！」

顔を見るなりそう叱られた。

「お父さん、だって龍神様がいらしたんだよ！　見た？」

「……モニターで見た」

父は龍聖の興奮状態に呆れた顔をしながらも答えてくれた。車は発進して、宇宙港へ向かっている。博物館から宇宙港は近いので、たぶん五分もかからずに着くだろう。

「おじいちゃんにも電話しておいたから」

「父さんには私が話をしている。お前、興奮しすぎだ。いつもはそんなではないだろう？」

「これが興奮しないでいられる？　だって本物の龍神様だよ？」

鼻息の荒い龍聖に呆れ返りながら、父は額を押さえて溜息をついた。

「お前、分かっているのか？　もしもあれが本物の龍神様だとして……」

「本物だよ！」

「……本物だとして、そしたらお前は異世界に連れていかれるんだぞ？　それで良いのか？」

父が苦々しげに言うので、龍聖はきょとんと目を丸くする。

「だってそれが僕の役目でしょう？　あんな絶望的なトラブルに遭いながらも、月基地が……守屋家が助かったのは龍神様の加護だって、おじいちゃんに何度も聞かされたんだよ？　本当は地球に降りて、儀式の道具を使って今年中に龍神様の下に行かないといけないのに、わざわざ龍神様が迎えに来てくれたんだ。これで行かなかったら、きっと月面基地は全滅すると思うよ？」

龍聖が明るい声で、怖いことを言いだすので、父だけでなく、運転手の山崎までが、ぶっと思わず吹き出していた。

「そ、それはそうだが……龍聖、私はお前がかわいいんだ」

父はそう言って眉根を寄せながら、龍聖の頭を撫でた。龍聖は男ばかり三人兄弟の末っ子だった。女の子みたいにかわいい容姿のせいで、いつも殴り合いの兄弟喧嘩ばかりをしている兄二人も、龍聖には甘くて猫かわいがりするほどだ。父親もとても龍聖をかわいがっていた。

龍聖は（男だけど）蝶よ花よと育てられて、とても明るく素直な子に育った。手放したくないのが、親の心情で、それなのにこんなにはしゃがれると、さらに複雑な気持ちになってしまう。

「お父さん、僕は……」

龍聖が何か言おうとした時、車が止まった。宇宙港に着いたのだ。警察車両が並んでいる。警官が車に近づいてきて、乗っている人物が守屋家の者だと分かると、すぐに車を通してくれた。警察車両の間を通って、港の中に入る。先にもう一台黒塗りの車が停まっている。

「おじいちゃんかな？　早いね」

「父さんは、今日は確かサカイ重工との話し合いを港湾局でしていたはずだから、隣だしすぐに来れたんだろう」

「サカイ重工って……もしかして、宇宙船修理の話？」

龍聖の質問に、父は黙って頷いた。再び車が止まり、運転手が急いで降りて、後部座席のドアを開けてくれた。龍聖が先に降りて、続いて父も降りる。

「義孝《よしたか》様！　龍聖坊ちゃま！　こちらです！」

「あ、三島《みしま》さんだ」

祖父の秘書をしている三島が、走ってきた。二人を案内して、港の中に入っていく。

「警戒されてなのか、なかなか龍神様がドック内に入っていらっしゃらないので、入口を閉めることが出来ず、苦戦しています。龍聖坊ちゃまが呼びかければ大丈夫なのではと旦那様がおっしゃって……」

三島は歩きながら今の状況を説明してくれた。入口を閉めないことには、真空状態なので龍聖達が直接龍神様に会うことが出来ない。

二人は秘書の案内で管理棟に到着した。中に入るとたくさんのスタッフがてんやわんやの状態だった。

「龍聖」

奥で祖父が手招きをするので駆け足で行くと、窓の外を指でさされた。そこからは港の中が一望出来る。ドックの入口に、金色の竜が空中で静止していた。あの場所にいられたら、確かに入口を閉められないだろう。

「マイクで呼びかけてもらえないか？」

祖父にそう言われて、龍聖が首を傾げると、管理棟のスタッフがマイクを龍聖に渡した。

「えっと……んんっ……龍神様！　聞こえますか？　わ、私は守屋龍聖です。さっき顔を合わせた者です。申し訳ないのですが、もう少し中に入っていただけませんか？　入口を閉じないと、酸素を入れることが出来ないので、私がそちらに行くことが出来ません」

窓の外の様子を見ながら話しかけた。すると金色の竜は辺りをきょろきょろと窺っている。龍聖を探しているようだ。やがて観念したのか、中の方まで進み入ってきた。

「ゲートを閉じます」

管理スタッフがそう告げて、ゲートの赤ランプが点滅すると、ゆっくり鉄の扉が閉まっていった。

「エアコントロールOK」

「酸素濃度OK」

あちこちから声が上がった。スタッフが全員顔を上げて、祖父にOKの合図を出した。

「では龍聖、行こうか」

「は、はい」

龍聖は祖父と父と、三島と、護衛の警官と共に、管制室を出て下へと降りていった。

ドックに龍聖達が現れると、金色の竜がゆっくりと下に降りてくる。思わず警官が腰の拳銃に手をかけたので、祖父が厳しい声を上げて制した。

警官達と三島は、待っているように言われて、祖父と父と龍聖の三人だけで、竜の近くまで進み出た。祖父が恭《うやうや》しくその場に片膝をついて屈んだので、父と龍聖もそれに倣《なら》って片膝をついた。

すると金色の竜が一瞬眩《まばゆ》く光り輝き、その光はどんどん小さくなっていった。光は地上まで降りてくると、その間もどんどん小さくなっていく。やがて光の粒子がうねるように動いて、人の形を作り出した。顔の輪郭が浮かび上がり、目鼻立ちも整いはじめ、長い髪がたなびくように広がり、体の上に服のような形まで、光の粒子がまとまっていく。最後にマントがバサリと音を立てて広がったかと思うと、光が消えて色が戻った。

そこには一人の青年の姿があった。腰より長い豊かな髪は、眩い深紅の色をしていた。顔立ちはとても美しく整っていて、ギリシャ神話の神々の彫刻のようだった。中東を思わせるような独特の民族衣装。濃紺のたっぷりと布を使ったマントには、竜の模様が織り込まれている。腰には剣をさして、堂々たる威厳を放ちながら、金色の優しげな眼が、真っ直ぐに龍聖を捉える。

「君がリューセーだな？」

「は、はい。龍神様……僕が守屋龍聖です」

龍聖はさすがに緊張した面持ちで深く頭を下げた。

「リューセー、顔を上げてくれないか？」

「はい」

とても優しい口調だったので、龍聖は恐れることなく顔を上げた。改めて龍神様を見ると、その美しさに目が潰れてしまいそうだと思った。生まれた時から周りに日本人しかいなかったので、特にその彫りの深い顔立ちに、目が釘付けになる。

「さあ、こっちへおいで」

そう言って右手を差し出されたので、龍聖は素直に立ち上がると、ふらふらと引き寄せられるように、歩いていってその手を取った。

「リューセー、私はエルマーン王国の竜王ホンシュワンだ。ずっと君を探し続けていた。やっと見つけることが出来た。私の国に行こう」

それはとても優しい声音だった。龍聖をみつめる眼差しもとても優しい。龍聖は頬が熱くなるのを感じた。今まで男性を相手に、こんな気持ちになったことはないし、男性に見惚れたこともない。龍聖としての役目についてくわしく聞かされている。もしもそれが本当であるならば、龍聖は、龍神様の妻とならなければならないらしい。最初にそれを聞いた時、それが定められた役目ならば仕方ないと思ったが、男の人と果たしてちゃんと結婚出来るのだろうか？　と、少しだけ不安に思っていた。でも今はまったく不安に感じない。

別に美形だからというわけではない。彼から伝わる優しさに、心が惹《ひ》かれるのだ。

「はい、龍神様と共に参ります」

龍聖はニッコリと笑って素直に頷いた。そんな龍聖を見て、ホンシュワンは、少しだけ頬を赤らめながら、嬉しそうに微笑んだ。

「恐れながら龍神様、しばしお待ちください」

祖父が深々と頭を下げながら、声を上げた。ホンシュワンが視線を向ける。

「あなたは？　守屋家の方ですね？」

「はい、守屋実勝《さねかつ》と申します。龍聖の祖父です。守屋家の当主をしております」

頭を下げたまま丁寧に自己紹介をする祖父を、ホンシュワンは頷きながら静かに見据えた。

「リューセーのおじいさまですか……どうしました?」

「はい、龍神様にこのようなお願いをするのは、筋違いだとは思うのですが……我々は地球に帰りたいと願っています。しかし帰る手段がなく、そのため龍聖を龍神様の下へ送る儀式を行うことが出来ませんでした。わざわざ龍神様に迎えに来ていただきましたので、ここで龍聖をお渡しするのは、やぶさかではありませんが……今後のことを考えると、地球へ戻らなければ、次の龍聖をまたお送りすることが出来なくなってしまいます。何卒お力をお貸しいただけませんでしょうか?」

ホンシュワンは、祖父の必死な願いを聞いて、確かにと納得したようだ。少し考え込んでいる。ふと龍聖に視線を向けて、愛しそうに龍聖の頭を撫でた。

「リューセーもそうしてほしいだろうね」

「は、はい。もちろんです。僕も出来ることならば、一度でいいので地球に行ってみたいです」

龍聖は頬を染めながら、おずおずと答えた。恥ずかしくてホンシュワンを近くで凝視することは出来ない。

「分かった。私にどんな手助けが出来るのか、少しばかり相談をさせてもらえないだろうか?」

「もちろんです。ありがとうございます」

祖父と父が深々と頭を下げて礼を述べる中、龍聖は心臓が痛いほど鼓動が鳴りすぎてとても困っていた。

一行は場所を移動していた。宇宙港のすぐ横にある大きな倉庫だ。そこに宇宙船が格納されている。

「龍神様、こちらが我々の乗って来た宇宙船です。修理はされており、定期的にメンテナンスもしているので、いつでも飛べる状態です。ただ燃料が半分以下しかありません。これでは地球に戻ることが出来ないのです」

龍聖の祖父の説明を聞きながら、ホンシュワンは目の前に鎮座《ちんざ》する巨大な『宇宙船』を眺めていた。鉄のような金属で出来ている。これがどうやって空を飛ぶのかは分からない。

「燃料が半分以下では地球へ戻れないのですか？　しかし元々は火星という星に向かっていたと聞きました。ここから半年ほどはかかる遠くにある星だと……それに比べたら、ここから地球までは大した距離ではありません。それでも燃料が足りないのですか？」

ホンシュワンは、宇宙船の仕組みは分からないが、とりあえず半分も燃料があるのならば大丈夫なのではないかと考えた。

「宇宙には空気が存在しません。ですから空気抵抗や向かい風などというものもありません。一度前に進むとずっと永遠に進み続けることが出来ます。軌道調整のために少しばかりエンジンを使うだけで、燃料はそれほどかからないのです。ただ星から飛び立つ時は、大きな飛び立つ力が必要です。これに多くの燃料を使います。そしてあとは地球の引力圏に入れば、地球に引っ張られるのでそのまま地球に落ちていくことになります。ここでも大きな力を使って抵抗しないと、そのまま落下して隕石のように衝突してしまいます。ですから地球に戻るには、この星から飛び立つ力と、地球に安全に降りる力が必要で、私達の計算では、地球に降りるために必要な燃料までギリギリあるかどうかといった感じなのです」

「ではこの星から飛び立つための手助けをすれば、貴方達は帰れるというのですね？」

「はい」

「少しお待ちください」

ホンシュワンは説明を聞いて納得し、シンシンに語りかけた。

『この大きな宇宙船を持ち上げることは出来るかい？』

『う～ん……さっきの説明によると、宇宙では空気がないから一度動かせばそのまま動き続けるんでしょ？　一瞬だけ大きな力をぶつけたら、浮かせることはできるんじゃないかな？』

『それは魔力で引っ張るってことかい？』

『そうだね。引っ張るか……下から爆発みたいな力をぶつけるか……だね』

『力をぶつけたら壊れないかい？』

『やってみないと分からないけど……まあ、なんとかなるんじゃないかな？』

話し合いが終わったので、ホンシュワンは龍聖の祖父と向き合った。

「やってみないと分かりませんが……たぶんこの星から飛び出す手助けは出来ると思います」

その言葉を聞いて、祖父も龍聖の父も安堵の声を漏らした。

「ただ、私もこの世界にそう長くいることは出来ません。すぐに出発することは可能ですか？」

「半日……半日、待っていただけませんか？　それまでには必ず準備を整えます」

祖父が思わず言った半日という言葉に、龍聖の父がぎょっと顔色を変えた。

「分かりました。それくらいならば、大丈夫でしょう」

ホンシュワンが了承したので、一秒も無駄に出来ないと、祖父は周囲にいた者達に次々と指示を出しはじめた。

「龍神様」

それまで黙って聞いていた龍聖が、恐る恐る話しかけた。

「なんですか？」

ホンシュワンは優しく微笑みかける。

「あの……地球は……地球はどうなっていますか？　僕達の故郷は……」

龍聖の問いかけに、祖父達も気になるようで、思わず手を止めて聞き耳を立てた。

「正直に言うと、大和の国の本州という大きな島の真ん中に、とても大きな穴がふたつ空いていて、隕石が激突したのだと思うけど、そこの下にある地下都市が壊滅していたよ」

ホンシュワンの言葉に、祖父と父はとても動揺を示した。だが龍聖は落ち着いた様子で聞いている。

「だから僕を探しに来たんですね」

「そうだ」

龍聖はすべてを理解したというように頷いた。

「それでここの皆が地球に戻って、暮らすことは出来そうですか？」

「大和の国は、ほとんど何も残っていなかった。だが北と南に街が出来ていたので、地下にいた人々が戻ったのだと思う。君達については、我々が新しい里を用意している」

「新しい里……ですか？」

龍聖が首を傾げて聞き返したので、ホンシュワンは頷いた。

「かつて私の祖先……最初の龍神が、大和の国に現れて、そこに龍神池を作り、守屋家の人々を加護によって繁栄させたように、新しい土地に新しい龍神池を作って、そこに緑を蘇《よみがえ》らせた。君達はそこで暮らすと良い」

ホンシュワンは、龍聖に向かって優しく語りながら、祖父達の方へも視線を向けた。祖父の安堵した表情が窺える。

その後準備があるからと、守屋家の人々は一旦この場を離れることになった。

龍神様には休息する場所を用意すると言われたが、ホンシュワンは色々なものに興味を持ったので、月基地の中を見て回りたいと告げた。案内役も申し出られたが、皆はそれどころではないだろうと、それは辞退して勝手に歩きまわるからと伝えて別れた。

ホンシュワンは、のんびりと歩きながら周囲の景色を物珍しそうに眺めていた。

「不思議だね。我々とはまったく違う文化なのだと思うよ」

『鉄で出来たものばかりだよね』

シンシンも面白そうに声を弾ませて答える。

「我々の世界でも、竜が世界を滅ぼす前は、こんな人間の世界だったのかもしれないと思ったんだ。竜王しか読むことが許されない『建国記《けんこくき》』には、人間が竜を殺すことが出来る武器を作り、鉄の塊で空を飛んでいたと書かれていたんだ。今の我々の世界の人間達が、古い遺跡から鉄の素を掘り出していると聞いたことがある。たぶん……こういう鉄で出来た建物や船などの残骸なんだろうね」

ホンシュワンが、建物の外に出ると、外はずいぶん物々しい雰囲気になっていた。サイレンが鳴り響き、緊急事態の放送が流れていた。地球に帰りたい者は荷物をまとめて、宇宙港へ集まるようにという指示が、何度も繰り返されていた。ホンシュワン達は見ていないが、テレビでも緊急ニュースが流れて、地球への帰還はこの一回限りのチャンスだと、繰り返し告げられている。そして残りたい者は、残っても構わない。地球への帰還は強制ではないことも告げられている。

「みんな地球に帰りたかったんだね」

『それはそうだろう？　まあ、あの状態の地球にどれだけの魅力があるかはオレには分からないけど……この星はとても小さいし、空も空気もないし、みんなこの建物の中にしか住めないのだとしたら、あんな状態の地球でも帰りたいかもしれないよね』

二人はそんな話をしながら、最初に龍聖を見つけたところに行こうということになった。

「だけど不思議だね。ここは外だけど、建物の中なんだよね？　でも天井が高くて、空みたいな景色が見える」

ホンシュワンが、上を指しながら、楽しそうに言った。建物の外に出たのだが、そこは基地内で、月の地下に当たる場所のようだった。上を見ると、かなり高い場所に天井があり、そこには青空が常に投影されて、疑似屋外のようになっていた。

周囲にはいくつもの建物があり、二階建てや三階建て程度の低い建物ばかりだった。中には天井まで届いている建物もある。道は綺麗に舗装されていて、馬の付いていない客車のような物体が、音もなく滑るように動いている。

ラオワン達にとっては、見るものすべてが珍しくて、それらを眺めながら歩くだけで、十分に楽しむことが出来た。

目指す博物館は、なんとなくの位置を把握していたので、案内がなくても辿り着くことが出来た。建物の中には人影はなかった。おそらく緊急放送を聞いて、博物館職員も慌てて家に帰ったのだろう。

そこには日本の歴史がパネルや映像で紹介されていた。

「ここは博物館だったのか」

ホンシュワンは、ポンッと手を打って、エルマーン王国にある博物館を思い出した。

「大和の国の歴史だ……面白いね」

『この動く絵が面白いな！　母上が残してくれた魔道具から出た光が、二人の姿を映してくれていただろう？　あれと同じ仕組みかな？』

シンシンが、少し興奮した様子で指摘したので、ホンシュワンも思い出してなるほどと頷いた。

「確かにそうかもしれないね。人間は魔力を持っていないから、魔道具ではないと思うけど、不思議だね……なんだか不思議な物ばかりだ」

展示物を興味深く眺めて、しばらくは時間を潰すことが出来た。上の階へと上がり、ドーム状の部屋に辿り着いた。

「ここのはずだけど、外が見えなくなってしまっているね」

シャッターの閉じられた天井を見つめながら、ホンシュワンが残念そうに呟く。

『小さいけど、窓があるから外が見えるよ』

シンシンが天井に小さな窓を発見したので、ホンシュワンは背中に羽を出して飛び上がった。パタパタと羽を羽ばたかせて天井近くまで行くと、丸いガラスの嵌った小さな窓から外を眺めた。そこには青い星が見える。

「あれは……地球か？　リューセーはここから地球を見ていたんだね」

『さっき一度は行ってみたいって言っていたものね』

二人は龍聖のことを思い出して、思わず笑みを零《こぼ》していた。

そろそろ時間ではないかと、ホンシュワンは宇宙港に戻ってきた。するとたくさんの人々が、それぞれに大きな荷物を持って集まっているのが見える。

突然現れた不思議な姿のホンシュワンに、人々の間でどよめきが起こる。

「龍神様、どうぞこちらへ」

龍聖の父が慌てた様子で駆け寄ってきた。そのまま奥へと案内してくれる。

「今から父が、皆に帰還についての説明をするところです。その後宇宙船に乗り込みます。全員乗船の確認が取れたら出発いたします」

歩きながら父がホンシュワンに説明をした。

「ここに住む全員が帰還するのですか？　残る者はいるのですか？」

「全員が帰還します。我々も残りたいという者が半数ほどいるのではないかと思っていたのですが、意外なことに全員が集まりました。たぶん……急な話だから、逆に色々と悩む暇がなかったのかもしれません。みんながいなくなると思うと、不安になって一緒に行くという者も多いのでしょう」

ホンシュワンはそれを聞いてなるほどと納得出来た。だが普通の引っ越しとは違う。荷造りするにもあまり時間がなかっただろう。申し訳ない気持ちにはなったが、ホンシュワンとしては、守屋家の人々だけを助けても構わないのだ。もしもここで揉め事が起きれば、迷うことなくホンシュワンは、守屋家の者達だけを地球に連れていくだろう。

無慈悲と思われるかもしれないが、ホンシュワンは神様ではない。守屋家とは契約を交わしているが、他の者達は無関係だ。助ける余裕があるならば、助けても構わないが、ホンシュワンや龍聖、守屋家の人々が、犠牲になるようなことではない。

ホンシュワンは、大きな建物の中の一室に通された。来客用の部屋なのか、綺麗な家具や装飾のある部屋だった。

「こちらでもうしばらくお待ちください」

ホンシュワンは言われた通りに、ソファに腰を下ろして待つことにした。お茶や食事が出されようとしたが、それは丁重に断った。ホンシュワンが食事はしないのだと伝えると、一瞬驚かれたが、龍聖の父は何か納得したという顔で頷いて、謝罪の言葉と共に料理を下げさせた。

『あれは……神様だから食事をしないのかって納得した顔だぜ？』

シンシンが面白そうに声を弾ませて言う。

『神様じゃないんだけどね』

ホンシュワンは顔には出さずに、シンシンに澄まし顔で答えた。

それから一刻ほど経って、再び龍聖の父が、龍聖と共に現れた。

「お待たせしました。準備が整いましたので、よろしくお願いします」

二人はホンシュワンに向かって頭を下げた。

「段取りを説明いたします。まず出発に際して、二隻のタグボートで出航の補助を行います」

「タグボート？」

「小型船です。発進のエンジンは、燃料の関係で動かせませんが、小型船で補助をして、少しばかりですが宇宙船を動かします。その反動があるのとないのでは、ずいぶん違うと思いますので、少し浮いたら龍神様にご助力いただけると助かります」

「分かりました。ちなみにその小型船に乗っている人達はどうするのですか？」

「はい、宇宙船が無事に離陸しましたら、すぐに小型船を乗り捨てて、宇宙船に移ります。龍神様には申し訳ありませんが、彼らが乗り移るまでの猶予を少しいただけると助かります」

「承知しました。それでは私からもひとつだけお願いがあるのですが」

「何でしょうか？」

龍神様からのお願い……という言葉に、龍聖の父が少しばかり緊張の色を見せた。

「リューセーから少しばかり魂精を貰いたいのです。私の力になります」

ホンシュワンの提案に、龍聖も龍聖の父も、きょとんとした顔で戸惑いを見せた。

「リューセーの役目として、龍神に魂精を与えるということはご存じですか？」

ホンシュワンは知らないのか？　と思って、遠慮がちに尋ねた。すると我に返った二人が、慌てて頷いた。

「存じ上げております。それを差し上げればよろしいのですか？」

父はそう言いながらも、息子を気遣うように、チラリと視線を向けた。龍聖はどうすれば良いのか分からないという顔をしている。そんな龍聖にホンシュワンは、優しく微笑みかける。

「難しいことはありません。握手をしてくれるだけでいいんです」

「握手……ですか？」

「はい、握手からはそんなにたくさん魂精を貰うことは出来ませんが……今はそれで十分です」

ホンシュワンの言葉に、龍聖は少しだけ安心したのか、かわいらしい笑顔を浮かべた。

「龍神様、どうぞいくらでも貰ってください」

龍聖は元気にそう言って右手を差し出した。ホンシュワンはそれを両手で包むように握った。手の先からふわりと柔らかな温かさが、体の中に流れてくるのを感じた。母とは違うものだったが、とても心地好いと思った。

ホンシュワンにとっては久しぶりの魂精だ。体の隅まで染み渡るような感覚を覚える。

『とても気持ちいいね』

シンシンがうっとりとした声で呟いた。

『ああ、これがリューセーの魂精だ。温かくて優しい魂精だ』

ホンシュワンも目を閉じて、噛みしめるように呟いた。

「ありがとう、とても元気が出ました」

ホンシュワンが目を開けて、微笑みかけながら手を離すと、龍聖は「本当にこんなことで良かったのかな？」と言いそうな顔で、少し首を傾げている。そんな素直な反応も微笑ましい。

「では宇宙船に乗ってください。地球で会いましょう」

ホンシュワンは二人を見送った。

宇宙船の準備が整ったという合図を見て、ホンシュワンはシンシンの姿に変わった。

二隻の小型船が、宇宙船をけん引するように動き始める。宇宙港のハッチが大きく開かれて、さらにその先のゲートも開かれる。完全な真空状態になったところで、小型船が一気にジェットエンジンを噴射した。

大きな宇宙船が、ガクリと少し左右に揺れて、そのまま前に滑るように動きながら、船底が浮き上がるのが見えた。それを合図にするように、ホンシュワンとシンシンは、魔力で宇宙船を覆うようなイメージを頭に描きながら、上へと勢いをつけて持ち上げた。

小型船が動かした反動のおかげか、ホンシュワン達が思っていたよりは、楽に動かすことが出来た。

宇宙船はドックを出て、月基地の外へゆっくりと進み出る。

宇宙船が完全に基地から宇宙空間へ出たところで、二隻の小型船がけん引していたワイヤーを切り離し、エンジンを止めた。そして中からそれぞれ二名の乗組員が、宇宙服を身に着けて、船外に出てくる。

黄金竜に向かって手を振り、彼らは宇宙船の中に入っていった。

彼らが乗り込んだのを確認して、もう一度宇宙船を動かすことにした。地球に向かって真っ直ぐに押し出すように、魔力をぶつける。宇宙船はそのまま真っ直ぐに飛んでいく。

『あとは地球の引力というのに引っ張られて落下していくんだそうだよ。衝突しないか心配だから付いていこう』

シンシンは光の玉に姿を変えると、宇宙船と少しだけ距離を取って、並行するように宇宙空間を飛んでいた。どれくらい経ったのか、かなり地球に近づいたところで、宇宙船が少し加速しはじめた。するとと宇宙船のジェットエンジンが逆噴射を始めて、速度を抑えようとしている。

『手伝った方が良いかな？』

シンシンが少し心配になったのか、そんなことを呟いた。

『そうだね。少し手伝おう。リューセーから魂精を貰ったから、ちょっと調子がいい気がする』

『オレも！』

二人は楽しげに笑いながら、魔力で宇宙船を包むようにして守ってやることにした。おかげで大気圏突入の衝撃から守られているようだ。宇宙船は、地球の大気圏内に入り飛行を続ける。進路が日本になるように、シンシンが誘導しながら空を飛んだ。そして無事に、着陸することが出来た。

宇宙船が着陸したのは、龍神池がある山の麓《ふもと》だった。

ホンシュワンの姿に戻って、地上に降り立つと、しばらくして宇宙船からたくさんの人々が降りはじめた。皆が初めての地球に、喜び、戸惑っているのが分かる。重力というのも初めての感覚なのだろう。

月基地に比べると、体が重く感じるようだ。人々が皆、地面に手をついて触っている。土の感触が新鮮なようだ。

「空だ！」

降りてきた龍聖が最初に言った言葉はそれだった。嬉しそうに空を見上げて、両手を広げている。

「地面！　土！　草！　あれは川？」

見るものすべてが新鮮で、珍しいようだ。龍聖がひどくはしゃいでいるのを、ホンシュワンはとても微笑ましく眺めていた。しばらくして、龍聖がホンシュワンの下に駆け寄ってきた。

「龍神様！　ありがとうございます！　なんてお礼を言ったらいいのか……本当にありがとうございます！」

頬を上気させて、瞳をきらきらと輝かせて、龍聖が満面の笑顔で何度も礼を言う。その姿に、ホンシュワンはとても心惹かれていた。

「龍神様」

龍聖の祖父と父もやってきた。少し離れて後ろから数人の男女もこちらにやってくる。おそらく龍聖の母と兄弟なのだろう。

「本当になんとお礼を申し上げれば良いのか……我々には何も龍神様にお返し出来ることはありませんが……」

「我々は遙か昔から契約で繋がった家族です。大和の国と守屋家は、私にとってもうひとつの家族でもあるのです。感謝するのは私の方です。よく、リューセーを無事に育ててくださいました」

ホンシュワンがそう言って頭を下げるので、祖父達はひどく慌てた様子で、どう返事をすればいいのか戸惑っている。

「どうかこの地で、新しく守屋家を再興してください。龍神の加護が、必ず貴方方を助けるでしょう」

ホンシュワンが緑の大地を指して言ったので、祖父達は感極まった表情で何度も頷き頭を下げた。

「それでは、私ももう戻らなければならないので、儀式をしても良いだろうか？」

ホンシュワンが申し訳なさそうに告げると、祖父も申し訳なさそうに「それが……」と言いかけた。

だがホンシュワンが、漆塗りの箱を取り出したので、目を丸くする。

「私の母である先代のリューセーから、これの在《あ》りかを聞いていました。これは守屋家にお返しします」

ホンシュワンがそう言って箱を渡すと、祖父達は喜び合い再び何度も頭を下げ続けた。

「リューセー、箱の中に小さな箱があって、その中に指輪があるんだ。それを左手の指に嵌めてほしい」

「分かりました」

龍聖は祖父の持っている漆塗りの箱の蓋を開けて、中から小さな桐《きり》の箱を取り出した。その中から指輪を取り出して、しばらく不思議そうにみつめていた。そして左手の薬指に嵌めようとしたので、ホンシュワンがハッとして、それを止めた。

「リューセー、その前に家族と別れの挨拶をした方が良い。指輪を嵌めたらもうあちらの世界に行かなければならなくなるからね」

ホンシュワンの言葉を聞いて、龍聖は一瞬驚いたが、すぐに笑顔に変わると、家族の方を向いて
「お父さん、お母さん、今まで育ててくれてありがとうございました」と言った。

母親はすでに泣いていて、父親も涙ぐんでいる。二人が龍聖を抱きしめるのを、ホンシュワンも切ない気持ちでみつめていた。

竜王の間で眠りにつく前の、両親との別れを思い出したのだ。

龍聖はその後、兄弟とも抱き合って別れを惜しみ、最後に祖父と祖母とも抱きしめ合った。

「じゃあ、みんな元気でね！　みんなが幸せになって、ここで平和に暮らすことが出来たら、それは僕が向こうの世界で、龍神様と幸せに暮らしているって証拠だから！」

龍聖が涙を浮かべながら、一生懸命に笑顔でそう言った。

「じゃあ……儀式をします」

龍聖はホンシュワンに向き直ると、指輪を左手の薬指に嵌めた。

「あっ……熱いっっ！」

龍聖が思わず悲鳴に近い声を上げて、左腕を押さえた。

「大丈夫だよ。すぐに治まるから」

ホンシュワンが優しく声をかけて宥めた。龍聖が思わず左腕の袖を捲り上げると、そこには紺色の

不思議な文様が、まるで刺青《いれずみ》のように入っている。

「これは……」

「それは正当なリューセーの証だよ。他の者がリューセーのふりをしても、指輪を嵌めてその文様が浮かび上がらなければ、リューセーではないということが分かる。強い魂精を持っている者の証なんだ」

ホンシュワンはそう言いながら、龍聖の額に手をかざした。すると龍聖の体から力が抜けて、がくりとその場に崩れそうになる。

ホンシュワンは龍聖の体を抱き上げた。

祖父達が驚いたような顔で見ている。

「申し訳ない。龍聖が儀式を行ってしまうと、私はしばらくリューセーに触れられなくなってしまうんだ。でもそれだと連れていけないからね。眠らせてしまったんだよ。指輪は返す。正式な儀式は、指輪を嵌めて、腕に文様が出たら、箱の中にある銀の鏡を覗き込ませてほしい。その銀の鏡が、我々の世界と繋げる媒体のようなものだ。それでは守屋家の皆様、末永くこの地で根付いてください。繁栄を願っています。そしてリューセーを幸せにすると誓います」

ホンシュワンはそう言って軽く頭を下げると、そのまま光と共に消えていった。

龍聖は、自然と心地の好い目覚めを迎えていた。

目の前の景色が、初めて見るもので、まだ夢なのかとパチパチと瞬きをする。

「天井に布が張ってある……」

それは天蓋なのだが、龍聖は初めて見るので知らなかった。ふと、寝ているベッドがいつもの自分のベッドではないことに気がついた。ふかふかで、布がサラサラで、とても寝心地の好いベッドだ。それにとても広い。

「え？　ここはどこ？」

龍聖が体を起こして辺りを見回すと、まったく知らない部屋だった。図書館のデータベースで見たことのある昔のヨーロッパの貴族の部屋みたいだと思った。豪華な調度品が並んでいる。絨毯もとても綺麗だ。

「なんでここに寝てるんだろう？　僕は……あっ！　龍神様！　あの！　誰か！　誰かいませんか？」

思わず不安になったので、大きな声で呼んでみた。するとすぐに扉が開いて、慌てた様子の人物が入ってきた。

「リューセー様、どうかなさいましたか!?」

心配そうな顔で駆け寄るその人物の顔を見ても、龍聖には見覚えがなかった。

「えっと……貴方はどちらさまですか？」

首を傾げながら問われた相手は、我に返ったのか背筋を正してニッコリと微笑みを浮かべた。

「大変失礼をいたしました。私はサフルと申します。リューセー様の側近です。私がリューセー様のお世話すべてをいたします。そして命に代えても、何者からもお守りいたします。どうぞ末永くお仕えさせてください」

サフルと名乗った青年は、深々と頭を下げた。短く刈られた淡い茶色の髪が、とても柔らかそうだと思った。

「サフルさん……」

「サフルと呼び捨てでお願いします。私は貴方の家臣なのですから」

「家臣!? 僕の？」

龍聖は驚いて思わず変に高い声が出てしまった。恥ずかしそうに赤くなって口を押さえていると、サフルが水差しからコップに水を注いで渡してくれた。

龍聖は受け取ると、不思議そうに首を傾げながら口を付けたが、思った以上に喉が渇いていたようで、一気に飲んでしまった。水がとても美味しい。体に染み渡るようで、ほんのりと甘く感じた。そして気持ちも落ち着いてきた。

「あの……もしかしてここは、龍神様の世界ですか？」

「そうです。ここはエルマーン王国と言って、龍神様は……ここでは竜王様と呼ばれていますが、この国の王様なんです。竜族の住む国です」

「竜族の住む国？　え？　では他にも竜がいるのですか？」

「はい、たくさん……窓の外をご覧になりますか？」

「はい！」

龍聖は嬉しそうにベッドから飛び降りて、窓の方へ駆けていった。サフルが先に行ってカーテンを開ける。大きな窓を観音開きに開いて、広いテラスに出ても良いと促された。

「わあぁぁ……」

龍聖は歓声を上げていた。赤い岩山、青い空、たくさんの竜、それがまず目に飛び込んできた。辺りを見回すと、遠くに湖と森が見えた。そして下の方には大きな町まである。こんな景色を見るのは初めてだった。

「あああ……なんて綺麗なんだろう……龍神様の国は、なんて綺麗なんだろう」

龍聖は頬を真っ赤にして、瞳を輝かせて、喜びに満ちた表情で何度も歓喜の言葉を繰り返した。その時、一瞬龍聖の上に影が落ちた。

思わず見上げると、大きな金色の竜が、悠然と飛んでいた。それまで騒いでいたたくさんの竜達が静かになり、金色の竜に従うように、列をなして飛びはじめる。

「龍神様だ……龍神様ぁ！　龍神様ぁ！」

龍聖は出来る限りの大きな声を出して、両手を懸命に振りながら、嬉しそうに呼びかけていた。

「綺麗な世界に連れてきてくださってありがとう！」

龍聖がそう叫ぶと、それに応えるように黄金竜がオオオォォッと咆哮を上げる。
二人の物語はまだ始まったばかりだ。

あとがき

皆様こんにちは、飯田実樹です。「空に響くは竜の歌声　煌めく竜は天涯を目指す」をお読みいただきありがとうございます。いよいよクライマックスです。

店頭でこの本を見て帯の「クライマックス」の文字に、え！　最終回！　と驚いた方もいらっしゃるでしょう。ご安心ください。もう一冊続きます。ホンシュワン編は、一冊で収まり切れなかったので、前後編と二冊に分けさせてもらいました。もう少しお付き合いください。

さて、個人サイトで「空に響くは竜の歌声」を世に送り出したのがちょうど二十年前になります。九代目竜王フェイワンと守屋龍聖の物語。この第一作のラストに、次代の竜王シィンワンを描いたことで分かるように、最初に設定を考えた時から、竜王と龍聖の結ばれる運命は、連綿と続く物語になると考えていました。

そして始まりの竜王ホンロンワンと最後の竜王（当時は名前を考えていませんでした）も、最初の設定時から考えていました。

『最後の竜王』と書くと誤解を招くかもしれません。決して竜族が滅びるという意味ではなく、「空に響くは竜の歌声」という物語のラストを締めくくる竜王という意味です。

「空に響くは竜の歌声」という物語は、決してフェイワン達だけの物語ではなく、竜王と龍聖の受け継がれる愛の物語であり、二つの世界の共存共栄の物語でもあります。

私は「物語」というものは、結末があってはじめて成立するものだと思っています。だから「空に響くは竜の歌声」にも結末があります。

ぜひ読者の皆様には、「めでたし、めでたし」まで見届けていただきたいと思います。

とはいえ、二十年前の私は、この作品が商業誌になるとは思ってもみなかったし、ましてやシリーズとしてすべての竜王達の物語を書かせてもらえるとも思っていませんでした。

すべては応援していただいた読者の皆様のおかげです。

そして広大なネットの海の中からこの作品を掬い上げてくださった担当さん、見事なイラストで世界に重厚感を与えてくださったひたき先生、美しい装丁で作品を際立たせてくださったウチカワ様、発売に尽力してくださった出版社の皆様、一作目以来ずっと盛り上げてくださった全国の書店関係の皆様、本当に心から感謝します。

あ！　なんかこれで最終回みたいな締めくくりになっていますが、先にも書いたようにまだ続きますよ！　引き続き「空に響くは竜の歌声」をよろしくお願いいたします。


追記‥盛大に締めくくった後なんですが、どうしても書きたいことがあるので……（笑）。

「空に響くは竜の歌声　天路を渡る黄金竜」発売後、イベントなどでお会いした読者様からたくさん聞かれたのですが（ひたき先生からも聞かれました）きっと他の読者様も同じ疑問を持っている方がたくさんいそうなので、この場を借りて疑問にお答えします。
Q．商人見習いのハンス君は、今後も登場しますか？
A．二度と登場しません（笑）。ハンス君は他国の一般人から見たエルマーン王国をナビゲートするために登場した『一般人代表』です。もう登場することはありません。
そもそもハンス君の登場から、ラオワンが眠りから目覚めた時点までで、百五十年の年月が経っています。再登場の余地もありません。

ちなみにハンス君は、その後がんばって一人前のやり手商人になり、独立して故郷に帰り実家の店を継ぎます。店を大きくして、村の発展に尽力して、町に昇格させると、初代町長になります。

そして町長ハンス君の最初の仕事は、町に小さな図書館を作って、そこに『勇敢な竜騎士』の本を置き、隠居後はそこで子供達に『勇敢な竜騎士』を読み聞かせる幸せな老後を過ごします。

めでたし、めでたし……。


それでは次の巻でまたお会いしましょう!

『空に響くは竜の歌声　煌めく竜は天涯を目指す』をお買い上げいただきありがとうございます。
この本を読んでのご意見、ご感想など下記住所「編集部」宛までお寄せください。

アンケート受付中
リブレ公式サイト　https://libre-inc.co.jp
TOPページの「アンケート」からお入りください。

初出　空に響くは竜の歌声　煌めく竜は天涯を目指す
オール書き下ろし

# 空に響くは竜の歌声
# 煌めく竜は天涯を目指す

著者名　飯田実樹
©Miki Iida 2024

発行日　2024年5月20日　第1刷発行

発行者　太田歳子

発行所　株式会社リブレ
〒162-0825 東京都新宿区神楽坂6-46 ローベル神楽坂ビル
電話　03-3235-7405（営業）　03-3235-0317（編集）
FAX　03-3235-0342（営業）

印刷所　株式会社光邦
装丁・本文デザイン　ウチカワデザイン



Printed in Japan
ISBN978-4-7997-6735-1